每個午夜都住著一個
鬼故事の

午夜心驚驚！小心有鬼

原書名：孽緣—每個午夜都住著一個詭故事VI

童亮 著

寫在前面的話——

傳說人死之後化為鬼。

鬼者，歸也，其精氣歸於天，肉歸於地，血歸於水，脈歸於澤，聲歸於雷，動作歸於風，眼歸於日月，骨歸於木，筋歸於山，齒歸於石，油膏歸於露，毛髮歸於草，呼吸之氣化為亡靈而歸於幽冥之間（出於《道經》）。

可見，「鬼」這個字的初始意義，已經與我們現在所理解的相去甚遠了。這本書，講述的雖然是詭異故事，但實際上是想將這個字引回原有的意義上——一切有始，一切也有「歸」。好人好事，自有好報；惡人惡行，自有惡償。

目錄

Contents

張九中了蛇毒，遍尋名醫也無法治癒，不僅渾身瘙癢難耐，還變成了娘娘腔。更可怕的是，到了蛇換皮的季節，他居然也像蛇一樣蛻下一層皮來。

一天，他找到了爺爺——精通靈異之術的馬岳雲老人，卻不是為了驅鬼，而是為了救一條竹葉青。

被蛇所傷，還要拼命救蛇，這裡面究竟有何用意？

清明時節的夜路，一個撿紙錢的姑娘，一場露水的姻緣，一段人鬼之戀，究竟是幸還是不幸？

很多人在抱怨心愛的人時，總喜歡說「我真是上輩子欠了你的」。既然欠下了，就要去還，「欠命還命，欠錢還錢」。可是，來向你討債的不是人，也不是鬼，而是一隻想吃人奶的豬崽，你會怎麼辦？

半仙捉鬼，惹了人命官司；少女懷春，竟然夢中受孕。這是人為，還是冥冥中的註定？

……

午夜零點，百鬼夜行。

竹篝

1

零點。

「小時候都用過算盤吧？」湖南同學笑道。

我們紛紛點頭。小學時候算盤課是數學科的一部分，上過學的幾乎都擺弄過。

「關於算盤的來歷，最早可以追溯到西元前六百年，據說中國當時就有了『算板』。古人把十個算珠串成一組，一組組排列好，放入框內，然後迅速撥動算珠進行計算。算盤究竟是何人發明的，現在無法考察。今天的故事有一些關於算盤的內容……」

文歡在的媳婦嘲笑道：「自己的腿都被一目五先生弄癱了，還厚著臉皮在關公面前耍大刀！」

文歡在尷尬地笑了笑，問爺爺：「那麼剩下的一目五先生怎麼辦？」

我問道：「一目五先生將你的腿弄成這樣了，你不恨它們嗎？」

文歡在嘆了口氣，滿臉愁容道：「都已經成這樣了，我還能怎樣呢？就算我把它們置於死地，也不能讓我的腿復原了。何況……一目五先生也是沒有辦法。」他轉頭向爺爺道：「馬師傅，您儘早幫助一目五先生投胎轉世，別讓它們再害人了。」他一臉的虔誠讓我感動，沒想到這樣一個人也有著豁達的胸懷。

爺爺看了看竹床陰影下的圓圈，舔了舔乾燥的嘴唇道：「一目五先生恐怕是不能投胎做人了。」

文歡在和我異口同聲地問道：「為什麼？」

爺爺終於說漏了嘴：「算盤算的。」

文歡在驚問道：「算盤算的？那是什麼算盤啊？」

爺爺會心地看了我一眼，我們共同保持緘默。

文歡在知道問不出所以然來，也不在意，盛情不減地邀請我跟爺爺進屋喝茶。

爺爺擺擺手道：「喝茶就不用了，我老伴在家等我和外孫回去吃早飯呢。漏斗先放你這裡了，等這些害人之物曬乾了，你再還給我。麻煩你媳婦在地坪裡照看兩天，別讓村裡其他小孩亂碰這些不乾淨的東西。竹床今天晚上就可以收進屋。還有，那盆月季還放在你家裡，幫我拿出來。」

我一聽月季在這裡，心頭一驚。來這裡之前我還叫奶奶幫忙照看呢，沒想到被爺爺帶出來了。

文歡在媳婦進屋，果然捧出我的月季來。

告別文歡在和他的媳婦之後，在回來的路上，爺爺告訴我說，他昨晚找到姥爹留下的算盤之後，一個人在我的房間裡計算了整整一個晚上。也許是因為之前見了一目五先生，也許是因為算盤的惡氣，爺爺看見我在床上翻來覆去，便用手摸了摸我的臉。

難怪我在迷迷糊糊的狀態中聽到劈哩啪啦的算珠碰撞聲。

爺爺用姥爹留下的算盤不僅算到了陰溝鬼躲藏的地方，還算到了一目五先生將有劫難。爺爺順著劫難的提示算下去，終於得知那晚根本沒有所謂的南風。

於是，爺爺沒來得及叫醒我便走了。

他走的時候順手拿走了家裡的漁網漏斗和我的月季。

爺爺說，既然一目五先生在文天村出現，那麼陰溝鬼暫時躲藏的地方自然離文天村不會太遠。他根據算盤的提示，沒有費多少周折就找到了那條臭水溝。那條臭水溝的源頭是一個新建不久的釩礦廠，釩礦廠將工業污水從這條臭水溝裡排出。

後來，文撒子告訴我們說，他當初並不知道女鬼勾引他有什麼陰謀，但是他曾在釩礦廠打過一段時間的工，熟悉釩渣的氣味。文撒子知道釩渣是有毒的污染物，人喝了輕則得病，重則喪命。所以他藉口說一定要喝酒，並且在跟女鬼一番翻雲覆雨之後，仍然面不改色心不跳地脫身而出。

如果是爺爺一個人去，也許陰溝鬼們根本不害怕，但是帶著我的月季的話，情況就不一樣了。爺爺帶著月季的靈感來自於獨眼，因為獨眼說過，當它生前的親人來到小茅草屋裡尋找屍體的時候，陰溝鬼們害怕得紛紛跳進茅草屋後的陰溝裡。如果是爺爺加上月季，陰溝鬼們會比遇到獨眼的親人還要害怕十倍。

當爺爺捧著月季來到釩礦廠的排水溝之前，陰溝鬼早就急急忙忙跳入了水溝裡。而爺爺所要做的，不過是用漁網漏斗將變化為水草模樣的陰溝鬼們一一打撈起來，然後放在太陽底下曝曬。

我半信半疑地問道：「陰溝鬼們能將一目五先生控制住，怎麼會這麼弱呢？」

爺爺笑道：「控制不是靠力量的大小，一目五先生之所以被陰溝鬼控制，是因為一目五先生的心被它們控制了。人也是這樣，任你有再大的能力，但你的心被人控制的時候，你也只能任由耍心術的人操控把玩。」

我問道：「它們不是要跳出輪迴嗎？難道沒有一個陰溝鬼跳出輪迴？」

爺爺笑道：「如果螞蝗說牠們要跳出水田，從此不再依靠吸人血生存，你會相信嗎？」

我當然不會相信螞蝗能跳出水田，更不會相信螞蝗能不依靠吸血而生存下來。

我們一邊走一邊說話，全然沒有注意到後面緊緊跟著一個面容俊秀的男青年。如果後面跟著的是悄無聲息的影子，也許會引起我和爺爺的注意，可是後面如果傳來的是腳步聲的話，我們一般不會太留意。因為這時已經是早晨八點多了，扛著鋤頭去田裡幹活的，提著木桶出來洗衣的，揮舞著長鞭出來放牛的人都在鄉村的小路上各自忙碌。一兩個人同路而行，那是再自然不過的了。

我問爺爺道：「你既然找到了算盤，怎麼沒有算一算《百術驅》現在在哪裡呢？」

爺爺解釋道：「我的道行不及你姥爹的一半，如果是他，肯定能算出來；但是我不能，我必須依靠時間來算。」

我知道爺爺的意思，比如人家的雞、鴨不見了，要給爺爺提供丟失的時間才行，而爺爺找到陰溝鬼的所在地，自然也是依靠一目五先生提供的獨眼出事的時間或者文歡在被吸氣的時間。但是我不知道《百術驅》被偷的具體時間，所以爺爺無從算起。

我又想起了那個夢。難道那個夢的意思就是姥爹是靠算珠來看世界的？他踮起腳來看爺爺的房子，難道是因為他知道了老房子要被拆的命運？姥爹也對這間老房子依依不捨嗎？

剛剛翻過文天村和畫眉村之間的山，我就看見奶奶遠遠地站在家門口朝這邊眺望。我忙舉起手朝奶奶揮動。

這時，一個娘娘腔的聲音在我身後響起：「你們就是馬師傅和他的外孫嗎？」

2

還沒等我和爺爺回過身來看看背後的是什麼人，那個娘娘腔又大驚小怪地嚷嚷道：「您手裡抱著的可是剋孢鬼？」

我轉過身，看見一個面容俊秀得像女人的男人，他的手指也纖細得如同習慣了拿針捏線，食指微微蹺起，指著爺爺手裡的月季。

之所以我能看出他是男人，是因為他的嘴唇上面冒出了幾根鬍子碴，像秋後收割過的稻稈。而他的喉結也比一般人要明顯很多，讓人多餘地擔心那個喉結會捅破皮膚露出來。

「你是……」爺爺看了那人半天，也想不起他的名字。

我也不認識他，既然他把我們叫做「馬師傅和他的外孫」，說明他只認識爺爺，不知道我的名字。對於這種被忽略的感覺，我早已習慣了。直到現在我回了家，村子裡人都會說：

「你看，那是童某某的兒子。」在畫眉村則聽見類似的聲音：「你看，那是馬某某的外孫。」熟悉一點的人則多說一點：「他小時候待在這裡的時間比待在家裡的時間還多，上大學後就一年只來一次了。」

那個娘娘腔男人以為爺爺最後會說出他的名字來，可是爺爺晃了晃手道：「我好像不認識你啊？」

那人並不在意，熱情地自我介紹道：「我是那個養蛇人的兒子，您不認識我，但是您一定認識我父親！」

爺爺哈哈一笑，將月季交給我，伸出手來要跟那人握：「原來你是張蛇人的兒子呀！你父親我認識，方圓百里最有名的養蛇人嘛！我還看過你父親吹口哨逗蛇玩呢！哎呀，你家裡不是離這裡很遠嗎？怎麼一大早就跑到這裡來了？拜訪親戚，還是辦事啊？」

那人誠惶誠恐地伸出手跟爺爺握住，很不自然地彎了彎腰，恭敬得有些誇張。他笑得比較尷尬，用另一隻手摸了摸鼻子道：「是啊，我父親原來喜歡耍蛇，還出去表演過蛇藝。很多人都認識他。」

爺爺握他的手停住了，問道：「你父親現在不養蛇了嗎？那真是可惜了！以前誰被蛇咬了，只要找你父親就沒事了，多厲害的蛇毒都能解。我還以為他會把手藝傳給你呢。」末了爺爺喃喃自語道：「他怎麼就不養蛇了呢？」

那人臉上的笑容更加僵硬了，他抿了抿嘴，然後說道：「馬師傅，我父親現在販蛇，所以不養了。他說養了的賣出去心疼，還不如到山上去捉了蛇再賣。這樣一來，成本也低，野蛇的賣價也要高很多。」

爺爺的嘴角抽動了一下，鬆開手來摸了摸下巴，側頭問我：「我還有菸嗎？」

我皺眉道：「你一大早就出來了，我哪裡知道你還有沒有菸？」

那人慌忙在自己褲兜裡摸索了半天，掏出一根香菸來，又從另一個衣兜裡掏出打火機，然後將菸遞給爺爺，順手將打火機打燃。動作連貫，但是不夠熟練。那人笑道：「我自己是不吸菸的，但是身上總帶幾根散菸。遇了熟人總要敬菸或者接菸嘛！」

爺爺將菸頭放在打火機的火苗上，深深地吸了一口，然後道：「謝謝。」

那人顯得手足無措，彷彿一個沒有零錢的小姑娘想要小賣部[1]裡的糖果一般。他嘴巴張開了好幾次又閉上，最後終於說出話來：「不用謝。其實，我不是去拜訪親戚，也不是去辦事，而是來找您的。」

「找我？」爺爺瞇了眼問道。

1.小賣部：相當於便利店。

那人認真地點了點頭。

「找我有什麼事？」爺爺問道。

我見奶奶還站在門口朝我們這邊望，便勸爺爺道：「到屋裡了再說吧！奶奶站在門口等了好久了。」

那人彷彿怕得罪我似的，連忙說道：「是啊是啊，我們到屋裡了再說吧！」

就這樣，我們三人一起踏著被夜露打濕的小道向前走。

爺爺彈了彈菸灰，忍不住問道：「是不是你父親出了什麼問題？是他叫你來找我的嗎？」

那人搖頭道：「不是的。是我自己要來的。我聽父親講過很多關於您的事情，所以來找您幫幫忙。」

爺爺問道：「那麼，我又能幫你什麼忙呢？該不會是蛇的問題吧？如果是關於這方面的，你還不如求你父親幫幫忙。」

我心想，難道是他與養蛇的父親產生了什麼矛盾，叫爺爺來化解一下嗎？如果是靈異方面的問題，那麼他父親自己來不是更好嗎？為什麼讓爺爺不認識的兒子來呢？如果不是靈異方面的問題，那麼會是什麼問題？總不會是蛇的問題吧？

我剛這麼想，那人立即說出一句讓我和爺爺都驚異的話來：「對，就是蛇的問題。我來請您幫幫忙！」

爺爺手裡的過濾嘴剛要塞到嘴裡，卻又停住了。「那你來找我就找錯啦！你放著精通蛇藝的父親不找，為什麼偏偏來找我呢？」

這時，我們已經走到了爺爺家門前的地坪裡，奶奶迎著我們走了過來。那人連忙向奶奶打招呼：「您老人家身體可健旺？」

奶奶愣了一下，但是立即認出他來：「健旺得很呢！呵呵，你可是張蛇人的兒子張九？」

那人笑起來，聲音如黃鸝一般悅耳。這種聲音雖然好聽，但是從一個男人的口中發出，未免讓人渾身不舒服。他朝奶奶點頭，為老人家還記得自己感到高興。

奶奶驚訝道：「哎喲，張九都長這麼大啦！你父親來這裡要蛇的時候，你還沒有我家的飯桌高呢！夾菜都要站在椅子上！現在比我都高啦！」奶奶認人的眼光精準，誰家的小孩只要讓她細細看過，許多年後再突然出現在面前，她總能辨認出是誰家的孩子。但是，奶奶似乎從來意識不到孩子會隨著時光的流逝而長大，乍一見面免不了要大呼小叫說孩子長高長壯了。

「真是稀客呀！快進來坐！」奶奶連忙上前拉住他往屋裡拖，好像生怕他不進來。

在他進門的時候，我聽見一陣窸窸窣窣的聲音，彷彿一條蜿蜒的蛇爬進了門。

3

奶奶道：「張九啊，你這麼早就到了這裡，一定還沒有吃早飯吧？剛好我們也正準備吃飯，你就將就一下。」

張九客氣道：「我來之前已經吃過飯了。你們先吃吧！吃完了我再跟馬師傅說說話。」爺爺將他拖至桌前，笑道：「你就別客氣了，你從家走到這裡少說也要兩個鐘頭，哪裡會那麼早就吃飯呢？你父親跟我關係很好，你是知道的，就別推三阻四了。」

雖說我也是不習慣在陌生人家裡吃飯的人，但是主人這樣說了，我就算真吃了也要假裝沒吃，坐到桌前動動筷子。但是，這個張九實在是太含蓄了。他居然從桌邊走開，在靠牆的一張椅子坐下，拱著手求饒似的說：「我真的吃過了。你們先吃吧！」

奶奶無可奈何地揮揮手，道：「既然他這麼客氣，那我們先吃吧！」

張九聽奶奶這麼一說，居然羞紅了臉。他像個沒出過閨門的大小姐一樣，兩隻手揉捏著衣服的一角，嚅囁道：「我真的吃過飯啦！我一直起得很早，因為收集的露水不能讓太陽曬到。我一般是吃了早飯收了露水，然後再回來睡覺的。」

奶奶一邊給我盛飯一邊問道：「收集露水做什麼呀？你不會是學道士煉丹吧？以前我只

聽說帝王人家使喚丫頭收集露水泡了茶喝的，難道你喝茶也這麼講究？」

張九搖頭道：「我……我不是用它來喝茶的。」

「那做什麼？」奶奶完全沒有注意到張九的表情，不知道他努力掩飾著什麼。

幸虧爺爺發覺了張九的不自在，連忙攔住奶奶的話道：「人家這麼做肯定是有用的嘛，說不定跟養蛇有關，妳又不懂，刨根問底幹什麼？」

奶奶這才發現張九的窘態，哈哈一笑了事。

我們吃完飯，奶奶將桌上的碗筷收拾乾淨，泡上四杯茶，一人遞上一杯，圍著桌子喝起茶來。

茶水喝了一半，張九仍舊不發問，兩隻眼睛有些失神地看著手中的茶杯。

爺爺菸癮犯了，掏出一根香菸夾在鼻子上嗅。我代替爺爺問道：「在路上時你不是說找我爺爺有事嗎？現在可以說了。」

他像個小學生似的用目光詢問爺爺。爺爺點點頭，又扶了扶鼻子上的香菸。我實在是覺得這個男人沒有一點陽剛之氣，相貌長得這麼俊秀也就罷了，說話娘娘腔也算了，但是一舉一動都扭扭捏捏讓人難受。如果他是一個女性，那麼一切剛剛好。造物主好像故意跟他開了個玩笑，剛好把這個人的性別給弄反了。

到了這個時候，他還多餘地問了一句：「那麼……那麼我就開始說囉？」

爺爺將香菸放在桌子上，點頭道：「你說吧！不用這麼拘謹。」

張九用巴掌抹了抹嘴角，好像那裡有一顆剩餘的飯粒似的，然後道：「我想請您去幫忙說說我父親，叫他不要把新捉到的一條青蛇賣了。」

爺爺皺了一下眉頭，問道：「你父親販蛇是什麼時候的事情了？最近才開始嗎？」

張九道：「已經三、四年啦，販賣的蛇少說也有五、六百條了，但具體數目我也記不清。前兩天他在家門口捉了一條青色的蛇，後天收蛇的販子就會到我家來。」他一邊說話一邊捏著纖細嬌嫩的手指。

爺爺道：「意思就是說，你要我在販子來之前跟你父親說一說，叫他不要賣了那條青蛇？」

張九抿嘴點點頭。

爺爺看了一會兒桌上的香菸，問道：「你父親販賣了那麼多的蛇，你都沒有管，為什麼偏偏不想讓他賣了在門口捉到的這條青蛇呢？」

張九低頭捏手指不說話。我見他從大拇指捏到小指，然後換手又從大拇指捏到小指，如此循環反覆。

「如果你不說出一個理由的話，那麼我也不好勸你父親啊！」爺爺也盯住他的手指。

張九捏手指的動作突然停住了。

「您不肯幫忙？」捏手指的動作是停止了，但是手指忽然微微地彈了起來，彷彿看見了什麼恐怖的事情。我也在心裡納悶：他的養蛇人父親捉了那麼多的蛇，他一條也不救，為什麼偏偏要救前天捉到的青蛇呢？難道那條青蛇有什麼特別？或者，他預感到他父親如果得罪了那條青蛇會遭到報應？

爺爺拿起菸在桌上輕輕地磕了兩下，將紙卷裡的菸葉磕得更加緊實。

張九的手忽然如緊壓的彈簧彈了開來，一把抓住爺爺握菸的手，緊張萬分道：「馬師傅，您一定要幫我啊！無論如何，您一定要幫我勸勸父親，叫他別賣了那條蛇！那個蛇販子會把蛇剁開來，把蛇肉賣給餐館，把蛇膽拿去入藥，把蛇皮裝到二胡上！」

我和爺爺被他弄得面面相覷。

每條被販賣的蛇都不外乎蛇肉送到食客的碗裡，蛇膽送到病人的藥裡，蛇皮裝在藝人的二胡上。他的父親既然是養過蛇又販過蛇的人，他也應該早就知道蛇的用處了，為什麼還這麼緊張呢？

張九抓住爺爺的手拼命搖。爺爺手裡的香菸被捏得粉碎，細碎枯黃的菸葉在桌上撒開，如秋後的落葉。

爺爺道：「我不是不肯幫忙，但是你總得說說原因吧？就算我現在答應你，但是沒有理由說服你父親的話，我答應了也是白答應啊！張九，你別著急，說清楚為什麼非要救下這條蛇，我才好勸服你父親。」

張九猛地縮回了手，神經兮兮地自言自語道：「不，不，不，如果我說清楚了，我父親更加不會答應……」

4

「你父親不是不講道理的人，他會答應的。」爺爺勸道。

他抬起頭來看看我，又看看爺爺，眼睛有些潮紅：「不！如果我父親知道了我為什麼要救那條蛇，他會毫不猶豫地殺死牠的！」

爺爺一愣，問道：「到底是怎麼回事？」

張九猶豫了半天，終於吞吞吐吐說出一句話來：「因為……因為我愛上了那條竹葉青蛇。牠那天傍晚在門口被我父親捉住，是因為我們約好了那時候見面的。」

「你，你喜歡上了一條竹葉青蛇？」我在旁忍不住插嘴道，「你……怎麼不喜歡上一個姑娘，偏偏喜歡上了蛇呢？」

「這就說來話長了。」張九又開始捏手指了。

在四年以前，張九不是這樣的娘娘腔，也不是這樣的皮膚嬌嫩。他跟著父親學養蛇，因為不小心，被一條家蛇咬到。當時張九口吐黑血，兩眼翻白。恰好他的父親出去了，他的母親又不懂醫治蛇毒，胡亂地抓了一把蛇藥給張九吃下。

不知是因為那蛇的毒性不夠大，還是蛇藥碰巧起了點作用，張九居然留下了一條命。

待他的父親回來，看了看他的舌苔，翻了翻他的眼皮，沒有發現什麼異常，便以為事情就這樣過去了。

可是過了幾天，張九感覺渾身癢得難受。他拼命地撓，可是越撓越癢，直到將皮膚撓得出血了，癢還是沒有止住。嗓子也開始有些嘶啞，像感冒了似的。

張九的父親在澡盆裡加了許多草藥，要他天天洗一遍。癢是消了一些，但是還是不能完全消失。說話的時候聲音漸漸發生改變，一開始是像被人捏住了脖子似的，聲調很高，聲音很低，彷彿唱海豚音的女歌手。後來，聲音變得又尖又細，他的母親聽到他說話總要咬牙齜牙，雙手拼命地護住耳朵。最後就變成了現在的娘娘腔。

他的父親也手足無措了，到處求醫，但沒有一個醫生能治好他的癢和聲音。

在吃藥和治療的過程中，張九的皮膚發生了變化，角質增加了許多，白白的一層舖在身上如冬天在雪地裡打了一個滾。

到了蛇換皮的季節，他居然也像蛇一樣蛻下一層皮來。張九說，蛇的眼部的菱膜染上乳白色，眼睛變白或變藍，尾部皮膚的顏色也隨之變淺，就表示蛇即將要蛻皮。而他蛻皮的時候感到眼睛脹痛，對著鏡子一照，他的瞳孔居然也透出淺淺的藍光來。

蛇蛻皮期間喜歡喝水。而他蛻皮的期間也一大碗接一大碗地喝水。一大缸水他幾天就喝完了。

雖然身上有厚厚的一層角質，但是手和腳，還有臉上、脖子上的皮膚卻比以前要細嫩白皙得多。他細心的母親還發現他的臉在變化，變得比以前要尖，比以前要窄。

他不知道自己患得了什麼怪病，但是從種種現象來看，他的病和蛇有著最直接的關係。他的父親把所有的怨氣都怪罪在蛇的身上。一怒之下，決定從此不再養蛇。他將悉心養過的蛇都賣給了來村裡收蛇的販子，讓販子將蛇送到餐館，送到中藥鋪，送到二胡店。他的父親以前不吸菸也不喝酒，但是從那之後，他的父親開始沉悶地吸菸，開始酗酒。

在一次癢得非常厲害，撓得渾身是血的時候，張九搶過了父親手中的酒，一飲而盡。張九跟他父親一樣，不好菸不好酒，忽然一杯喝盡，頓時腳步踉蹌，暈頭轉向。因為麻痺了神經，之前的癢的感覺終於完全消失了。

於是，張九也開始酗酒了，並且一喝就爛醉如泥。

又一次到了蛻皮的時候，張九奇癢難耐，將家裡的酒喝了個精光，然後像稀泥一樣癱倒在床。他不知睡了多久，忽然感覺身上有些涼。下意識裡，他拉了拉身邊的被子。可是涼意並沒有減少分毫。

當時張九迷迷糊糊，似乎聽到蛇吐信子的咻咻聲，但是他以為是幻聽，就沒有在意。

第二天起床，張九看見父親站在他的床前，雙眉緊蹙。他以為父親要責怪他喝完了家裡的酒，沒想到他的父親蹲下身來，用手指觸了觸地面的一道濕痕，說道：「昨晚有蛇進了我們的家，到了你的床邊。從留下的痕跡來看，那條蛇應該是有毒的竹葉青蛇。」

張九撓了撓後背，癢的感覺沒有往常那麼劇烈了。「蛇？」他瞇著有些腫脹的眼皮問道。

他的父親點頭道：「是的。我養蛇的時候除了有大黃蛇爬到房頂上吃老鼠，還沒有見過其他蛇主動爬到我家裡來的，居然還是條有毒的竹葉青！」

「竹葉青？」張九還有些恍惚，但是他熟知竹葉青蛇。

竹葉青蛇又名青竹蛇、焦尾巴。通身綠色，腹面稍淺或呈草黃色。多於陰雨天活動，在傍晚和夜間最為活躍。竹葉青的毒性一般來說不會致命，但是處理不當的話也可能奪人性命。竹葉青與一般蛇還有一個不同的地方，一般的蛇是生下蛇蛋，然後小蛇從蛇蛋中破殼而出。竹葉青屬於卵胎生蛇類，會從泄殖孔生出小蛇來。

張九的父親咬牙道：「看來蛇還是有靈性的。以前養牠們的時候不知道報恩，反而咬壞我的兒子。現在我賣蛇了，牠們倒要到我這裡報仇來了！」

「報仇？」張九忽然想起了昨晚的蛇信子的咻咻聲。他忙低下頭來檢查身上，看是不是哪裡留下了咬痕。如果被竹葉青咬到，傷口局部會劇烈灼痛，腫脹發展迅速，其典型特徵為血性水泡較多見，並且出現較早。

可是張九既沒有找到咬痕，也沒有感覺到灼痛。

5

張九的父親瞟了他一眼，道：「不用找傷口了。如果被竹葉青咬到而現在才發現的話，你早就沒有命了。」

張九納悶了，如果不是來報仇咬他的，那麼竹葉青來這裡幹什麼？

當天晚上，張九多了一個心眼。他按正常睡覺的時間睡下，眼睛雖閉著，但耳朵卻竊竊地聽著外面的聲響。他想，如果那條竹葉青再來這裡，他會毫不猶豫地捉住牠。雖然那條蛇不曾咬到他，但是睡覺的時候總有一條蛇在耳邊吐信子，終歸不是一件讓人舒服的事情。

可是沒過多久，張九身上就癢了起來，根本就裝不出睡覺的樣子來。他越撓越癢，越癢越要撓，苦不堪言。

張九想，這個計畫是進行不下去了，竹葉青肯定不會來了。父親的酒被他昨一天晚上喝盡了，今天還沒有去打酒，所以連痲痺神經的酒也沒得喝。張九煩躁不安地渾身撓癢。不過，他能夠感覺到，身上癢的感覺似乎沒有上次發作時那麼劇烈了。他不知道身上的病毒是在減輕，還是別的原因促使癢的感覺減弱。

正在他一邊遐想一邊撓癢的時候，外面響起了輕輕的敲門聲。聲音很輕微，似乎怕屋裡的人聽見，又想讓屋裡的某個人聽見，恰似陷入愛河的青年男女深夜約好了怯怯地敲對方的門。

張九愣了一下。這麼晚了，難道是有人來求父親辦事？他側耳聽父親房裡的聲音，沒有任何聲響，只有輕微的鼾聲。顯然父親和母親都沒有聽到敲門聲。

於是，他忍住癢，下床趿上鞋，吧嗒吧嗒地走到大門後，將門閂輕輕拉開。

「誰呀？」張九一邊撓著脖子上的癢處一邊問道。門前沒有任何人。

他將頭探出來，左顧右盼。

左邊的角落裡走出一個人來，怯怯道：「是我。」那聲音柔和得如一團棉花，鑽進張九的耳朵裡，無比舒服。

那個晚上月光不甚明亮，並且那人是背對月光，張九看不太清楚來人的模樣，只覺得身形纖細，是一個女人的模樣。夜裡輕微掠過的涼風，偶爾吹過張九的臉龐，讓他感到一絲一絲來自山林深處的涼意。

張九瞇起眼睛看了看，問道：「妳是誰呀？我好像不認識妳。」

女人道：「你不認識我，但你父親認識我。」

張九點頭，問道：「那麼，妳是來找我父親有什麼事吧？我這就去叫他。」

女人一聽，急忙制止道：「不要不要！」

張九回過頭來，疑惑地問道：「妳不找我父親，那妳來做什麼呢？是不是敲錯門了？」

女人將頭探進門裡，瞟了一眼張九父親的房間。顯然她知道張九家裡的格局。女人在探進頭的時候，臉湊近了張九。張九這才看清了她的面容和衣著。

女人的臉尖細如瓜子，皮膚白皙，杏眼柳眉，是一張絕美的臉。她穿著一身綠色連身裙，奇怪的是腰帶是草黃色，裙邊上是不怎麼搭配的焦紅色，彷彿這件連身裙放在火邊烘烤的時候火苗燎著了裙邊。但是連身裙裡面的身體卻玲瓏誘人，凹凸有致。

張九看得雙眼發直，嚥了嚥口水。

「你父親睡著了吧？」女人小聲問道，尤其提到「父親」兩字，更是小心翼翼，聲音微顫。

張九順著女人手指的方向，看了看父親的房間，彷彿女人才是這裡的主人，而張九要依靠她的指點才清楚房間格局一般。他撓了撓後背，道：「是的。他已經睡著了。」

女人道：「那我們就不要打擾他休息了。我要找的人是你，不是你父親。」說完，女人就提腳跨進門來。張九看見了女人的鞋子，那是一雙紅色的繡花鞋，現在很少人親手做繡花鞋穿了，當然除了很有錢的人家買這樣的鞋來穿。

張九連忙擋在門口，擰起眉毛道：「我還沒答應讓妳進來呢！妳說是來找我的，可是我怎麼不記得在哪裡見過妳呢？」

女人在門口猶豫了半天，一副想說又說不出口的模樣。

張九解釋道：「我可不能隨便讓陌生人進來。妳至少說清楚妳找我有什麼事，如果我覺得可以才能讓妳進來。」張九兩手左右各握住一扇門，人擋在門中間。

女人抖了抖肩膀，做出一副怕冷的樣子。「你可以讓我先進去再說話嗎？外面陰冷陰冷的。行不行？」女人雙手摟住肩膀，跺了跺腳。她跺腳的動作很輕，張九知道她怕驚動了屋裡睡覺的人。

張九見她這樣央求，不好意思再拒絕。他鬆開了手，道：「進來吧！有什麼事情快快說。現在時候不早了，說完早些回去。」

女人見他終於答應讓她進去，歡喜雀躍地鑽進屋裡，直奔張九的房間。張九返身關上大門，跟著女人走進自己的睡房。

待張九走進房間，女人已經在床邊坐下，兩隻欣喜的眼睛盯著張九直看。

張九問道：「妳怎麼知道我的房間在這邊？」

女人笑道：「我……來過這裡呀！」

「妳來過這裡？我怎麼不知道？」

女人眼珠滴溜溜轉了一圈，答道：「也許是我來了你沒有看到我，也許是你父親提到過但是你沒有在意。」

張九「哦」了一聲，問道：「那麼，妳這麼晚來找我有什麼事呢？」他見女人坐在床邊，自己不好意思再靠過去，便選了個正對女人的椅子坐下。

女人露出一個俏皮的表情，道：「我來不是找你幫忙，而是來幫助你的。」

6

「妳是來幫助我的？」張九瞪大了眼睛。他原以為這個女人深夜來訪是要找父親或自己來幫什麼忙，沒想到女人一開口就說是來幫助他的，並且是在這麼深的夜晚來幫助他。那麼，這個連名字都還不知道的女人要幫助自己什麼，要怎麼幫助自己呢？張九實在想不明白。

女人此時卻認真地說：「是的。我是來幫助你的。但是我有一個要求——不要讓你父親知道。可以嗎？」

張九不以為然道：「妳這個人怎麼這麼怪呢？我都不知道妳是來幫我什麼忙的，妳卻先提出不要讓我父親知道的奇怪條件。既然妳想幫我，姑且就認為妳能幫我什麼吧！那麼為什麼要瞞著我父親呢？」他一邊說一邊不忘撓癢。他身上已經有好幾處被堅硬的指甲抓得通紅了。

「你的意思是，不需要我幫忙嗎？」女人挪動了一下身子，說道，「我看你一邊說話一邊撓癢，這滋味很不好受吧？」

張九尷尬地笑了笑，道：「妳這麼晚來到我這裡不會就是為了給我撓癢吧？」

他只不過是開個玩笑罷了，可是女人卻很認真地點了點頭，兩隻眼睛毫不閃避地看著他。

張九一驚，對望著女人。女人又一次點了點頭。

「妳，妳……」張九的喉結上下滾動，「妳不要跟我開玩笑。這個玩笑不好笑。」

女人盯著他，靜靜地聽他說完話，然後說道：「我知道你身上奇癢無比，四處求醫都沒有一點效果。還有，我還知道你的癢是因為曾經被蛇咬過。你的父親就是因為這件事情才不再養蛇，轉而賣蛇。是不是？」

張九的嘴巴張成了金魚吐泡泡的形狀：「妳是怎麼知道的？」

「我不是跟你說過嗎？我跟你父親很熟，他的事情我知道很多，所以我也知道了一些關於你的事情。」女人頓了頓，又說，「我相信那條咬你的蛇不是故意的，牠一定是誤解了你的意思才咬了你。如果牠知道身上的蛇毒會給你造成這麼大的痛苦，一定會非常後悔的。」

女人說話的語氣非常誠懇，彷彿她要代替那條蛇給張九道歉。

張九嘴角拉出一個苦笑：「妳不是那條蛇，又怎麼會清楚牠想法呢？不過我知道，蛇一般是不主動攻擊人的。一定是我的動作不夠熟練，讓父親養的蛇誤以為我要傷害牠，才被咬了一口。」

女人高興地說：「你能這麼想最好了！」

張九攤開雙手道：「事情已經是這樣了，我還能怎麼想呢？」
「那麼，你就沒有想過完全治好這種癢病嗎？」女人問道。
張九「哼」了一聲，道：「連專門養蛇的父親都治不了我的癢病，其他人我就更加指望不上了。」
女人突然問道：「我記得你以前是不碰一滴酒的，現在卻經常喝得爛醉，是不是也是因為癢得沒辦法了？」
張九狐疑地看了看面前的嫵媚女人：「妳怎麼知道得這麼多？」
女人抬起嬌嫩的手在鼻子前揚了揚，道：「我能聞到酒味啊！所以……所以我就這麼猜囉！我……哪裡會這麼熟悉你的習性？」
張九道：「我今天沒有喝酒，妳從哪裡聞到的酒味？」
女人慌忙道：「我是昨天聞到的……」
「昨天？」張九按了按太陽穴，「妳昨天也來了我家嗎？我怎麼沒有看見妳？」
女人的臉上掠過一絲慌張。
張九喃喃自語道：「難道我喝得那麼醉，以致於誰來過我家都不記得了？」
女人連忙揮揮手道：「對呀！當時你已經爛醉如泥了，怎麼會知道我來呢？」說完，她輕輕噓了一口氣，臉上恢復了平靜。

「哦！」張九沉吟道，然後他抬起頭看了看窗外的夜色。影影綽綽的槐樹如鬼影一般印在窗上。在沒有夜生活的鄉村，這是一個寧靜得有些無聊的夜晚。但是這樣的夜晚也使得人們聯想豐富，一切曖昧的因素都產生於這樣的夜晚之中。

女人也看了看窗外，然後站起身來，走到張九面前，將那張玫瑰花瓣一樣紅而飽滿的嘴湊到他的耳邊，輕輕地、緩緩地說道：「張九，天色很晚了。我們開始吧……」

張九感覺到耳邊掠過一陣帶著溫度的風，愜意無比。而那棉花一般的聲音直往耳朵最深處鑽，令他的心也變得癢癢的，不撓一撓就會難受。

「妳……妳要做什麼？」張九畏畏縮縮地向後挪動身子。其實他的挪動是徒勞無功的，因為椅子已經靠在牆壁上了。他不是一個冷血的漢子，但是在這樣寂靜的夜晚，他生怕吵醒了隔壁的父母親。

「我幫你止癢啊！」女人一邊說一邊給他解上衣的鈕釦。

張九的兩隻手緊緊抓住的不是胸前的衣襟，而是椅子的靠背。他發現自己的身體有些僵硬，一塊塊肌肉此時變成了不可伸縮的石頭。

最上面的一顆鈕釦被女人解開了，露出的皮膚上有著一層雪一樣的角質。張九為自己醜陋的一面暴露在女人面前而感到羞愧難當。他尷尬地笑了笑，連笑聲也是那麼僵硬。之前他的閃避，也是因為怕女人看到他的皮膚。如果是在被蛇咬之前，他渾身的血液肯定早就像開水一樣沸騰起來了。

女人用手撫摸著張九胸前的角質，動作輕柔而帶著點點憐惜。當女人的指頭觸到張九的時候，張九打了個冷顫。

因為，女人的手實在是涼！

7

女人俯下頭來，長長的秀髮掃過張九的臉，清香而有些發癢。不過那種癢不是他中了蛇毒之後的癢，而是一種怯怯的帶著些許害怕的癢。女人的頭放在他的胸前，他低頭看了看女人的秀髮，不知道她要做什麼。他覺到胸口的某一處觸到了軟綿綿的濕漉漉的東西，那東西還如小蟲一般蠕動。他的神經繃得更加緊了，他感覺身上的肌肉已經達到了緊張的極限，下一刻就會像超過拉伸極限的橡皮筋一樣斷裂。

「妳……妳……」張九咕嚕一聲吞下一口唾沫，終於憋出兩個字來。

「做什麼？」女人從他胸前抬起頭來，舌頭舔了舔嘴角，像是剛剛用過餐一般。同時，張九胸口奇癢的感覺消失了，只有陣陣清涼透心，如擦了一層清涼油一般舒服。

張九心裡驚呼道，她，她，她……她竟然用舌頭舔我的胸口！

張九的心跳驟增，慌忙再往後一縮，身子緊緊貼住牆壁。椅子被他身體推倒，靠背撞在了牆上，一塊早已鬆軟的石灰從牆上剝落，掉在了地上。

椅子的撞擊驚醒了隔壁的父親。

「怎麼啦？」那個蒼勁有力而帶些睡意的聲音從隔壁響起。隨即是窣窣的掀被子聲和噠噠的腳步聲。

「快！我父親馬上過來了！」張九急忙伸出雙手往前一推，未料推力落空，自己打一個趔趄。咦？面前的女人早已不見了。掃視一周，房子裡也沒有看到女人的影子。他來不及多想，立即將椅子扶起來，慌亂地回到床上躺下，並迅速拉上被子蓋住胸口。胸口的涼意還在。

父親的腳步聲在門口停住，敲了敲門，問道：「張九，你在幹什麼呢？這麼晚了還不睡覺？」父親的話語裡明顯帶著幾分懷疑。

張九翻了個身，故意懶洋洋地答道：「我已經睡了，只是癢得難受，我撓了好一陣。」說完，他伸手在胸口撓了撓，角質發出吱吱的摩擦聲。這種聲音在白天聽不到，但是在寂靜的晚上聽得尤為清晰。

他的父親沒有推開門，站在門前嘆息了一陣，勸道：「張九啊，做父親的對不住你，沒看好自己養的蛇，讓你受苦啦！」

張九聽了有些心酸，身上的癢又開始四處蔓延，他禁不住吸了一下鼻子，道：「父親，是我學藝不精。要怪都怪我平時不認真，不怪您呢。」

父親那邊半晌沒有說話，張九趴在床上聽了好久，竟然忘記了要去撓癢。他們父子倆就這樣隔著一扇門一站一臥。

末了，還是張九打破了沉默。

「我沒事。您回到屋裡去睡覺吧！明天還有事要做呢！」他將胳膊放在床沿上來回蹭刮，像水牛一樣撓癢。頃刻間，床沿上留下一圈白色皮屑，倒彷彿是將床沿給磨壞了。

他的父親道：「要是你實在癢得難受，就叫出來，不要憋著怕吵醒了我們。」張九不知道父親什麼時候變得這般婆婆媽媽了。他向來不是個多話的人。

張九回道：「我知道。您就回去睡覺吧！」

他的父親在門口徘徊了一陣子，這才噠噠地回到隔壁的睡房裡，接著就聽到父親唉聲嘆氣的聲音。張九忍住身上的癢，竊竊地聽見隔壁房間的聲音漸漸沒有了，才揭開被子站在屋中央，向各個角落裡搜尋。他的心裡隱隱有著一絲期許，期待著那張俊俏的臉重新出現在他的面前。

他一動也不動地在房中央站了許久，可是那個女人卻沒有如他所想的那樣從某個角落裡走出來，只有一隻土蟈蟈剛剛睡醒似的鳴叫起來……

張九失望地回到床邊坐下，望望窗外，月殘如鉤。他一時天真爛漫地想，老一輩人說月亮裡面有個吳剛在砍桂樹，桂樹被砍開了又癒合，癒合了又被砍開，不知道吳剛有沒有閒情回頭看看這邊，有沒有看見一個絕美的女人曾伏在他的胸口。

由於昨天晚上耽擱了睡眠，張九第二天接近中午才醒過來。當睜開眼睛準備起床的時候，他看見父親站在了床前。父親像是一直站在床前等兒子醒過來似的，一雙眼睛狐疑地上下打量張九，好像今天的張九跟昨天的有所不同，需要他細細打量一番才能確定床上躺著的是不是親生兒子。

張九坐了起來，懶懶地問道：「父親，您這是怎麼了？」

他的父親冷冷問道：「你昨晚有沒有看見一條蛇來過屋裡？你睡得那麼晚，應該能看到的。」

張九皺了皺眉，回答道：「沒有。即便有也不知道，我睡得晚，睡得比較死。」

他的父親依舊冷冷地問道：「張九，你是不是在偷偷養蛇？」

張九不耐煩道：「你不是專門養蛇的人嗎？我有沒有藏著蛇你還不清楚？要不是我技術差勁，我能被蛇咬到嗎？我做什麼是不能瞞過您眼睛的。」

「沒有最好！」父親的語氣立即軟了下來。

張九對父親的嘮叨很不滿，故意垮下一張臉。但是他的心裡很緊張，昨晚雖然沒有見到蛇，但是有一個女人來過房間裡，並且用舌頭舔過他的胸口！如果這件事讓父親知道的話，只怕會引起他的雷霆之怒。

父親退到門口，在拉上門之前，有意無意沉吟道：「昨晚肯定有蛇進了屋！」

張九當著父親表面上波瀾不驚，但是心裡一顫。莫非那個女人就是蛇變幻的？

她的手指，她的舌頭都是冰冷的，正常人應該有著三十多度的體溫。可是，如果她是蛇，那麼她為什麼要幫自己？難道她就是咬傷自己的那條毒蛇？

8

但那是不可能的。咬傷他的蛇早被父親交給蛇販子了。那條蛇不是早已成為食客的一碗鮮湯，就是成了二胡上面的蒙皮。

張九暗想，既然那蛇連續兩夜來了，那麼今天晚上肯定還會再來。

於是第三個夜晚，他繼續守株待兔。

月上樹梢，月中淡淡的影子隱約可見，像一棵茂盛如傘的大樹，也許那就是吳剛砍桂樹傳說的由來。風是比昨日要大得多，草木隨著風勢起伏不停，不遠處的山就像洶湧的波濤一樣。偶爾聽得一兩聲瓦片摔破的聲音，不知是誰家的屋頂許久沒有拾掇，魚鱗一般的瓦早已鬆動，此刻被風吹落。

屋裡倒是要安靜得多，關上窗，閉上門，任是再大的風也無可奈何。張九仰躺在床，兩隻眼睛發愣一般對著房頂，看著掛滿灰塵與蛛絲的房樑。他表面寧靜無比，內心卻狂躁難抑。外面的風倒是沒能颳下他家的瓦片，也沒能颳破他家的窗紙，但是掩蓋了從門前經過的行人腳步聲。這是他內心不能平靜的原因。

她會來嗎？今晚這麼大的風，也許她不會來了吧？不對不對，她應該還會來，前天和昨天都來了，今天一樣會來的。可是，可是她沒有說今晚一定會來呀？不過她也沒有說今晚不來呀？

幾個問號在張九的腦袋裡轉來轉去，轉得有些頭暈。張九坐起來又躺下，如此反覆，輾轉難眠。

這樣大的風也沒有什麼不好，至少隔壁的父親聽不到他房間裡的動靜了。這樣一想，張九的心裡不禁升起了一絲邪念。我這邊房裡的一切聲響父親都是聽不見的吧？

這個念頭剛產生，張九便罵了自己一句，千想萬想不該想那齷齪的事！身上的癢處猶如雨後春筍，漸漸出現。張九左撓右撓，加上等待的焦急，簡直如同煉獄一般。這次的癢與以往又有所不同，癢中似乎帶著一絲燥熱，手撓處雖然解了癢，但是制止不了那股燥熱勁。

張九耐不住這樣的怪癢，將背頂在牆壁上，上上下下地蹭動。這樣撓癢的範圍是增大了許多，可是也是杯水車薪。幸虧外面的風大，任他怎樣蹭牆也不會引起隔壁父母親的注意了。正當他在牆上蹭得不亦樂乎的時候，大門外隱約響起了敲門聲。

張九立即彈跳開來，急忙打開睡房的門直衝向堂屋，快速拉開門閂打開大門來。

門外空無一物，只有地上的樹影如魔鬼一般舞蹈著。月亮如天幕的一個漏洞。張九探出頭來左看右看，連隻晚上出來偷食的老鼠都沒有看到。也是，這樣的夜晚，老鼠都不敢出來，蛇哪裡會出來呢？

張九失望地關上門，返身回到自己的房間，呆坐了好一會兒。

睏意漸漸地襲上眼皮，重重地往下壓。雖然癢還如跳躍的沙粒一般打著各處皮膚，但是瞌睡蟲也開始侵蝕他的精神了。他忍不住打了一個長長的哈欠，打得眼睛都濕潤了。

他一邊撓癢一邊強撐著眼皮，可是漸漸睡意佔了上風，他依靠在疊起的被褥上打起了盹。

不知過了多久，在半醒半寐之間，他忽然感覺到一個軟綿綿的濕漉漉的東西在身上爬動。他哼了一聲，那種感覺立即消失了。

過了一會兒，那種感覺又重新出現。

張九微微睜開眼，看到了那張絕美的臉。「妳……來……了？」他迷迷糊糊問道。

她點點頭，露出一個溫馨的笑容。

在她沒有來之前，他急不可耐；此刻看到了她的臉，他反而懶洋洋地不願直起身來，彷彿一舉手一挪身都會驅散那種軟綿綿的濕漉漉的感覺，會讓眼前的女人如夢一樣消失。「昨晚妳怎麼不跟我說一聲就走了呢？」他連問話的聲音都是懶洋洋的，雖然問起，並沒有責怪的意思，甚至女人回答不回答他都無所謂。是的，他無所謂了，即使此刻父親的警告充斥在耳畔他都無所謂了。

「你父親來得太突然，我來不及跟你打招呼。」女人充滿歉意地說道。

張九點點頭，問：「我父親說這兩夜有竹葉青蛇來過，他說的是不是就是妳？」在等待她到來的時候，他還在想要怎麼向女人詢問，太直接的問法會不會不太合適，到了此時，前面所有的顧忌都不復存在了。

女人也毫不避諱，笑著點點頭。她的爽快倒是張九沒有料到的。

「難怪……」張九深深地看了女人一眼。他此時總算明白了為什麼女人穿著通身綠色的裙子，裙邊卻有火燎到了一般的焦紅色，攔腰勒著一根黃腰帶了。竹葉青蛇就是這樣，通身綠色如珠子一般，身側有一條紅線，而尾巴焦紅。所以竹葉青也叫焦尾巴。

「那條咬過我的蛇跟妳是什麼關係？妳是心甘情願給我治病，還是為了幫妳朋友？」問這話的時候，張九閉上了眼睛。

張九沒有得到女人的回答，卻聽見女人咯咯的笑聲。她笑得花枝亂顫、梨花帶雨。

「妳笑什麼？」張九睜開眼來，頗不滿意地看了一眼撲在懷裡的女人。有了昨晚的遭遇，他不再緊張到那種程度，卻多了幾分歡喜，多了幾分依戀。自從被毒蛇咬了之後，他總是將衣領和袖口攏得緊緊的，生怕別人窺見了他變異的皮膚。而這個絕美的女人不但不鄙夷，卻用最親密的方式幫他治療。

「你是不是喜歡上我了？」女人如不懂人間情愛的少女一般，說話毫無忌諱、直來直去，然後淡然一笑，道：「可是你知道的，我是蛇……」

9

張九以為外面的大風可以使隔壁的父親聽不到他房間裡的聲響。其實不然，父親養蛇多年，對偷偷潛入房間裡的蛇總會有自己的方法。

張九的父親熟知四種捕蛇方法。

第一個辦法是吊索法。春夏時節，水蛇和花蛇每每喜歡在池塘邊露出頭來透氣，張九的父親用一根竹竿繫上一條細繩子，繩子上套一個活結，將活結浮於水面之上，待蛇的頭部游入活結之中，手執竹竿，快速向上提起，活結會將蛇的頭部緊緊索住，蛇就成了囊中之物。這是最簡單的方法，也是最難的方法。因為使用這種方法需要捕蛇人有著極敏銳的眼光和極精準的手法。

第二個辦法是裝籠法。用竹片編成的籠子，放在蛇經常出沒和覓食的地方，並且在籠子裡放上蛇喜歡吃的食物為餌。這種籠子的設計非常講究，其中最玄妙的設計是在籠口處放一機關，就是用鋒利的竹片編成的倒刺口，順著爬進去容易，倒著爬出來就不可能。整個形狀看起來像打棒球用的球棒，只不過球棒內部被掏空了。因為用竹片做的倒刺鋒利無比，蛇想爬出一定會弄個遍體鱗傷。有此法寶，爬進去的蛇便成了甕中之鼈。當地還有許多人用這種竹籠子捕捉泥鰍和黃鱔。

第三個辦法是尋龍術。所謂尋龍術，其實就是尋找蛇洞。察看蛇洞很有一套：根據泥土上的蹤跡，用鋤頭慢慢地挖掘泥土，來一招直搗「黃龍洞」，找到熟睡中的蛇，用鑷子一鑷，將來不及反應的蛇放到蛇袋中去。這種辦法效率比較高，但是危險性要大得多。如果不懂治療蛇毒，一般人是萬萬不敢輕易嘗試的。

第四個辦法是煙燻術。首先弄來一些乾草，在蛇洞旁邊生火，用扇子把煙搧進蛇洞中去，同時察看蛇洞的四周，如果有洞口冒出煙來，就得設下埋伏，即在冒煙的洞口都裝上蛇籠，以捕捉出逃的蛇。

如果在那之前爺爺就知道竹葉青與張九的事，說不定會叫張九的父親將煙燻術改進為雞毛煙燻術。因為水族與蛇類都屬陰，而雞本南方積陽之象，性屬火，是至陽之物，所以至陰之類，觸至陽之氣，立即倒斃，這正是《陰符經》中說的「小大之制，在氣不在形」的意義所在。

假設不過是假設罷了，但是張九的父親沒有爺爺的指點，只弄些濕柴堆在火灶裡，等著蛇一進門便將濕柴點燃。其實在竹葉青進門之前，張九的父親就已經將竹編的籠子放置在門口了。女人進門的時候沒有看見，一腳將那竹編之物踩扁了。

在張九急不可耐地等待女人的時候，他的父親正在隔壁側耳傾聽。也許是風大的影響，他不曾聽得不同尋常的聲音。守了許久，他也經不住瞌睡的誘惑，眼皮沉重。張九的母親之前就反對丈夫養蛇，後來見怎麼勸都沒有效，倒不在意了。當聽聞丈夫說連續幾夜有蛇偷偷潛入房間的時候，她不以為然：「養蛇、賣蛇都不怕，一條蛇爬進屋裡就擔心成這樣啦？」所以在張九的父親將耳朵貼在牆上傾聽的時候，她則勸起了丈夫，叫他不要耽擱睡覺了。蛇該幹嘛就幹嘛，任牠自由來了自由去。

不做虧心事，不怕鬼敲門。張九的父親自從販賣蛇以來就沒有一天不擔心蛇會報復過。他早就料到有一天避免不了跟蛇鬥智鬥勇。養蛇的他深知蛇的靈性絲毫不遜色於狡猾的狐狸。如果是毒蛇的話，那危險程度甚至比狐狸還大。

從這兩次蛇留下的痕跡來看，顯然蛇是衝著他的兒子來的。而他的兒子本來耍蛇的技術就比自己差了一大截，所以由不得他不擔心。

他聽著外面嗚嗚的風聲，打了兩個盹，忽然聞到一絲若有若無的氣味。如果是別人，縱使鼻子再靈敏也不會對這種氣味有任何的警覺。可是對於養了多年的蛇的他，這種氣味足夠讓他如針刺了一般渾身一緊。

屋裡雖然沒有呼嘯的風，但是窗紙和門的密封性再好，也會受到風的影響。屋裡空氣對流的情況比沒有風的時候強多了。縱使有什麼濃烈的氣味也會被驅散淡去。那絲絲縷縷的氣味似乎也充滿了活力，想努力擺脫這個養蛇人的鼻息。

蛇來了。

張九的父親告訴自己道。

他悄悄起身，將腳步放輕，如做賊一般來到了堂屋裡。他的妻子鼻息淡定，根本不知道屋裡的變化。

他藉著微光摸索著走到大門口，將鼻子湊近門檻嗅了嗅，然後撿起那個被踩扁了的竹編籠子。

難道是張九半夜起來出過門？當時他絕不會想到是那個蛇幻化成的女人留下的印跡。但是門檻上留下的氣息告訴他，蛇已經越過這個竹編籠子進了屋。他不聲張，悄悄溜進廚房，將竹編籠子掛在吊鉤上，然後引燃一把乾燥的稻草，塞進火灶中，隨後將火灶裡的濕柴翻動，將濕柴壓在燃著的稻草上。立刻，濃煙從火灶口冒了出來。

養蛇人早將煙囪和窗口堵死，將廚房的門敞開，手拿一把蒲扇將濃煙往堂屋裡引。

當走到堂屋裡，自己的眼睛也被煙燻得淚水盈眶時，他忽然想起了一件重要的事情——這個時節剛好是蛇的發情期，這個時節也是蛇最具攻擊性的時期。他剛才聞到的氣味正是母蛇在發情期釋放的，周圍三十公里的公蛇都能聞到。而此時，這種氣味正從兒子的房間裡散發出來。

10

在張九的父親忙得不可開交的時候，張九自己卻對面前的絕美女人沒有任何敵意，反而產生了幾分好感。女人的舌頭所到之處，張九身上的癢頓時消失了。涼絲絲的感覺在全身蔓延開來，讓張九如墜水裡。

張九終於忍不住一陣破體而出的衝動，翻過身來將女人壓住，兩手開始粗暴地撕扯女人的衣服。

女人被張九突然的動作嚇了一跳，當張九的手撕扯她的衣服時，她忍不住撕心裂肺地叫了起來。「住手！我痛！」女人的表情扭曲了，鑽心裂肺的疼痛促使她不停下了舌頭的動作，兩彎柳眉擰在了一起。

張九呆了一下。

女人埋怨道：「這是我的皮，你這樣生硬拉扯，會使我很痛的。」女人一面說一面低頭自己輕輕解下綠裳。動作是那樣的輕柔，卻又是那樣的驚心動魄。女人的白皙肌膚暴露在張九的眼前，像剝開了荔枝一般，令張九的口中生津。

女人將她的綠衣服小心翼翼地放在旁邊，羞答答地抬起睫毛，怯怯地看了他一眼，像是害怕，又像是鼓勵。剎那間，張九彷彿看到女人的眼眸是石頭扔在平靜水面激起的漣漪，並且從這中心緩緩朝外蕩漾開來。而他自己則是這水面的一個失足掉下的昆蟲，不會游泳的他被這一波接一波的漣漪撲得幾乎窒息。

一陣窒息之後，從體內湧上的是不可抑制的激情。張九不顧一切地朝女人撲去……

外面的風似乎變得更大了，呼呼的似乎要掃清地面的所有；夜空的月亮似乎變得更加亮了，雪一般的月華從窗沿上滑落，一不小心跌落在兩個律動的身體上。

彷彿過了一個世紀，又彷彿只過了一瞬間，風終於靜了，月亮終於淡了。張九疲軟的身體從女人身上滑下來，長長地噓了一口氣。此時，渾身癢的感覺消失殆盡，他從來沒有感覺到過這般舒適。他抬起手摸了摸自己的胸口，那些往日像磨砂一般的角質，此刻變得又軟又脆。他側頭看了看枕邊的女人，她正怔怔地盯著自己，兩隻眼睛比當空的月亮還要清亮透徹，容不下這塵世間的一顆小小灰塵。

張九不由得會心一笑。

門外的養蛇人正將耳朵貼在兒子的房門上。他原以為會聽到蛇信子咻咻的聲音，未料等來的卻是兒子的笑聲。

養蛇人覺得有些異常，他的兒子渾身癢得難受，自從被蛇咬了之後，從沒有聽見他笑過。如果半夜醒來，他時常聽到兒子在隔壁輾轉反側，要嘛是嘆息，要嘛是沉默。

養蛇人迅速推開房門，一躍而入。

可是他沒有看見蜿蜒的蛇，更沒有看見猩紅的蛇信子。對面是他的兒子，兩隻清澈的眼睛盯著站在房中央的他。他滿懷狐疑地察看了一周，問道：「你沒有聽見蛇的聲音嗎？剛才我聞到牠發情時釋放的氣味了。」

兒子聽他說到那兩個字，臉上一紅，問道：「父親，你說什麼呢？」他的眼神怯怯的，如同一隻偷油的老鼠被逮住。

養蛇人見兒子的被子、枕頭凌亂，便走近來，伸手在被子上摸一摸，又用鼻子吸了吸氣味。他的兒子盯著他，似乎等待他先說些什麼出來。可是他能看出來，兒子已經做好了反駁一切的準備。

「是不是……是不是身上又癢了？」養蛇人的嘴唇蠕了許久，終於違心地憋出一句話來。說完，他伸出手摸了摸兒子的肩膀，他看見兒子的肩頭有一個淺淺的紅印，不過那不是蛇牙留下的印，而像是人的牙齒留下的。他不確定那就是人的牙印，因為據他所知，他的兒子還沒有談對象。也是，這一身角質的皮膚，讓他的兒子早失去了青春的自信。

他的兒子低頭看了看弄成一團的被子，默認似的點了點頭。然後，他的兒子問道：「你怎麼還沒有睡呢？你養了這麼多年的蛇，也開始販賣蛇了，差不多跟蛇打了一輩子的交道了，難道你還怕蛇進來？」

養蛇人尷尬地笑了笑，語重心長道：「我不是怕牠，我擔心牠會來對付你。」他一面說，一面又將屋裡的邊邊角角看了一遍。他那雙眼睛像雞毛撣子一般，任何一個小的角落都沒有放過。屋裡沒有任何異樣。他在外面聞到的氣味此刻漸漸散了。交配過後的母蛇便不再釋放那種氣味。他稍稍放下心來，可是同時心裡又打了一個疙瘩：難道還有另外的一條公蛇在這周圍？

張九極不自在地挪了挪身子，說道：「父親，天晚了。你還是安心地睡覺吧！你看，我這不是好好的嗎？」忽然，張九聞到一陣嗆鼻的氣味，皺起眉頭問道：「這是什麼氣味？是不是誰家著火了？」

養蛇人經兒子提醒，臉色頓時變了：「啊？糟糕！不會是廚房裡燃著了吧？」他急忙返身趕去廚房。

火灶裡的火苗果然竄了出來，像蛇信子一樣舔著火灶外面堆放的稻草。養蛇人慌忙提起角落裡的潲水桶，將半桶潲水潑在了稻草上。

火熄滅了，煙更濃了。

張九坐在自己房裡聽到廚房裡傳來劇烈的咳嗽聲。他的母親在睡夢中被濃煙燻醒，大聲罵道：「叫你好好睡覺偏不聽。你要把我們的房子燒了才安心吧？」

張九抬頭看了看頭頂的房樑，一條綠色的蛇盤旋在橫樑上，牠回頭看了看張九，然後順著橫樑緩緩地爬了出去……

11

張九講到這裡的時候，情不自禁地抬頭看了看頭頂。由於爺爺家的廚房和堂屋挨得近，堂屋裡的房樑上滿是黑色的灰塵。如果打掃的時間間隔長一些，就會看到原本細如毛髮的蛛絲變成粗粗一根，沉甸甸地坨成一個半圓。也許，此刻的張九把那盤旋在堂屋的房樑上的蛛絲想像成了那夜爬走的蛇。

陣陣的清風從門口吹進堂屋，吹涼了我們手中的茶。奶奶在旁收走茶杯，重新換上熱氣騰騰的熱茶。

張九細聲細語道了聲謝謝。

爺爺握住茶杯，問道：「張九，你還記得四年前你跟那條蛇第一次……的日子嗎？」顯然，爺爺已經料到了什麼，但是他需要更具體地來確定一下。

張九臉上微微一紅，說出了那個日期。

爺爺將在茶杯上焐熱的手指伸展開來，大拇指按一定規律在其他四根手指上點動。爺爺沉吟了一會兒，問道：「大概幾點你還記得嗎？」

張九臉上更紅了：「我的床頭放著一個鬧鐘的，所以我知道時間。」他羞澀得像一個青澀少男當著別人的面說出第一次約會的日期一樣，好像記得這麼具體是一件很令人尷尬的事情。不過，顯然他的擔心是多餘的。爺爺正專心掐算著手指，而我則專心地等待爺爺算出的結果。

爺爺停了一下，皺了皺眉頭，似乎重新開始算了一遍。

張九早就等不及了，探長了脖子看了看爺爺的手掌，又看了看爺爺的嘴唇，彷彿這樣就可以看出爺爺手裡算著什麼東西，口裡唸著什麼東西。「馬師傅，您對古代數術很在行吧？」他突然開口問道。

爺爺一驚，注意力從手指上轉移到張九身上，驚訝道：「你知道古代數術？」

我也是一愣。俗話說「隔行如隔山」，原以為他只是個門外漢一樣好奇爺爺的動作，沒想到他還能問出個所以然來。真是令我刮目相看。

張九捧起茶笑道：「我瞭解一點點。跟我父親養蛇的時候，很關注日期的變化對蛇性情的影響，因此也學了點皮毛。所以，我知道您現在用的是古代數術，不過我們後輩人一般都聽不懂。」

爺爺見張九還懂他的算術，立即來了興致。原來文天村做靈屋的老者還在世的時候，爺爺經常去他家，跟他講一些我聽不懂的話。特別是我未滿十二歲之前，每次從爺爺家回去，奶奶都要爺爺送我走過畫眉村與文天村之間的那座山。翻過山之後，爺爺就去了那個老者家裡談天說地。我有時走得腳累了，也跟爺爺進去坐一會兒，喝一口茶。那個老者去世後，爺爺又少了一個說話的人。

畫眉村還有一個老者經常來爺爺家坐，也時常聊過去的事。可是那個老者是比爺爺還要典型的農民，他不會數術，只跟爺爺聊一些過去的人和過去的事。而爺爺經常跟他聊著聊著就睡著了。

這次見張九懂得一些古代數術，難免有些相見恨晚的意思。爺爺呵呵笑道：「難怪，懂點數術對什麼都有些幫助的。莫說養蛇，就是我現在種田都靠著這幾句口訣呢！」

不知道是為了贏得爺爺的好感，使爺爺更願意幫助他，還是真正為了討論數術，張九立即口若懸河：「古代數術是中國古代傳統文化的精華，它是以宇宙最基本的真理大道為基礎，以太極模型、陰陽、三五之道的三才與五行為運籌和諧的原理，把音律、曆法、星象、氣候、地理、醫術等各個學科統一成為偉大的整體觀的學問。它是中國古代自然科學、社會科學、人體科學乃至一切學科的基礎，它是『上知天文、下知地理、中知人事』的科學與技術相結合的綜合性大科學。我一直想把古代數術學到手，可惜我不但知識太淺，領悟能力也比較差，不然也不會讓我父親養的蛇咬到了。」

爺爺見話投機，笑吟吟道：「世界上一切事物都有內在的聯繫，這個聯繫就是『數』。所謂數，就是事物在時間、空間上所表現出來的相互依賴、相互鬥爭、相互轉化的量的關係。如太極、兩儀、三才、四象、五行、六合、七星、八卦、九宮等，它們都在一定的數中，都有著不同的數量關係。我剛剛問你事情發生的日期，就是瞭解『數』，然後根據這個『數』對這件事情做出數量關係的判斷。」

張九頓時瞠目結舌，很顯然他對古代數術沒有爺爺這麼深的瞭解，他能對古代數術做一些概況性的瞭解，但是對更深一層的知識沒有把握。他愣愣道：「您……剛剛根據我說的日子和時辰算出了什麼？我聽父親說過他能按照一定的『數』算到蛇出洞時間、交配時間等。但是我從來沒有聽說過運用數術算出其他的東西。」

爺爺道：「數術有很多流派，每一個流派都有著自己的思維運算體系。你父親養蛇學到的數術只是其中一種。但各個流派之間的『理』都是相同的，都是把不同的現象輸入到一定的數術模型中，經過一番演算變換，再把結果返還到事物現象之中，從而判斷該事物的發展趨向和最終的結果。這些象數變換的依據都是從中國古代特有的哲學觀——『易數』而來。」

做為聽眾的我大為驚訝。雖然我跟著爺爺耳濡目染，但是未曾深入瞭解數術。聽爺爺這麼一說，似乎有一種頓悟的感覺。原來如此！難怪爺爺和姥爹能用一個算盤料到那麼多的事情！

張九很快對談論數術失去了熱情，一心關注爺爺根據他給的日子和時辰算出的結果。他焦躁道：「馬師傅，您算到了什麼嗎？竹葉青會不會被蛇販子殺掉？」

12

爺爺擺了擺手，道：「先別問我竹葉青的事情，你先告訴我，你們後來的事情怎樣。那條竹葉青有沒有再來找過你？」

「後來？」張九雙手捧住茶杯，眼睛盯著綠色液體中浮浮沉沉的茶葉，再次陷入了久遠而清晰的回憶之中。

後來，每到月上窗櫺的時候，女人便會來到他的房間，兩人尋歡作樂。張九的父親雖然屢次發現蛇進屋的痕跡，但是見蛇沒有做過任何威脅到他和家人的事情，也就不再追究。不過即使他處處設防，還是不能捕捉到屢次進屋的蛇，就連蛇的蹤影都看不到。

甚至在多雨的時節，當張九的父親不在家的時候，那個女人也來他家。

經過竹葉青的舔舐，張九身上的皮膚漸漸好轉，角質一天比一天柔和，一天比一天少。直到他現在來找爺爺救蛇，身上的角質幾乎全部消退，癢病更是在兩年前就完全治好了。只是這個嗓音恢復得比較困難。

女人告訴張九，牠原本是張九的父親養過的一條蛇，跟咬過張九的另一條毒蛇居住在同一個竹籠之中。當那條毒蛇誤解張九咬傷他時，竹葉青親眼目睹了整個過程。

張九的父親並沒有將所有家養的蛇都交給黑心的蛇販子，只是將咬過張九的蛇賣了，其他蛇都放之山林。

竹葉青心懷感激，就趁著夜深人靜的時候敲開了張九的門。因為牠在張九屋裡居住過，所以兀自走進張九的睡房也就不足為奇了。

「你們間隔不斷地見面嗎？」爺爺在桌上敲了敲手指，問道。

張九想了想，道：「說不上間隔不斷，也說不上間隔多久。她來我房間沒有固定的頻率，我們也從不約定下一次的見面時間。一切都是隨意的，我想她的時候，她就會瞭解我的心意似的出現。而我不想見她的時候，她就心意相通似的連續好久不出現。四年來，就冬季她是不出來的，因為要冬眠。」

「哦！」爺爺頓了頓，道，「那樣的話，就比較難確定了。」

張九眨了眨眼，問道：「您要確定什麼？」

爺爺不回答他，又問道：「你有沒有發覺過她的身體曾經發生過不同尋常的變化？比如……比以往變胖了一些或者瘦了一些？或者說，有時候比較不耐煩？」講到這個時候，地坪裡傳來了奶奶洗衣服的聲音。太陽的光芒強烈晃眼。

張九似乎被奶奶洗衣服的聲音吸引住，側耳聽了一會兒，才緩緩道：「好像……好像有過，但是我不太確定。她一直都比較瘦，皮膚也是清涼的，不像一般人那樣散發著熱量。不過這樣也好，溫暖的感覺對別人來說也許很好，但是我的皮膚一遇到熱的東西就會發癢。而您說的不耐煩，她卻從來沒有表現過。她每次面對我都是高高興興的樣子，有時甚至有幾分頑皮，像沒成年的小女孩一樣。也許是她接觸人不多，所以沒有一般人那種難處的脾氣。」

爺爺點點頭，眉頭擰得緊緊的。

而我卻是羨慕無比。我一直盼望將來跟我相伴一生的人可以那樣——心意相通，無論何時，兩個人一見面，便是高興的開始。

「你們相處了這麼長一段時間，都沒有讓你父親發現。為什麼現在卻被你父親碰到了呢？」爺爺問道。

張九嘆了一口氣，道：「昨晚我發現外面起了南風，便以為今天會下雨。根據蛇出沒的規律，下雨的時候竹葉青活動比較活躍。我父親也準備今天一大早就出去捉蛇。誰知我父親出去不久就折回來了，恰好碰上竹葉青從門口進來，所以被我父親給逮住了。」

張九的手一陣顫慄，彷彿他自己就是一條蛇，剛好被一個兇神惡煞一般的捕蛇人逮住，危在旦夕。

我和爺爺自然知道那陣南風是陰溝鬼作的法，因此並不驚訝經驗十足的養蛇人會判斷天氣失誤，也不驚訝養蛇人根據外面的花草蟲鳥發覺今天根本不可能下雨，從而半途折回來。

「我父親捉住竹葉青，大呼小叫。我在屋裡聽見，雖然擔心，但是不敢當面說穿我與蛇的事情。我父親四年來都沒有捉到牠，這次意外遇見，肯定不會輕易放了牠。所以我偷偷溜出來，急忙往畫眉村走，找您幫忙解救竹葉青。」張九道，「我在前面一個村子裡就看見了您和您外孫的背影，但是我不敢確定就是二位，所以一直悄悄跟在你們後面。翻過山之後，我看見您的外孫朝這邊揮手，便確定了您就是馬師傅，才貿然打招呼。」

「照這樣說來，這竹葉青蛇也算是善類。」爺爺道。

張九急道：「那當然了！求您幫忙救救她吧！您跟我父親求求情，我父親肯定會給您面子放了牠的。當然了，您不一定非得要我父親放了牠，也可以叫我父親將蛇轉贈給您，然後您將牠放生。可以嗎？」

爺爺為難道：「可是你父親知道我從來不養蛇、不吃蛇的。這樣做是不是有些唐突呢？」

「那……那怎麼辦？總不能讓我眼睜睜看著竹葉青被蛇販子收走吧？我求求您了，馬師傅，您就幫幫我吧！」張九哭喪著臉央求道。

爺爺低頭看了看被煙燻成枯黃色的手指，沉聲道：「能不能幫到你暫且不說，但我擔心竹葉青還有什麼瞞著你沒說。」

我和張九都呆了一呆。外面的洗衣聲也戛然而止，彷彿遠處的奶奶也在竊聽我們的談話。接著聽到衣架碰到晾衣竿的聲音，奶奶開始曬衣服了。

張九將茶杯往桌上一磕，原本寧靜下來的茶葉又被驚動，隨著茶水翻湧不止。他用娘娘腔問道：「瞞著我？她有什麼事情瞞著我？」

13

爺爺直言不諱道：「是的。按照你給我的日期和時辰等『數』，我可以肯定，她在當晚就已經受孕，並且不久後生下了一個孩子。只是我很納悶，你怎麼沒有一點知覺？一般的蛇是生下蛇蛋，然後小蛇從蛇蛋中破殼而出。但是竹葉青屬於卵胎生蛇類，像人一樣繁殖。那麼，她至少有一段時間身體會發福，並且性情大變。」我萬萬沒有想到爺爺對竹葉青也有一定的瞭解。

張九嚇得手一抖，茶杯中的茶撒了一半：「馬師傅，您說她給我生了後代？不會吧？我是人，她是蛇啊！我們，我們怎麼可能……怎麼可能會……那樣？」他那娘娘腔讓我不知道是驚是喜還是羞澀。說是驚，卻面帶喜色；說是喜，卻眼睜口張一副驚恐相；說是羞澀，兩眼卻直盯住爺爺，還想問個究竟。

爺爺道：「掐算的結果確實是這樣。難道是我算錯了嗎？」此時爺爺都有些猶豫，他又看了看自己的枯黃手指，彷彿懷疑那幾根手指似的。這是爺爺少有的表現。

張九穩了穩情緒，問道：「馬師傅，數術……也可以算這個嗎？」

爺爺道：「不但可以算到這個，如果你給我的『數』再具體一點，還可以算到生男還是生女。」

我在旁插嘴道：「爺爺，我以前怎麼沒有聽你說過？」

爺爺笑道：「古時候重男輕女的人家多，我們就算會也不肯說出來的。不然，多少女孩還沒有出生就被父母用藥給打下來了。」

我知道爺爺說的「我們」指的是以前那些會方術的一類人。其實何只是古代，十幾年前正是計畫生育抓得緊的時候，很多「超生游擊隊」逃出家鄉就是為了生下一個可以「傳承香火」的男娃娃。我們家隔壁的鄰居生了四個女兒還不善罷甘休，等到第五個生下來是男孩時，他們才從外地回來。當他們夫婦倆抱著五個孩子回到常山村，發現家裡的房子已經被計生辦的人拆了。

那時候計生辦的人兇得很，遇到「超生游擊隊」就蠻橫地捆綁起來，押到醫院做結紮手術。如果誰家「超生」了，計生辦的人就抄他的家，拆他的房。雖然在現在看來，逼人結紮到這個地步沒一點人性化，但是在當時這些都是司空見慣的事。

所以，爺爺有些東西不輕易說出來也是情理之中的事。

張九道：「我聽說過數術可以應用到養蛇和種田中，但是沒有聽說數術還可以預測這些。」

爺爺看了看我，又看了看張九，問道：「《孫子算經》你們知道嗎？那相當於古代的數學教科書，你們現在的學校還用吧？」

張九搖了搖頭。

可是我對《孫子算經》卻是知道一二的。此書約成書於四、五世紀，作者生平和編寫年代都不清楚。現在傳本的《孫子算經》共三卷。卷上敘述算籌記數的縱橫相間制度和籌算乘除法則，卷中舉例說明籌算分數演算法和籌算開平方法。卷下第31題，可謂是後世「雞兔同籠」題的始祖，後來傳到日本，變成「鶴龜算」。書中是這樣敘述的：「今有雞兔同籠，上有三十五頭，下有九十四足，問雞兔各幾何？這四句話的意思是：有若干隻雞兔同在一個籠子裡，從上面數，有三十五個頭；從下面數，有九十四隻腳。求籠中各有幾隻雞和兔？」

說到「雞兔同籠」，相信學過數學的人都知道。我在小學的時候就經常被這類衍生出來的問題弄得頭昏腦脹，而奧數裡更是經常出現這些問題。當時的我對這些問題頭痛得很，甚至可以說是恨之入骨，所以印象深刻。

但這是關於數學計算的書，不知爺爺突然提到它跟生男生女的問題有什麼聯繫。

爺爺自然要講到「雞兔同籠」是出自《孫子算經》，張九經爺爺提點，終於「哦」了一聲，點頭不迭。我相信張九的腦袋也在想：這加減乘除跟生育有什麼聯繫？

爺爺自然知道我們在想什麼，呵呵笑道：「你們大多數人只知道雞兔同籠的問題，卻不知道《孫子算經》的最後一題是什麼。」

「最後一題？」我跟張九異口同聲問道。

爺爺早料到我們的疑問，神情自若地端起茶喝了一口，道：「《孫子算經》的最後一題是這樣的：今有孕婦，行年二十九歲。難九月，未知所生？答曰：生男。術曰：置四十九加難月，減行年，所餘以天除一，地除二，人除三，四時除四，五行除五，六律除六，七星除七，八風除八，九州除九。其不盡者，奇則為男，偶則為女。」

我跟張九都聽得雲裡霧裡，不知所云。但是最後兩句能夠知道，經過一番計算之後，如果餘數是奇數，那麼生下的孩子是男的；如果餘數是偶數，那麼生下的孩子是女的。因為我對五行六律七星八風什麼的知之甚少，所以也不知道中間要經過怎樣的演算法。但是可以知道，爺爺就是透過這種神奇的數術預測到竹葉青受孕的。

我見爺爺對數術的談興又起，連忙問道：「爺爺，既然竹葉青給張九生下了孩子，為什麼她不告訴張九呢？」

張九經我提醒，立即從對古代數術的沉迷中醒悟過來，急問：「對呀！馬師傅，她為什麼要瞞著我？我為什麼沒有異樣的感覺？」

「這個……」爺爺轉動手中的茶杯，沉吟道。

「這有什麼難猜的！」奶奶從門外走進來，兩隻手凍得像紅蘿蔔似的。我們三人立即將目光轉向年邁的奶奶。一陣風起，米湯漿洗過的被單在奶奶背後獵獵作響。

14

人有時候就喜歡鑽死胡同，明明很簡單的事情，腦子裡就是轉不過彎來。但經人點撥之後，才恍然大悟，而那個答案卻非常簡單，只是當事人一時鬼迷心竅，繞了個大彎子。這些事情很多發生在男人猜測女人的心思，或者女人猜測男人的心思的時候。

奶奶道：「她是怕你知道了會跟她分開。」

涉世未深的我問道：「為什麼怕？」

奶奶道：「你們想想，她是一條蛇，張九是個人，他們本不是一類的，偏偏生下個結合物來。如果讓張九知道了，他還不著急看看孩子是不是長著蛇鱗？還不擔心孩子像她一樣留下蛇的特徵？」

我和爺爺頻頻點頭，張九默不作聲。

奶奶又道：「如果讓張九知道了，他還要那個女人把孩子抱回來。這樣一來，張九的父親張蛇人就極容易發現女人的行蹤，接著就發現張九跟女人的那些事。我敢肯定，張蛇人是不會善罷甘休的，一定會拆散兒子和蛇的姻緣。」

想想也是，一個養蛇多年又開始販賣蛇的人，如何能容忍自己的兒子跟一條蛇相伴終生？如果爺爺的數術完全正確的話，那麼竹葉青肯定是考慮到了這一點，才隱瞞張九懷孕生子的事情。可是，為什麼張九沒有發覺呢？如果真有孩子，那麼竹葉青要將孩子藏在哪裡才好呢？

張九聽了奶奶的話，默默點頭，嘴巴抿得緊緊的，表情古怪，不知道他是為忽然出現的孩子而擔憂，還是為之而欣喜。

奶奶將張九的舉動盡收眼底，她走到張九面前，將那雙紅蘿蔔一般的手放在張九的肩頭，聲音低沉道：「再說了，如果告訴了你，她害怕你會驚慌失措，從而對她敬而遠之。畢竟你們之間還有很多的阻礙，她不能確定你的心思。不過，我可以肯定，她對你是有愛意的，不然她不會這麼做。」

「那我更應該把她救下來了。」張九的語氣有點生硬，彷彿這句話不是他願意說出來的，而是被人逼迫的。

奶奶笑道：「這就是你自己的決定了。」然後，奶奶走進裡屋，抱出棉被走回太陽下。緊接著，地坪裡傳來了「嘭嘭嘭」的聲音，那是奶奶在用一根竹棍拍打棉被。

現在，奶奶已經不在人世了，我每次走到爺爺家的地坪裡，看著那幾根斜立在牆角漸漸腐朽的晾衣竿，仍能聽到「嘭嘭嘭」的聲音。每次跨進大門，我仍心中忐忑卻又滿心希冀，彷彿下一刻奶奶的聲音就會出現在耳邊：「亮仔，我的乖外孫，你又來看奶奶啦！喲？你比奶奶都高出一頭啦！」

一個人在一個老屋裡生活久了，當他或者她離去之後，聲音、相貌等卻還駐留在這裡，供那些想念他們的人傾聽、回憶。

當在堂屋裡的那張桌子前坐下，我仍能清晰地回憶到張九來到這裡的那個早晨，那個像女人一般的男人，滿臉皺紋、手指枯黃的爺爺，以及屋外的「嘭嘭嘭」聲。雖然桌子旁邊只有一個回憶往事的我，但是我仍能清清楚楚地看見他們，彷彿時光逆流。

我看見張九又開始低頭捏手指了，一根手指一根手指地循環反覆。我真想不通，那個竹葉青女人為什麼會喜歡上這樣一個猶疑不決的男子。如果不是因為張蛇人的放生，她會來給張九治病嗎？她會將自己交給張九嗎？

「你現在還確定要我去救竹葉青嗎？」爺爺忽然問道。

張九惶然一驚，頓了頓，反問道：「馬師傅，您為什麼這樣問？」

爺爺咂了咂嘴，沒有說話。我知道爺爺的意思，一個漂亮的女人和一個帶著孩子的女人是有著很大區別的，特別是對局中人的張九，這簡直就是生命的分水嶺。如果選擇前者，不過是年輕時多一段風流韻事罷了；如果選擇後者，這就需要一定的擔當，需要負一定的責任。對張九來說，選擇後者，更需要的是勇氣，因為前面還有很多困難等著他。假使他選擇了前者，那麼這些困難便不復存在了。

張九捏住大拇指的時候停住了手的動作，說出一句既沒有選擇前者又沒有選擇後者的模糊話來：「但是……我……我還不確定她有沒有……有沒有受……孕……」

爺爺皺緊了眉頭，道：「你父親是什麼時候跟蛇販子接觸一次？」

張九鬆開了兩隻手，探著腦袋問道：「您，您是答應幫助我了嗎？」他的激動之情遠遠沒有我料想的那樣強烈。

爺爺點點頭。

張九道：「如果蛇販子沒有其他事耽擱的話，應該後天就會到我家去跟父親交易。」

爺爺直視張九的眼睛，問道：「那個蛇販子會不會提前就到你家去？比如說……明天？有沒有這種可能？」

張九想都沒想，道：「不可能。我父親在賣蛇之前要做些準備工作，把捉好的蛇從竹編籠子裡取出來，裝進特製的編織袋。如果蛇販子提前來的話，這些事情不能在短時間裡完成，會耽誤時間。所以，他們約好了日期，我父親在蛇販子來的前一天做這些事情。」

爺爺道：「就是說，蛇販子只可能延後來，不會提前來。是吧？」

張九點頭道：「是的。所以我今天一大早就過來找您，我們只有兩天時間了。如果我們不快一點的話，竹葉青就危險了。」

爺爺淡然道：「既然我們還有兩天時間，那就不用著急。我看你先回去吧！等明天我去找你父親。」

張九急躁道：「今天不可以嗎？為什麼要等到明天呢？」我也忍不住擔心了，早去早解決，萬一明天出了什麼狀況呢？

15

爺爺咳嗽了一聲，眉頭微皺，道：「不是我今天不想去，而是我剛剛從文天村回來，有些累。你看，我也這麼一把年紀了，身上的骨頭像機械零件一樣，不是磨損很大，就是生了鏽，經不起折騰。」

我立刻將要勸說的話吞回了肚子裡。

「我……」張九也說不出話來。

爺爺擺了擺手，深深吸了一口氣，說道：「既然你說了蛇販子不可能提前到你家去，你也就沒有必要過多地擔心。安心在家裡，等我休息好了再過去，行不行？」

我無意中瞟了一眼放在角落裡的月季。經過昨晚的折騰，不知道月季是不是也會覺得累？她好久沒有到我的夢裡來了。而那個叫花子對我說過的話，我還沒有一個解答，並且《百術驅》沒有任何消息，由不得我不隱隱擔心。

張九用眼神對我示意，要我勸一勸爺爺。我眼睛的餘光早已發現，但是仍直直地盯著月季，假裝沒有看見。

這時恰好外面來了一個老太太，跨進門就問爺爺：「馬師傅，我家的雞昨晚沒有回籠。

您幫我掐算一下，是被人偷吃了呢？還是躲在哪個角落裡了？」

這個老太太是住在村中心的農婦，我見過很多次。我連忙起身跟她打招呼，她點頭笑了笑：「童外孫來啦！」我連忙回應。

驀然回首，畫眉村裡那些我認識的老爺爺、老太太一個接一個地消失了，彷彿初陽蒸融霧水一般。當我再次回到畫眉村，從那些熟悉的屋裡走出的，卻是我不再熟悉的人，需要爺爺一一指點「那是某某的孫子，那是某某的曾孫」，我才能勉強笑著跟他們打個生硬的招呼。而他們也是一張淡漠的臉，勉強擠出一個笑容向我回應。

有時候我特別懷疑我的回憶是不是真的存在過，彷彿那些熟悉的屋子、那些熟悉的人只是曾經在我的夢裡出現過。

張九見有其他人進來找爺爺，立即噤聲了。

爺爺邀老太太進屋坐下，泡上一杯暖茶，問道：「您告訴我一下，您家的雞是在什麼時候走失的呢？」

老太太道：「是戌時。我剛剛給牠們撒了一把米，我家那隻討厭的狗不知發什麼瘋，衝進雞群裡，把雞嚇得亂跑。待我去咯咯咯地逗雞進籠，就發現少了一隻。」老太太跟爺爺是一個年代的人，所以她不說雞是幾點走失的，而是直接說時辰。

旁邊的張九見老太太沒有跟他打招呼，沒話找話，也不針對誰直接問道：「你們那一輩都喜歡用子丑寅卯來計算時辰。我知道一個時辰是現在的兩個小時，但是為什麼要用生肖來計算時辰呢？」

不等爺爺解釋，老太太搶言道：「哎，這個還不簡單！子時是晚上十一時正至凌晨一時正，子是老鼠的意思，鼠在這時間最活躍。丑時是凌晨一時正至凌晨三時正，丑是牛，牛在這時候吃完草，準備耕田。寅時是凌晨三時正至早上五時正，要知道了，老虎在此時最猛。卯是早上五時正至早上七時正，卯是兔，月亮上有玉兔，意思是這段時間月亮還在天上。以此類推，辰時是『群龍行雨』的時候。巳時，蛇在這時候隱蔽在草叢中。午是馬，這時候太陽最猛烈，相傳這時陽氣達到極限，陰氣將會產生，而馬是陰類動物。未時嘛，羊在這段時間吃草。猴子喜歡在申時啼叫。雞在傍晚酉時開始歸巢。戌時，狗開始守門口。亥是夜深時分，欄中的豬正在熟睡。」

老太太一口氣把十二個時辰的意思全部說完了，張九聽得發了呆。

「您真厲害！」張九豎起大拇指誇獎道。

老太太淡然一笑，道：「這有什麼了不起的？這些我和馬師傅小的時候都聽大人們說過無數遍了，我們不是記在心裡，而是爛在心裡了。呃？你是馬師傅的什麼親戚？我以前怎麼沒有見過你啊？稀客吧？」

爺爺介紹道：「他呀，他是張蛇人的兒子，您還記得張蛇人吧？」

老太太眯起眼想了想，搖頭道：「我不記得，張捨人？姓張的我倒是認識幾個，但是從來沒有聽說過名字叫捨人的。捨人為己？哦，不。我只聽過捨己為人。」

張九聽了老太太的話，不但沒有生氣，反而忍不住「噗哧」一聲笑出來。看來老太太記性和聽力都不大好，但是挺有天生的幽默細胞。

爺爺笑道：「不是名字叫蛇人，是一個姓張的養蛇的人。知道吧？前些年來過我們這裡要過蛇的，還有印象吧？」

老太太這才「哦」了一聲：「原來是那個養蛇人的兒子啊！哎呀，事情都隔了好久啦，我幾乎記不起來了。他的兒子都這麼大的人啦？時間過得真快呀！眨眨眼睛就過去啦！」老太太感嘆了一番，末了熱情地問道：「你家父親身體還好吧？」

張九回道：「好著嘞！」

老太太道：「你父親是我認識的最遠的人。我是從隔壁村嫁到畫眉村來的，一輩子也就待在這兩個村之間，一個月就去鎮上買一次零用東西。娘家人死了，兒子長大了，我連娘家也很少去了，鎮上也很少去了。畫眉村的一塊石頭，一個水坑，我都知道在哪裡。但是要問我畫眉村之外的事情，我是一概不知。不過一個情況除外，就是知道很遠的地方還有一個養蛇的厲害人物。呵呵。」老太太一講起話來就滔滔不絕。不過也難怪，像她這樣一輩子拘束在一巴掌大的地方，難免對一點點新鮮事情如此感興趣。

張九道：「我家住得並不遠，才二十里多一點。」

老太太立即撇了嘴，道：「二十里還不遠？對了，你既是養蛇人的兒子，應該知道巳時啊！巳是蛇的意思嘛！」

張九聽了，臉色頓變。

16

爺爺發現了張九的不適，忙關切地問道：「張九，你怎麼啦？」

張九驚慌失措道：「馬師傅，我差點忘了，竹葉青曾經跟我說過，巳時她無論如何都要回到竹林中去的，不然會渾身難受。只怕今天到了巳時她回不去，會跟我父親鬥起來。」

爺爺拍了拍他的肩膀，道：「不用驚慌，你現在就回去，路上走快一些。回到家裡之前，折一段竹樹的枝葉。到家了就給她蓋上。這樣她就會舒適一些。巳時的蛇一般不咬人，所以也沒有必要擔心你父親。」

老太太聽了他們兩人的對話，拍著巴掌問道：「你們說些什麼呢？你父親不是養蛇人嗎？你還替他操什麼心？還怕他被蛇咬了不成？」

張九說走就走，立即跨門離去，甚至顧不上跟爺爺告個別。

老太太又拉住爺爺要問個明白。爺爺笑道：「他們養蛇的事情您打聽了也沒有用，您還是多多關心自家的雞吧！」

老太太跺腳道：「是啊，我差點忘了來幹什麼的了。哎呀，馬師傅，您快幫我算一算，我家那隻走失的雞能不能夠找到。」

爺爺默神沉吟一會兒，答道：「您這隻雞恐怕是回不來囉！要不是落到水塘裡淹死了，就是被誰家饞嘴的狗給咬死了。牠的屍骨應該在正南方，您可以朝正南方去找找。」說完，爺爺掏出一根菸來，「刺啦」一聲劃燃火柴，將香菸點上。我沒有阻攔。

送走了嘮嘮叨叨的老太太，爺爺突然問我道：「張九呢？」

我奇怪道：「他不是聽了你的勸告先走了嗎？」

爺爺「哦」了一聲，低下頭去抽悶菸。顯然爺爺剛才腦子裡還想著其他的事，也許是張九的事，也許是《百術驅》的事，也許是剛剛經歷過的陰溝鬼的事。還有一種可能，那就是爺爺真的累了。就算是一個精力充沛的年輕人，也經不起這些天連續不斷的折騰。

「別吸菸了。」我勸道。我知道，如果這個時候不勸勸他，他會接著吸第二根、第三根……

「嗯，這根吸完我就不吸了。」爺爺道。

我和爺爺默默地坐了一會兒，忽然聽見外面有人吆喝賣水果。奶奶從裡屋走出來，高興道：「我的乖外孫真有口福，早不見來、晚不見來，偏偏今天就來了。老頭子，去枕頭底下取點錢來，買點水果給亮仔吃。家裡也沒有什麼好吃的，讓他閒待在這裡也沒意思，不如吃些東西。你們一老一少默坐在這裡，坐得我都沒有什麼話說了。」

爺爺點點頭，走到裡屋取了錢出來，問我道：「你想吃梨子還是蘋果？我的牙不好，吃水果涼冰冰的，牙齒受不了。」

我說：「出去看看再買吧！」

於是，我們兩人循著吆喝聲找到了賣水果的販子。載水果的是一輛破板車，一人坐在板車上吆喝，兩腳懸在半空晃蕩；一人站在板車前，兩手緊緊提著車把，肩膀上拉著纖繩，如伏爾加河上的縴夫。坐在板車上的人我不認識，可是那個拉車的不是別人，正是紅毛鬼山爹。它嘴上叼著一根煙燎霧燎的香菸。

我立刻想到了以前的山爹看我的那種眼神，心頭不由得升起一絲惆悵。

紅毛鬼自然不再認識我這個跟他兒子同年同月同日出生的「同年兒子」了，不過它見了爺爺還是有些畏手畏腳。爺爺一靠近板車，紅毛鬼就立即向後退，可是肩頭的纖繩約束著它的活動範圍，讓它走不了太遠。我想，如果它還能記得當初跟著爺爺一起在池塘旁邊捉水鬼，還記得它曾被一個男狐狸精控制又被爺爺救出來，它就不會這樣害怕爺爺了。

「蘋果怎麼賣？」爺爺問販子道，然後隨意看了紅毛鬼一眼，笑了笑。爺爺飽經世事，不像我想得這麼多，更談不上有惆悵的感覺，即便有這種感覺，爺爺也比我會隱藏心思。

紅毛鬼見爺爺朝它笑，頓時顯得手足無措，嘴巴微張，叼著的菸頭掉到地下，嘴邊還冒著一陣煙霧。

販子報了價格。爺爺買了十來個蘋果，然後我們返身往回走。

「嗷！」背後傳來一聲刺耳的嚎叫。

我跟爺爺回過頭去，發出嚎叫的是紅毛鬼。它見我們回頭去看它，立刻恢復到開始那種畏縮害怕的模樣。我和爺爺會心一笑，繼續朝家的方向走。它卻又一次在我們背後嚎叫起來。

等我們再次回頭，它仍是立即噤了聲，畏畏縮縮地看著我們。我們盯了它半天，它卻還是不說點什麼。當然了，要指望它說出什麼來那是不可能的，它早就不會說話了。對那個販子來說，紅毛鬼跟拉車的牛差不多，只是牛吃的是草，而紅毛鬼討要的是幾根廉價的香菸。

「走吧！」爺爺輕聲說道。

然後我們頭也不回地走了，獨留它在我們的背後發出「嗷嗷」的嚎叫聲。

回到家裡，洗了兩個蘋果吃下，我問爺爺道：「明天你什麼時候去張九家？你確定你能說服那個養蛇人嗎？」

爺爺正要答話，奶奶走了過來。她沒好氣地說道：「人家請到家裡來了我也沒有辦法，但是既然人家已經走了，沒有誰還主動追到別人家裡去幫忙的。」

爺爺笑道：「看您說的！我又沒有說明天要去！」

我不滿道：「您答應了幫人家，怎麼可以失信於人呢？」

爺爺立即給我遞眼色。我皺了皺眉頭。當然，這一切都逃不過奶奶那雙明察秋毫的眼睛，不過奶奶卻假裝沒有看到我跟爺爺眉來眼去，兀自走開去。「明天你還要去田裡看看水呢！幫人可以，但是別荒了莊稼。」奶奶走出大門的時候不忘提醒道。

「嗯！好的。」爺爺悶聲悶氣回答道。

「看來明天你去不成了。」我小聲對爺爺道。

17

張九依爺爺所言，在回去的路上順手折了幾枝竹葉。回到家裡，趁父親不注意時將青色的竹枝搭在裝有竹葉青的編織袋上。過了巳時，竹葉青果然沒有異動。而後，他就靜靜等待第二天的到來了。按數年來的經驗，他確信蛇販子不會提前到來。

張九的父母親沒有發現任何異常。

第二天一大早，張九的父親又拎著幾個竹編籠子，踏著露水回到屋裡。此時，張九的母親還沒有醒，張九自己雖然醒了，但是還賴在床上。

他知道竹葉青被掛在堂屋裡的主樑上，側耳就能傾聽到蛇信子咻咻的聲音，但是他更加注意的是地坪裡的腳步聲。他期待的不是父親的腳步，更不可能是女人的腳步，而是一雙平穩而略顯蒼老的腳步。雖然他不知道蒼老的腳步應該是怎樣的，但是只要聽見父親驚呼一聲

「呃?是什麼風把您給吹來啦」。他就可以確定,救命的馬師傅如約而至了。那麼,他心愛的竹葉青也就有了被救的希望。

對於馬師傅說的,竹葉青也許有過他的骨肉,他是不大相信的。他聽見父親的腳步聲由遠及近,然後聽見大門吱吱地打開。他能料想到,接下來就是竹編籠子丟在地上的聲音,然後是編織袋發出的摩擦聲。那是他的父親將竹編籠子裡的蛇移到編織袋裡去,接著給編織袋束上口。當然了,今天捉到的新蛇不會跟竹葉青放在一起,怕蛇與蛇之間鬥起來。蛇被咬傷了,價錢就要大打折扣。他的父親在捉蛇的時候都是小心翼翼的,並不是害怕被蛇咬到,而是擔心在捕捉的過程中傷了蛇。只要蛇鱗少了一片,那個尖酸刻薄的蛇販子就要說這道那,想盡一切辦法壓低蛇的價錢。

「張九,起來沒有?起來了就吃蛇膽!」張蛇人在堂屋裡喊道。

這是張蛇人自改養蛇為捉蛇以來形成的習慣。蛇膽有明目清毒的藥效。有些捉蛇的人將價格不高、品種不好的蛇活生生掏出蛇膽來,然後脖子一仰,將生蛇膽扔進嘴裡,硬生生嚥下。反正賣不了好價錢,還不如自己享用。被挖掉蛇膽的蛇便在地上蜷縮,捉蛇人一般不再理這種沒有了任何利用價值的蛇,任牠自己慢慢在痛苦中死去。如果捉到的是金環蛇、銀環蛇、眼鏡蛇、眼鏡王蛇、五步蛇、蝮蛇或者其他蛇膽極為珍貴的蛇,捉蛇人就捨不得「暴殄天物」了。

竹葉青的膽雖然說不上珍貴，但是牠有毒，具有其他的利用價值。這是張蛇人留下牠的原因。

看來父親捉住的是一條普通的蛇，張九這樣想道。但是他沒有回應父親，仍舊懶懶地躺著，耳朵捕捉地坪裡的其他細微聲音。

父親改為捉蛇之後，張九生吞過不少這樣的蛇膽，比藥丸還苦，他只能閉著眼睛用力吞下去。如果不小心用牙齒碰破了膽囊，那苦液就會在口裡蔓延開來，那才是真的苦不堪言。

張蛇人見兒子沒有回答，以為他還在睡覺，便咕嘟一聲自己吞下了蛇膽。然後，他繼續察看剩下的幾個竹編籠子是否有收穫。

珍貴的蛇是越來越少見了，以前他小時候在山林裡經常遇到劇毒的蛇。當時有老人告訴他，如果在山林裡遇到一條蛇突然躥起來，直直挺起，那不一定就是要咬你，而很可能是要跟你比高。此時如果你的手中有一根木棍，千萬不要用木棍去擊打牠，只要將手中的木棍舉起來，超過牠的高度就可以了。如果手中沒有木棍，你可以將腳抬起來，脫下鞋子，將鞋子從牠的頭頂扔過，那也算超過了牠的高度。不過你千萬要記住，不可俯身去脫鞋，因為這樣表示你認輸，那蛇會飛快地過來咬你一口，讓你中毒身亡。

這叫做「蛇比高」。只要你比過了牠，牠便會乖乖地退走。但是如果你輸給了牠，就算當時牠沒有將你咬傷致死，牠也會如冤鬼纏身一般到處追尋你的氣息，直到將牠的手下敗將殺死為止。

當然，他還聽老人說過很多奇怪的蛇，比如一種雞冠蛇，此種蛇能飛，有冠，奇毒。還有兔子蛇，全身潔白有毛，常棲息在一種竹子裡面，這種竹子叫箭杆竹，它的葉子就是端午節用來包粽子的粽葉，也是奇毒。還有一種蛇，從高處掉下來會摔成一節一節的，然後一節節的東西會動，慢慢連在一起，又活了。還有鼓氣蛇，平常牠只有筷子細，但一驚動牠立即變得像扁擔一樣粗。

也許這些蛇原來是有的，但後來都漸漸消失了。他自己見過的最為可怕的蛇也不過是眼鏡王蛇。眼鏡王蛇生性兇猛。當牠遇到危險時，牠的頸部兩側會膨脹起來，並發出呼呼的響聲。牠的眼睛非常明亮，張蛇人從牠那明亮的雙眼中發現彷彿有智慧的光芒，這是其他蛇所不具備的。眼鏡王蛇又叫過山風波，由名字便知道牠的速度有多快。

那是他第一次也是唯一一次遇到眼鏡王蛇。從此以後，別說眼鏡王蛇，就連眼鏡蛇都日漸少見，以致於無了。

張蛇人抬頭看了看吊在房樑上的編織袋裡的竹葉青，嘆息連這種毒蛇都少了，以後恐怕靠捉蛇是維持不了生活了。

張蛇人定了定心思，將手頭的幾個竹編籠子都清理好了。張九在睡房裡聽見竹編籠子磕碰的聲音，心裡又是一驚。

「張蛇人，你好哇。我要的蛇都收拾妥當啦？」一個熟悉的聲音突然進入張九的耳朵，嚇得張九背後出了一層冷汗！

那個蛇販子！他！他怎麼提前一天來了？

18

同樣驚訝的不只有張九。

「咦？你怎麼今天就來了？不是說好了明天交貨的嗎？」張九聽見他父親驚訝地問道。

「明天我的姪女結婚，所以我今天就提前來了。本來應該事先告訴你的，但是我那個姪女也是奇怪，以前好好的一個姑娘，會唱會跳，人也長得仙女模樣，可是這幾天不知怎的就突然啞了。家裡人怕親家改變主意，只好逼著那邊快點結婚算了。」蛇販子搖了搖頭，嘆息道。

張蛇人這才釋然，道：「哎，天災人禍，誰都躲不過啊！我兒子也是突然就得了怪病，要不是這樣，我也不會改行賣蛇給你了。」

蛇販子哈哈笑道：「那是，那是。我也絕想不到養了這麼多年蛇的你，忽然之間就改捉蛇、賣蛇了呢！」

張蛇人給蛇販子泡上一杯茶，然後搭了梯去房樑上取編織袋。他一邊往上爬一邊道：「這年頭捉蛇也難了，好品種的蛇是越來越少啦！前些天我在家門口捉了一條竹葉青，就這條蛇好一點，其他蛇都賣不了幾個錢。」

蛇販子喝了一口茶，頗有興致地問道：「哦？我還以為蛇經過你家都要繞著門走呢！還敢有膽大的蛇來你家門口？這不是自尋死路嗎？」蛇販子站起了身，朝裡屋望瞭望，小聲問道：「你婆娘還沒有起來？」

張蛇人一邊解開吊著編織袋的繩索一邊回答道：「嗯！她能睡。哪裡像我啊，定時一定要起來，閉上眼睛也睡不著。」

蛇販子點點頭，又問道：「你兒子呢？他不在家嗎？」

張蛇人停止瞭解繩索的動作，蹙起眉頭看了相識多年的蛇販子一眼，狐疑道：「怎麼了你？平時你沒有這麼多話的呀？從來都是低著頭拿了蛇給了錢就走。今天怎麼有點異常呢？」張蛇人把蛇販子的嘴巴、鼻子、眼睛重新看了一遍，似乎要從他臉上看出些什麼來。

蛇販子被他看得不舒服，在臉前揮了揮手，像趕蚊子似的。「看什麼？還怕我是戴著面具出來的？怕我要了你的蛇不付錢？」

張蛇人嘟囔了一下，提著編織袋一步一步從樓梯上下來。在裡屋偷聽的張九感覺那樓梯的「噠噠」聲彷彿每一步都踏在他的心上。

後來張九說，當時他的心都提到了嗓子眼裡，甚至在心裡千萬遍地呼喚馬師傅快點到來。他恨不能長一雙飛毛腿，直接衝到畫眉村把爺爺抓到父親的面前來。

而在張九著急的時候，奶奶正在爺爺面前嘮叨說田裡的水好久沒有去看了，又說些家裡的活都被她一個人包幹了，實在騰不出手腳。我在一旁聽得耳膜都起了繭。

爺爺始終呵呵地笑，被奶奶連推帶拉地趕出了門，自然還要在爺爺的肩頭上加一把鋤頭。末了，奶奶還要站在門口看著爺爺一步一步向遠處的水田方向走。那個方向剛好跟張九的家的方向相反。

水田雖遠，但是從後門出來，站到菜園前的柴捆上看去，還能勉強看清一個小小的方塊田邊有一個逗號一般的身影在忙活。秋收的時候，我只要站在柴捆上朝那個方向大喊：「收工啦，回來吃飯啦！」立即就能看到爺爺揮舞著禾把朝我示意。不一會兒，那個逗號大小的身影就漸漸大起來，直到走到我面前。

所以，爺爺想從水田裡逃走轉而去張九的家救那條竹葉青，那是根本不可能的事情。

奶奶在前門晾曬衣物，不時叫閒在旁邊的我去後門看看爺爺還在不在。我就一溜煙跑到柴捆上，朝遠方眺望。

我的心裡其實盼望著那個逗號倏忽一下就不見了，即使是這樣，我也不會向奶奶說明的。但是每隔幾分鐘奶奶要我去「看哨」，那個逗號還穩穩當當地在那裡。看來爺爺幹活還挺認真，圍著那塊方塊田走了一圈又一圈。

半個小時之後，奶奶自己沉不住氣了，問我：「叫你爺爺去看一看田裡的水，他怎麼一去就半個小時？引點水或者堵堵缺口，需要這麼長的時間嗎？亮仔，你再去看看，他是不是不在那裡了？」

我嘟嘴道：「奶奶，這半個小時裡我都去看了十多次了。他一直在那裡。要不……我叫他回來？」

奶奶道：「叫回來了也不允許你跟他一塊兒跑出去。你都讀高中了，學業要緊，考個好大學，我臉上也有光。你爺爺那點歪門邪道不值得學，學了都是為別人白幹活。好了好了，你叫他回來吧！搞得我像皇太后叫他流放似的，不叫還不回來了！」

我再一次爬上柴捆，朝爺爺的方向呼喊。

「吸，就是這條竹葉青。牠在我家裡潛伏了三四年，我一直都捉不到牠，不知前些天怎麼運氣這麼好，恰巧讓我給碰上了。你把牠帶走了，我也好安心。」張蛇人噓了一口氣，將編織袋扔在蛇販子面前，拍了拍手。那竹葉青被摔得發痛，在細密的編織袋裡扭曲著身子，那縮成一線的瞳孔如貓一般。

「這條竹葉青？」蛇販子俯下身去細細查看。竹葉青朝他吐出猩紅的蛇信子。

蛇販子彈了彈竹葉青的頭，笑道：「就是牠呀？一條這樣的蛇也能使你心神不安？說出來誰信啊？這母蛇的身段還挺好呢！如果長成一個女人，肯定能魅惑很多年輕男子。」

張蛇人淡淡道：「就是打光棍也萬萬不敢要這樣的女人啊。」

蛇販子吹著口哨逗了逗竹葉青，道：「話可不能這麼說，你看白素貞和許仙不是挺好的一對嗎？你兒子還沒有成婚吧？要不……把這蛇留給你兒子倒是挺好的。」

19

張蛇人正色道：「你這是說的什麼瘋話呢？蛇終究還是蛇，牠們是冷血的；人終究還是人，人是熱血的。人和蛇怎麼可以結合在一起呢？莫說我兒子現在中了蛇毒，皮膚和嗓子都變得不好，就是找不到媳婦，也絕不會跟蛇過一輩子嘛！」

蛇販子被張蛇人說得不好意思，連忙分辯道：「我只是開個玩笑，你何必這麼認真呢？算了算了，我們看蛇吧！我拿了蛇要早點回去。這次的蛇可不是轉手給人家餐館或者二胡廠了。我想給我姪女的婚宴上添一道味道鮮美的蛇餐。哈哈，也算是送給我姪女的一個新婚禮物。」

張九在隔壁房裡聽見蛇販子明天就要將接手的蛇送上餐桌，心裡好不急躁。而他期盼的腳步聲到現在還沒有來。真是所有的事情都碰巧撞到一塊兒了。

「張蛇人，我倒是有一個問題，不知道當講不當講？」蛇販子喝了兩口茶，突然問道。

「什麼問題？」張蛇人問道。

蛇販子將茶盅放下，深深吸了一口氣，看了看在編織袋中盤旋的竹葉青，說道：「這條竹葉青為什麼這幾年經常來你家，卻又不傷害你們家裡任何一個人呢？如果牠是要報復你，肯定你妻子或者兒子會被咬到。既然牠不是報復你，為什麼一而再、再而三地跑到你家裡來呢？張蛇人，你就沒有想過這個問題？」

張蛇人眯起眼睛打量綠瑩瑩的竹葉青，嘆道：「哎，其實我也想弄明白啊。可是家裡沒有發生過什麼怪事，你叫我如何知道這條蛇的想法呢？」

蛇販子竊竊道：「張蛇人，莫不是這條蛇喜歡上你們家裡的某樣東西了吧？」

「喜歡上我家的東西？自從改為捉蛇之後，我家裡多的是竹編籠子、吊蛇鉤、編織袋等捉蛇的工具，牠們平日裡看見了退避三舍還來不及，哪裡敢喜歡上這些東西？」張蛇人邊說邊將堂屋裡的擺設掃描一番。房樑上吊著的，牆角橫放著的，桌子底下扔著的，都是捉蛇的工具。整個堂屋簡直像蛇的審訊室。原來養蛇、玩蛇的工具，早不知拋棄到哪個地方了。

蛇販子也在堂屋裡掃描一周，然後似笑非笑道：「張蛇人，我說的不是這些東西，而是你家裡屋的東西呢。」

蛇販子的話裡有話，但是不知內情的張蛇人如何知道？張蛇人皺眉道：「裡屋更加沒有什麼蛇喜歡的東西呀？要說我養蛇這麼多年，家裡可是連一隻老鼠都沒有。所以也不可能有蛇來我家裡捕食了。」

蛇販子乾笑兩聲，說道：「張蛇人，你捉蛇的技術我是沒得誇的，可是你這個死腦筋怎麼就轉不過來呢？這樣吧，我給你講個故事吧！」

張蛇人指著地上的編織袋道：「你不是說急著回去嗎？怎麼還想講故事給我聽？我可沒有興趣聽你的故事。你付了錢就趕回去準備你的蛇宴吧！幸虧今天沒捉到毒蛇，不然我還真一時給你準備不好貨。呃，你不忙，我還有事情要忙呢！」

「急啥呢？再急哪裡有兒子的終身大事重要？」蛇販子作色道。

張蛇人不耐煩道：「什麼終身大事？好好，我怕了你，你今天怎麼這麼多話呢？好好，你說吧！」他揮了揮手，臉上露出不快。

蛇販子見他答應，喜形於色，咂了咂嘴，道：「我以前也耍過蛇呢！只不過沒有你這麼厲害。我耍了一段時間就放開了。」

「哦？」張蛇人聽蛇販子說他自己也曾耍蛇，頓時來了三分興致。他在椅子上挪了挪身，將姿勢擺正，準備認真聽這個蛇販子說過去的事了。「那你為什麼到後來不耍蛇了呢？」張蛇人側身問道。

「咳，還不是因為娶了現在這個婆娘！」蛇販子的答案令張蛇人一驚。躲在隔壁偷聽的張九也渾身一顫。張蛇人急著想知道原因，於是急急催促他。而隔壁的張九腦海裡想的比他父親要多多要雜。

「你要問我，要蛇跟娶媳婦有什麼關係，是吧？」未等張蛇人問出來，蛇販子早已料到。「呵呵，說出來沒有人相信，但是我跟我媳婦都很清楚，那是一件真真實實發生的事。因為知道別人很難相信，所以我一直也沒有跟其他人說過。」

「什麼事？這麼神秘？」張蛇人一邊問道，一邊還不忘給蛇販子的茶盅裡添茶加水。

「不怕告訴你，在我跟現在的媳婦結婚之前，我跟一條蛇有過一段情事。我後來不要蛇了，也是因為這個。」蛇販子直爽地說道。

「跟蛇？」張蛇人放下茶杯，半信半疑地問道。

「是啊！」蛇販子拿起倒滿的茶，輕輕喝了一口。「我要蛇後不久，就有一個蛇精來找我了，說我救過她的一條命，她要來感謝我。我一開始不信，以為哪個朋友故意找個美女來誆我，故意讓我出洋相。但是那個蛇精說，某年的某天，在某座山上，我在路上看見兩條蛇鬥得不可開交。正在牠要被對手咬死的時候，是我把那隻略佔上風的蛇捉走了，牠就撿了一條小命。」

「我就喜歡會鬥的蛇。」張蛇人說道。

「對，我也只是喜歡那條會鬥的蛇，另外一隻負傷的蛇我是看不上才放了的。」蛇販子道，「但是那條逃走的蛇以為我是有心救了牠，所以找我來報恩。她說出的時間和地點還有當時的情況都跟我當初遇到的一樣，而當時我是一個人上山的，沒有別人知道。即使是我朋友要耍我的話，他也不會知道這件事情。」

張蛇人點頭。

張九在隔壁房間靜聽。他隱隱感覺那個蛇販子知道他在偷聽，並且蛇販子的本意就是要講給他聽，可謂醉翁之意不在酒。

「那你就答應了？」張蛇人問道。

20

「那是自然！你是沒有遇到，如果年輕時候的你遇到這種事情，你是接受還是拒絕呢？」蛇販子神情自若道。

「就算這樣，那跟你後來沒有耍蛇了有什麼關聯？」張蛇人問道。

張九後來說，他當時兩手扶門，將耳朵貼在門上，生怕有一字半句走漏了。他的父親自然是不知道兒子已經醒了過來，並且他兒子心裡擔憂著的是他將要賣出的蛇的命運。

而在張九偷聽蛇販子的回憶的同時，爺爺扛著鋤頭從田埂上朝我走過來，褲管上沾著點點斑斑的泥巴。在我的記憶裡，那些田地裡的泥巴有著一股特別的香味，是童年的香味，如同一個睡熟的嬰兒；是回憶的香味，聞得著卻摸不著；是傷心的香味，雖香卻陣陣刺痛我的心。爺爺說過，人就是女媧用泥巴做的，所以人最後還是要混合到那些泥巴裡面去。

「奶奶的事情忙完了嗎？」爺爺走到我面前，放下鋤尖鋥亮、鋤尾生鏽的鋤頭，笑呵呵地問道。

我點頭道：「是的。她就擔心你偷偷去了張九家，叫我三番兩次去柴捆上看你在不在。」

爺爺道：「她沒答應，我哪裡敢去呢！」

這時奶奶走了過來，嚅了嚅嘴，半天才說出一句話來：「田裡的水都弄好了吧？可別壞了莊稼。」

爺爺道：「今天不下雨，過兩天也會下雨的。不用擔心田裡。我把水溝的缺口填了合適的高度，水多了自己會溢出，水少了自己也會漲滿。」在填水溝的高度方面，爺爺要比我爸爸厲害多了。到了關鍵時節，我爸爸下雨也要去看水，晴天也要去看水。雖然他看得勤，但是要嘛收割的時候田裡水太多，割禾的時候腳陷進稀泥裡拔不出來；要嘛耕田的時候水太少，健壯的水牛耕了五分田就走不動了。

而爺爺扛著鋤頭出去看一趟後，大半個月都不用再去看一次，晴天、下雨也不管。爸爸一直想從爺爺這裡學填水溝的方法，爺爺教了好幾次，爸爸都沒有學到一丁點。怨不得媽媽經常說我身上的基因都是遺傳馬家的。

奶奶跟爺爺過了這麼多年，自然知道爺爺不是誇口。她拍了拍我的後腦勺，溫馨地說道：「我家乖外孫將來可不要種田，千萬要認真讀書，早晚脫了這個鋤把運。」奶奶的「鋤把運」的意思就是做農民。

爺爺立即反駁道：「鋤把運不見得就不好啊！亮仔，你姥爹曾經去過城裡做過幾天官呢！可是一段時間過去後，你姥爹就厭倦了。」

「哦？姥爹還做過官？」我驚訝地問道。

「因為就做了很短一段時間，所以家裡人都很少說這事。呵呵。」爺爺笑道，他的笑意裡沒有任何得意，平淡如水，彷彿說著一件與自己毫不相干的事。「他經過洞庭湖的時候還吟了一首詩。」

「詩？」我很少聽到別人提起姥爹生前還喜歡吟詩，作對倒是常有的事。爺爺說過，原來的秀才舉人，見了面就喜歡出一個難對的對聯，專門找人為難，藉此顯示自己的才華。但是從來沒有誰難倒過姥爹。

爺爺仰起頭，看了看不遠處的小池塘，道：「那首詩是你姥爹經過洞庭湖的時候作的。那首詩是這樣的：洞庭湖中水開花，身掛朝珠不愛他；世上只有種田好，日在田中晚在家。」

我對詩沒有什麼研究，也就不能在平仄和意境上做相應的評判了。不過這首詩乍一聽來，感覺還蠻好。

「當官都不如種田呢！」爺爺道。

奶奶立即搶言道：「你怎麼教育他的？不當官？當官有什麼不好的？學你這樣種一輩子田就有出息了？真是的，沒見過這樣當爺爺的人！還好意思說！」

奶奶還要說什麼，剛好一個年紀跟奶奶不相上下的老婆婆走了過來。她熱情地邀請奶奶道：「李姥姥家來了外地的孫媳婦，我們一起去看看？」

奶奶聽了她的話，立即感興趣地跟著走了。

看著奶奶走遠了，我小聲問爺爺道：「張九那邊你不準備去了？」

爺爺又將鋤頭扛起來，然後問我道：「現在去？你奶奶知道了怎麼辦？」爺爺向來都要奶奶首肯或者默認，他才會安心地去做事。以往奶奶從沒有直接拒絕過爺爺的請求，但是今天看來奶奶是絕對不會退讓半步了。

「那怎麼辦？你就不管那條竹葉青蛇了？你可是答應過張九的。」我對爺爺的態度不滿，但是我也知道奶奶的脾氣。

爺爺朝昨天遇到張九的小山上望了一眼，邁開步子道：「能不能救那條竹葉青，其實還要看張九自己。」

「……其實還要看張九自己啊！」蛇販子莫名其妙說出一句毫不搭題的話。

「你說什麼？」張蛇人被他這句話弄得一愣，忙把那雙迷惑的眼睛看向座旁的老熟人。

「還要看張九自己？」

蛇販子被他一問，自己也是一愣，連忙將放到嘴邊的茶縮回，訝問道：「我說了什麼？」躲在隔壁的張九更是嚇得打了個冷顫。他早就認為蛇販子那番話是講給他聽的，但沒承想那個蛇販子突然將他的名字說了出來。他一驚，雙手失措，將門弄得「哐噹」一聲響。堂屋裡的兩個人立即同時朝張九的睡房看去。

「張九！」張蛇人厲聲喝道。

「唉——」張九見被發現，連忙答應一聲，打開門來，蓬頭垢面地站在一個捉蛇、一個販蛇的長輩面前。那丟在地上的蛇也看到了張九，立即騰的一下立起了一尺來高，蛇信子吐得更歡了。

「你幹什麼呢？」張蛇人仍舊虎著臉。他對張九這種偷聽的行為表示不理解和憤慨。

「我……我……」張九囁嚅了片刻，眼睛的餘光瞟到了堂屋一角的臉盆，立即靈光一閃，說話也流暢了，「我找臉盆洗臉呢！」

他的父親聽他這麼一說，臉色立即緩和了許多，指著角落道：「臉盆在那裡，自己打了水洗臉吧！順便帶一桶水來。缸裡快沒水了。」

張九假裝一副睡眼惺忪的樣子，慢悠悠地走到牆角，拾起臉盆往外走。編織袋裡的竹葉青一直看著他走出門，但是張九不敢多瞟竹葉青一眼。走到門側，他站住了，聽蛇販子將他的經歷講完。

蛇販子繼續講：「我是在冬天結婚的，當時那個蛇精回到洞穴裡冬眠了。所以我的婚禮舉行得比較順利。但是我媳婦經常在夢中被嚇醒。」

「為什麼？她夢到了什麼不好的東西嗎？」張蛇人問道。

「不，她說她睡著睡著就感覺渾身冰涼，幾乎要死去。」蛇販子搖頭道，「她說她是被凍醒的。可是身上被子蓋得好好的，被窩裡熱烘烘的。我實在沒有辦法，只好給她加蓋一層被子。可是她還是經常在半夜裡被凍醒。」

「不會是身體出毛病了吧？」張蛇人問道，「我見過患冷病的人，三伏天都要穿著棉襖。」

「哦？這種病我倒是沒有見過。」

「那個患病的人是一個狠心的後媽。那個女人到了數九寒天也不多給丈夫帶過來的孩子買一身保暖的衣服穿。後來那個小孩子凍得生病，不久就死了。」張蛇人道，「到了第二年的三月，某一天那個女人正在家中洗菜，突然感覺背後某一處冰涼，像是一塊冰貼在背上。過了一會兒，那股冷氣移到了腹部。從那時候開始，她就不停地尋找能夠治好她的怪病的醫生，但是那股寒氣好像一個頑皮的孩子，醫生治療這裡，那寒氣又跑到那裡；等醫生治療那裡，寒氣又跑到這裡。有時一天要移動好幾個地方。弄得醫生也束手無策。」

「到現在她還這樣？一直沒有好？」

「後來聽某個老人說，這是她兒子在報復她，拿著冰塊往她身上貼呢！叫她燒些紙衣服給兒子，她也不聽，到了現在還是凍得哆嗦。夏天裡，柏油路都被曬軟了，她卻還要圍著火爐烤火。」張蛇人道，「你媳婦是渾身冰涼，那跟這個女人不一樣吧？」

蛇販子點頭道：「我媳婦是個好人，沒有做過虧心事，肯定跟你說的那個人不一樣。一開始我也不知道怎麼回事，也是到處找醫生治療，可是效果不大。冬天過去之後，有一天夜裡我和我媳婦突然被一個聲音吵醒。睜開眼來，發現那個蛇精站在我們床前，那個蛇精脾氣大發，怪我媳婦睡在了她的位置上，叫我媳婦滾開。幸虧我媳婦從來沒有做過惡事，蛇精只在旁邊大喊大叫，但是不敢碰她。後來蛇精把氣出在我身上，用指甲掐我，掐得我青一塊、紫一塊。」

「你們天天被她這麼騷擾？」張蛇人問道。

「之前確實天天被她煩得不得了，她說我對她還是有情意的，就是因為我媳婦才使她和我分開。我喜歡耍蛇嘛，她就以為我很喜歡蛇。」蛇販子道，「後來請了道士呀、和尚呀，來給我驅蛇精，可是要嘛遇到了詐騙，要嘛就是人家自認為道行淺，對付不了蛇精。」

「那你後來怎麼辦的？」

「後來呀，我一尋思，既然蛇精認為我是喜歡蛇的，那我偏偏就不耍蛇了，轉而販賣蛇，將蛇送到餐館或者二胡廠，捉到了好蛇我拿來浸酒喝。」蛇販子惡狠狠道，彷彿對面坐的不是自己的朋友，而是那條糾纏不清的蛇精。

「呵呵。」張蛇人乾笑道。他肯定回想到了當初的自己轉行賣蛇的事情。

「再後來呀，那蛇精一見我家的大玻璃酒瓶裡浸著毒蛇，嚇得再也不敢來我家胡鬧了。」蛇販子得意洋洋道。

張蛇人道：「其實也不能盡怪蛇精哪，誰叫你當初抵擋不住誘惑呢？既然你跟她好過，那也不該做得這麼絕情啊！」

站在門側偷聽的張九心頭一熱。

張蛇人又道：「不過蛇跟人哪裡會有結果呢？」

張九的熱氣還沒有散去，就如被人兜頭潑了一盆涼水。

接下來，張蛇人和蛇販子扯著一些不鹹不淡的話題，張九放輕了腳步走開，來到壓水井旁邊打了一盆水洗了臉，又接了一桶水拎進屋。父親和蛇販子還在談笑，根本沒有理在堂屋裡走來走去的張九。只是那竹葉青的腦袋跟隨著張九的腳步擺來擺去。

「好了，話也說得差不多了。我要走啦！」蛇販子跟父親握了握手，準備告別了。

地上的蛇們彷彿能聽懂他們的話，立即窸窸窣窣地爬動起來。似乎它們也知道，到了蛇販子的手裡，等於離見閻王爺不遠了。牛被宰殺之前都會流眼淚，蛇也有著同樣靈敏的預感。很多動物都比人類的預感要強。

對這些即將賣出的蛇來說，蛇販子就是陰曹地府的頭號人物崔判官。崔判官是陰曹地府裡的著名人物，左手執生死簿，右手拿勾魂筆，專門執行讓為善者添壽，讓惡者歸陰的任務。《西遊記》記載，此公姓崔名珏，在唐太宗李世民駕下為臣，官拜茲州縣令，後升至禮部侍郎，與丞相魏徵過從甚密結為至交。生前為官清正，死後當了閻羅王最親信的查案判官，主管查案司，賞善罰惡，管人生死，權冠古今，你們看祂手握「生死簿」和勾魂筆，只需一勾一點，誰該死、誰該活便只在須臾之間。

相傳崔判官名珏，乃隋唐間人。唐貞觀七年（633）入仕，為潞州長子縣令。據說能「晝理陽間事，夜斷陰府冤，發摘人鬼，勝似神明」。民間有許多崔珏斷案的傳說，其中以「明斷惡虎傷人案」的故事流傳最廣。故事說：長子縣西南與沁水交界處有一大山，名叫雕黃嶺，舊時常有猛獸出沒。一日，某樵夫上山砍柴被猛虎吃掉，其寡母痛不欲生，上堂喊冤，崔珏即刻發牌，差衙役孟憲持符牒上山拘虎。憲在山神廟前將符牒誦讀後供在神案，隨即有一虎從廟後躥出，銜符至憲前，任其用鐵鍊綁縛。惡虎被拘至縣衙，崔珏立刻升堂訊。堂上，崔珏歷數惡虎傷人之罪，惡虎連連點頭。最後判決：「啖食人命，罪當不赦。」虎便觸階而死。

當年唐太宗因牽涉涇河老龍一案，猝然駕崩，前往陰司三曹對質。於是魏徵修書重託，崔珏不但保護唐太宗平安返陽，還私下給他添了二十年陽壽。在還陽途中，太宗又遇到被他掃蕩的六十四處煙塵，七十二家草寇中慘死的成千上萬的冤魂前來索命，崔珏又出面排解糾紛，幫助李世民代借一庫金銀安撫眾鬼，太宗方得脫身。崔珏也因此名聲大振。崔珏死後，百姓在多處立廟祭祀。

雖然蛇販子不能左手執生死簿，右手拿勾魂筆。但是蛇一落到他手裡，基本上就沒有生還的希望了。

22

張九聽見蛇販子說要走，心急如焚。可是到了這個時候，門外仍然不見馬師傅的身影。眼見竹葉青就要被蛇販子提走，張九恨得直罵馬師傅言而無信，又罵自己昨天沒有生拖硬扯將馬師傅帶到家裡來。

張九的父親當著蛇販子的面將幾條蛇過了秤。蛇販子按預定的價格付了款，拎起編織袋便要走。

此時的張九心裡更加矛盾了。我要不要繼續等呢？再等下去竹葉青就要成為人家婚禮上的一道菜了！可是不等又能怎麼樣呢？難道我要將蛇販子和父親的交易攔下來？難道我要親口告訴父親我跟這條竹葉青的關係嗎？父親肯定不會原諒我的，如果他知道了，只會暴跳如雷，甚至會立即拿了刀來將這條竹葉青剖殺。

這也不行，那也不行，我到底該怎麼辦嘛？張九急得直跺腳。

後來張九告訴我們說，當時他心亂如麻。不僅救竹葉青讓他左右為難，還有一件更重要的事情讓他進退維谷。那就是馬師傅說過，這條竹葉青可能受過孕，並且將他的骨肉誕生下來了。如果他救下了這條竹葉青，那麼勢必要牽涉到那個未曾謀面的「人蛇之子」。那個「人蛇之子」到底是蛇還是人呢？他會不會長得跟人一樣，但是皮膚是蛇鱗一般呢？或者，舌頭是蛇信子一樣細長且分叉呢？他的眼睛是不是像竹葉青一樣可怕呢？如果他（她）長得跟蛇一樣，那麼自己能不能接受這樣的兒子或者女兒呢？

要將一條蛇當作自己的子女來養，天哪，這是一件多麼可怕的事情！想到這裡，張九忍不住打了一個寒顫。

「唄，還給你一百，當送給你姪女結婚的禮錢。」張蛇人將蛇販子給的錢數了一遍，從中掏出一張百元整的鈔票，遞到蛇販子手裡。

蛇販子推辭一番，最終執拗不過，只好乖乖接下。

「咦？你的手怎麼有些冷呢？是不是生病了？」張蛇人在遞錢的時候碰觸到了蛇販子的手，驚訝地問道。

蛇販子答道：「是啊，昨天晚上吹了冷風。今早起來頭就有些暈乎，有點感冒的症狀。不過沒事的，回去喝二兩蛇酒，驅驅寒就好了。」他低頭看了看編織袋裡的蛇，又道：「看看這裡有沒有好一點的蛇，回去了先弄一條浸酒。我原先那條草花蛇浸太久，需要換一條了。我看這條竹葉青浸酒還不錯。」

編織袋中的竹葉青立即尾巴一甩，躁動不安。

張蛇人笑道：「你那草花蛇是沒有毒的。這竹葉青就不一樣了，牠是毒蛇，你浸酒的時候可要注意了，酒必須是高純度的酒。有些蛇耐力非常強，有的泡個一年半載都不頂事，等你一開酒瓶，牠的頭部就飛起來咬你。所以泡酒的時候最好把牠的頭部朝下，不要讓牠的頭部露在液面之上。再說了，這種蛇不泡個一年多，喝了也不起多少作用。」

蛇販子搖頭道：「看來還真是麻煩哦！要不明天還是燉了吧！」

張蛇人別有用意地笑道：「麻煩是要麻煩一些，可是你那草花蛇頂多對你的腎有好處。但是竹葉青蛇卻能夠祛風活絡通淤、治關節疼痛和風濕等，不是你那草花蛇能比得上的。你不是怕麻煩，是怕你老婆受不住吧？」

蛇販子指著張蛇人道：「你呀……不跟你說了，我真要走啦！」

張蛇人道：「好好，不跟你瞎扯了。我送送你。」

於是，蛇販子和張蛇人一起邁出門檻。

張九眼巴巴地看著蛇販子將編織袋提了出去。他追到門口，卻不敢跟著邁出門檻，只是手扶住了門框，伸長了脖子朝前望。

「還要看張九自己？」我驚訝地問爺爺道。

爺爺慈祥地點了點頭，說：「如果他對竹葉青不是真心實意的，那麼即使我們幫他救了竹葉青，也是徒勞無功。如果他對竹葉青是真心實意的，那麼他自己就會想盡一切辦法去救下竹葉青。如果說以前他確實喜歡竹葉青，那是因為他喜歡的是竹葉青的美貌。但是現在不同了，我告訴了他，竹葉青有了他的骨肉，也就是說，如果他救下了竹葉青，那麼他以後不僅僅擔任情人這個角色，還必須承擔做父親的責任。對一個男人來說，前者也許要容易接受，甚至是主動接受；但是要接受後者，確實很難。」

「噢！」我終於明白了幾分爺爺的用意，「但是，如果你不去，他不好勸說他的父親啊！萬一事情有變呢？」

「事情有變？」

「是啊，萬一事情有變呢？比如說，那個蛇販子今天就去了他家呢？那怎麼辦？」我問道。

「張九不是說了嗎？蛇販子一向準時，他不可能提前去他家的。」爺爺自信滿滿道。看著爺爺的眼睛，我不得不相信爺爺的判斷，而反問自己是不是多心了。「你今天給月季澆水了嗎？」爺爺突然問道。

我不回答，立即回到屋裡弄了一些奶奶淘過米的水，小心翼翼地給月季澆灌。今天月季顯得無精打采，好像失了魂似的。

失了魂一般的張九見父親與蛇販子越走越遠，他感到呼吸越來越困難，幾乎要將自己憋死。就這樣結束了嗎？竹葉青明天即將變成一碗鮮美的蛇湯？她再也不會在傍晚或者下雨天來到自己的房間，跟他纏纏綿綿了？她再也不會用那冰冷而清爽的舌頭舔舐他的全身了？那麼，之後的歲月裡，他的思念會不會像身上的癢一樣燃燒起來呢？他的思念會不會像身上的癢一樣越撓越痛呢？

張九跌坐在地上，他能感覺到心也離自己越來越遠，越來越遠……

「好啦！今天太晚了，先講到這裡吧！」湖南同學揉了揉脖子。

同學們意猶未盡地散去。

論紙錢

23

大多數宿舍已經熄燈，少數宿舍的燈像星星一樣懸在夜空。又到零點時刻。離奇的故事又開始了……

我給月季澆過淘米水後，爺爺告訴了我他不去找張九的父親求情的原因。

「我年輕的時候，你姥爹遇到過同樣的事情，但是釀成了一個悲劇。」爺爺開頭是這麼說的。我的心裡頓時一涼。

那是很久以前的事了——姥爹的哥哥中了舉人卻又血崩而死後第三年的一個春天。一個原來跟姥爹的哥哥一同讀過私塾的男子找來，說是要姥爹看在與其兄弟同窗的份上，幫他一個小小的忙。

姥爹問他要幫什麼忙。他說要姥爹幫他收一個野鬼到家裡來。

姥爹聽他這麼一說，心生奇怪，從來只有人將遊蕩在外面的親人的魂魄收回來，哪裡見過要將孤魂野鬼收到自己家來的？這個還不是問題，問題是親人的魂魄認識回家的路，要收回來比較容易；但如果收的是孤魂野鬼的話，那就危險很多。孤魂野鬼願意的話，那還算好，只是收魂的人走路慢一點，腳步輕一點；如果它不是心甘情願的話，那就可能威脅到收魂人的生命，更威脅到鬼魂進屋的那家人。

姥爹不敢輕易答應，但是礙於那人跟哥哥同窗的份上，卻又不好拒絕。於是，姥爹問明那人要收野鬼的緣由。

那人道，半年前的一個傍晚，他在朋友家裡喝了幾兩白酒出來，搖搖晃晃地往回家的路上走。走了不多久，他突然聽見背後有姑娘的咯咯笑聲。那時既沒有路燈也沒有手電筒，世道也不太平，鄉村裡的姑娘是不敢在這個時候出來玩耍的。所以他的心裡有些疑慮。

因為天色很暗了，能見度不高，他就沒有太在意，猜測是不遠的地方有人家，而自己看不見。再者，暈頭暈腦的他連走路都不太穩，更沒有心思去想太多了。

他走了大概一里多遠，又聽見背後有姑娘咯咯的笑聲。這時，他就有些懷疑了，因為路的兩邊都是山，沒有人家住在這裡。如果誰家的姑娘敢在天暗的時候獨自走到這裡來，那真是吃了熊心豹子膽。

不過他還是不理那個笑聲，仍舊低了頭走路。這時路也模糊得只剩一條白色，根本看不清哪裡凹、哪裡凸了。估計再晚一點，他就找不到回家的路，要在露天的草地裡躺一晚上了。

雖然心裡急著趕回家去，但是那個姑娘的笑聲卻如一根不棄不捨的稻草，總在他心裡最癢的地方撓。

又走了半里多路，他終於走到靠近老河的大道上了，遠遠地能看見畫眉村裡的星星點點的燈光。胃裡的酒如一團火，燎著他的神經。這時，他再次聽見了姑娘咯咯的笑聲。此時他聽來覺得那姑娘似乎在嘲笑他膽小。

他忍不住回過頭來，看見一個二十歲上下的漂亮姑娘正蹲在地上撿錢。

他連忙將手伸進口袋裡，他的錢還在。他吐了一口氣，幸虧不是自己的錢掉了。不過他又懷疑：是誰這麼有錢，順著這條路一直丟過來？

那個姑娘根本沒心思抬起頭來看看這個喝得醉醺醺的人一眼，只是全神貫注地撿著地上的錢。她彷彿努力抑制著不要讓自己笑出聲來，但是佔了如此大的便宜，卻使她時而忍不住咧開嘴笑出聲。咯咯的聲音傳入站在她前面的人的耳朵裡。而站在她前面的那個人，眼神漸漸變得異樣。

此時，他的酒醒了一些，但是酒精的後勁仍不斷衝刺著他的神經，令他想入非非。

那個姑娘一邊彎腰撿錢，一邊往前移動，漸漸地向他這邊靠了過來。那腰肢扭動得如春風拂動的小柳樹，那秀髮飄動得如農家婦女在洗衣池塘裡洗滌的海帶。微風剛好從她那邊向他這邊吹來，迷人的體香中似乎還帶著點點酒香。在他的眼裡，那個姑娘穿著的緊身小紅襖如同花生米的紅包衣，他心中燃起一陣熱火，手指癢癢的想伸過去將花生米的紅包衣剝開來，看一看裡面的花生仁是不是白皙可口。這就更加勾起了他的酒勁。

而那個姑娘全然不顧前面還有人在，兀自撿著地上的錢。

他看著這個姑娘一點一點地靠近自己，他們之間的距離越短，他體內的熱火就燃燒得越旺。

那個姑娘一直撿到了他的腳下，撞到了他的膝蓋。

「哎喲，對不起，對不起。」那個姑娘連忙道歉。

頭腦還有些暈乎的他站立不住，被她撞倒在地。那個姑娘將撿到的錢往腰兜裡一揣，伸出手要拉他起來。他碰觸到姑娘的手，涼津津的。他已經無法抑制體內的衝動，順勢將那個姑娘撲倒在地，將她的緊身小紅襖剝開來……

第二天的早晨，路邊小樹上的露水輕輕悄悄地滴落在他的額頭，他這才緩緩醒了過來。他想起了昨晚在這裡發生過的事情，臉上立即騰起一股燥熱。恢復清醒的他馬上想到了禮義廉恥。他慌忙看了看四周，不見那位姑娘的蹤影，低頭看了看自己的衣服，卻是褲帶緊束，衣釦緊扣，似乎昨晚不過是轉瞬即逝的春夢一場。

他緩緩地站了起來。老河旁邊的田地裡已經有了勤勞的農人忙著農活，但是沒有人注意到這裡還睡著一個人。懶洋洋的陽光灑在他的睫毛上，讓他分不清到底昨晚是作夢，還是現在是作夢。但是老河裡潺潺的流水聲似乎告訴著他：現在才是真實的。

他打了一個哈欠，昨晚倒進肚裡的酒水和下酒菜，此時從胃裡發出一股糜爛的臭味。他連忙用手在嘴邊搧動。

手剛搧動兩下，突然停住了。

在他腳踏的這條道路上，稀稀落落地撒著送葬用的圓形紙錢！

24

雖然被嚇得魂飛魄散，但是他不敢聲張，急忙回到家裡假裝什麼事情也沒有發生過，一連數日都不敢出門走夜路。以往他經常跟酒友喝到夕陽西下才搖搖晃晃地回來，自從那次之後，他連陰天都不敢出門。

可是如此數日之後，卻也沒有發生什麼事情。

他想不出那個被他冒犯的姑娘為什麼不來找他算帳。她不來找他，他倒有些想念她了。每次白天在烈日下經過原來那條路的時候，他都忍不住要停下來，趁著無人的時候偷偷察看四周，希望能找到那個姑娘的蛛絲馬跡。這自然是徒勞。

就這樣，在既擔心又想念的日子裡度過了一個冬天又一個春天，直到來年的清明節。

「清明節？」我問道。相信所有的中國人對清明節都有所瞭解，但每個人對清明節的瞭解各不相同。有的瞭解為掃墓的節日，有的瞭解為踏青好時節，有的瞭解為與七月半和十月朔並列的三大鬼節之一。

既然爺爺講的是這個故事，那麼我自然而然要將清明與鬼節聯繫在一起了，並且暗暗覺得那個要請姥爹收野鬼的人在這一天要遇到什麼事情。

談到清明節，自然避不開歷史人物介子推。據歷史記載，在兩千多年以前的春秋時代，晉國公子重耳逃亡在外，生活艱苦，跟隨他的介子推不惜從自己的腿上割下一塊肉讓他充飢。後來，重耳回到晉國，做了國君（即晉文公，春秋五霸之一），大肆封賞所有跟隨他流亡在外的隨從，唯獨介子推拒絕接受封賞，他帶了母親隱居綿山，不肯出來。晉文公無計可施，只好放火燒山，他想，介子推孝順母親，一定會帶著老母出來。誰知這場大火卻把介子推母子燒死了。為了紀念介子推，晉文公下令每年的這一天，禁止生火，家家戶戶只能吃生冷的食物，這就是寒食節的由來。

寒食節是在清明節的前一天，古人常把寒食節的活動延續到清明。久而久之，人們便將寒食與清明合二為一。現在，清明節取代了寒食節，拜紀念介子推的習俗，也變成清明掃墓的習俗了。

這是我對清明節由來的理解，也是學校老師告訴我們的解釋。不過爺爺告訴我說，這只是清明節由來的一種說法，還有另一種說法卻是常人少知的。但是聽爺爺說過之後，卻覺得第二種說法更是合情合理。

爺爺說，古人有迎接春天的習俗，農曆三月初的天氣正好是春意盎然的時候，適合人們開展各類活動，包括踏青出遊，乃至「野合」。所以春季最主要的節日也在這個時候。早期的清明節並沒有祭掃的習俗，清明節的活動內容與三月初的其他節日是相同的。

清明是二十四節氣之一，二十四節氣是根據太陽曆制訂的曆法，本身並非節日。清明恰好在農曆的三月初，正好和古代春天的節日上巳節、寒食節重疊，久而久之清明也成為春季節日的一部分。

現今，上巳節已經從中國人的節日譜中消失了，但過去它曾是一年中最重要的節日之一。漢朝以前訂為三月上旬的巳日，後來則固定為農曆三月三那天。據記載，春秋時期上巳節已經開始流行。《論語》中所說的「暮春者，春服既成，冠者五六人，童子六七人，浴乎沂，風乎舞雩，詠而歸」寫的就是當時的情形。

最早的時候，上巳節那天人們會去踏青郊遊，到河邊洗澡。另外，這天也有「驅邪」的功能，古人稱為「祓除畔浴」。在上古時期，節日的作用就是驅邪避災，譬如「重陽節登高」，實際的原因是為了躲避山下的瘟疫，「祓除畔浴」也是這個道理。

上巳節也有求偶交配的功能，《詩經》裡所說的「維士與女，伊其相謔，贈之以芍藥」也是發生在這段時間，這樣的傳統一直影響到唐宋，杜甫《麗人行》中就有「三月三日天氣新，長安水邊多麗人」的句子。不過，後來隨著社會趨向文明，野合的主題被替換為求子，上巳節後來形成了祭奠女媧廟、婦女們在河邊求子的風俗。

「清明還有野合的含意？」我是第一次聽到這種說法。不過我不得不相信爺爺，他對古事的瞭解比任何一個教過我國文課的老師都要深得多。

「嗯！」爺爺點頭道，「就像竹葉青找張九的時候總是選擇傍晚或者陰雨天，鬼找人的時候也會選日子呢！那個被他冒犯的姑娘就選了這麼一個時候。」

「難道不只是他想念著那個姑娘，那個姑娘也惦記著他嗎？」我問道。

爺爺呵呵笑道：「你已經成年了，我也就不避諱跟你說這些了。你想想，如果那個姑娘不情願的話，她能讓一個喝醉的人去侵犯她嗎？」

我心中感嘆道，難道這就叫做郎有情、妾有意？

那個人對姥爹說，那次清明，他去了母親的墳墓上掃墓，發現墓邊長了一棵小槐樹。由於去掃墓之前沒有帶任何挖掘工具，他費盡了九牛二虎之力才將小槐樹從泥土裡連根拔出。等他做完這些，天色就已暗下來了。

回家的路上，必須經過曾經遇到那個姑娘的地方。

因為事隔半年多了，他已經沒有原來那麼害怕，一種莫名的希冀反而如荒草一般見風就長。

他不知道母親的墳前長槐樹是吉兆還是凶兆，所以拔掉的小槐樹也不敢隨便扔掉，只好提著帶泥的小槐樹回來。

當走到去年在這裡留下詭異記憶的地方，他提著小槐樹站了一會兒。他左顧右盼，似乎要等某個人來約會；又似乎害怕遇到某人，只要見那人出來，自己立即拔腿就跑。

25

在他站著的那條路上，到處撒落著各種紙錢，那是掃墓的人們一路遺落下來的。雖然是春季，但是微風拂起地上的紙錢，如秋風捲殘葉，讓他感覺到一陣陣秋涼。他不禁縮了縮肩膀。

就在他提起衣領遮擋鑽進脖子的涼風時，一陣沙沙的聲音響起。

那個姑娘出現了。她蹲著，如去年那樣去撿地上的紙錢。只不過她的臉色沒有去年那樣的喜色，更沒有發出咯咯的笑聲。她的臉明顯憔悴了，頭髮如被秋風吹過的枯草一般。她一如既往沒有發現前面的行人，兀自撿著紙錢，全神貫注。

他的身子搖晃了一下，彷彿是被風吹動的。

「妳……」他指著那個姑娘，嗓子癢癢的。

那個姑娘聽到他的聲音，先是愣了一下，在地上呆了片刻，然後緩緩地抬起頭來。如果說蒼白的臉、枯萎的頭髮、笨拙的表情都顯示著她的憔悴的話，那麼那雙眼睛卻是比洞庭湖的水還要波光粼粼，比石井中的水還要清澈，比老河裡的水還要流動婉轉。

那個姑娘面無表情，彷彿看著一個從來都沒有見過面的人。他被姑娘的表情嚇壞了，活生生把「妳」字後面的話嚥進了肚子裡。怎麼了？她不記得自己了啊？不會的，她怎麼會不記得自己呢？可是看那表情，確實不記得自己。難道，難道，難道她是恨著自己的？忽然見到了自己才使她有著這樣的表情嗎？這是見了深仇大恨的人才表露的表情嗎？他猜不透那張絕美的憔悴的臉。

那張如缺少澆灌的牡丹花一樣的臉。

讓他沉迷於她的美麗，卻又疼惜於她的憔悴。他的心如同被刺了一刀，有一種空洞的痛。他下意識地抬起手，捂住了胸口。

那個姑娘看了他半天，僵硬的表情突然如河面的冰遇到了溫暖的春風，居然出現了一絲不易察覺的融動。她的臉上出現了輕微的抽搐。

他仍呆呆地站著，呆呆地看著這位姑娘。怎麼了？她的臉上即將出現什麼表情呢？憤怒？扭曲？破口大罵？是的，去年就是他，就是他趁著酒勁侵犯了未設防的她。那麼，現在正好是她報復的機會。她一定不會放過這種絕好的機會。她會怎樣？會找我拼死拼活？會拖著我去告訴村裡人，還是會和我對簿公堂？

不，不，不。她可不是人。她是鬼。

那麼，她會不會拉著我去陰曹地府？去閻羅王面前申冤？閻羅王會不會氣得吹鬍子瞪眼，在我的陽壽簿上除去十多年陽壽？或者更多？

他感覺自己就是一個等在一朵南瓜花前面的農民，他不知道這朵好看的南瓜花即將結成一個長著好看的斑紋的果實，還是成為一朵毫無希望的啞花。

他頓時想起了村裡的一個漂亮姑娘給南瓜花授粉的情景，那個漂亮姑娘小心翼翼地摘下雄花，然後將雄花的花蕊小心翼翼地捅入雌花的花蕊裡。他知道的，花瓣下面有膨起物的是雌花，否則就是雄花。這樣一個奇妙而令人浮想的授粉過程就在那位漂亮村姑的蔥根手下完成的。在她的菜園邊經過的他打趣道，妳這是在幹什麼呢？光天化日之下，一個漂亮姑娘居然做出這樣的事情來，不怕人笑話嗎？

那個村姑臭著臉罵他，拿起園裡趕雞、鴨的竹棍子將他趕走。

當著這個詭異的撿錢姑娘，他的腦袋裡居然一再浮現村姑手中那個雄花的花柱不停地摩擦雌花的情景，甚至彷彿清清楚楚看見了那一顆顆的花粉落入雌花的花蕊。

那個姑娘臉上的表情終於完全化解，嘴角掀動，居然扯出一絲讓他驚奇不已的笑容來！

「你沒有忘記我啊？」她輕輕怯怯地問道，彷彿是一個獨守空房多年等著曾經路過並且發生了秘事的姑娘。他讀過無數個關於文人的風流韻事，自己雖然讀過些許私塾，並不敢自稱為文人，但是他未嘗不期待著同樣的美事發生。

聽了姑娘的問話，他頓時渾身鬆懈下來。之前的所有猜想都隨著微風而逝。他搖了搖頭，輕聲回答道：「當然沒有，一天也不曾忘記過。」

那個姑娘低了頭，咯咯笑起來，所有的憔悴頓時消失不見，嬌羞如一個新婚之夜的披著紅蓋頭的女人。

他本來還有些顧忌，但聽到姑娘咯咯的笑聲，立即把持不住，丟下了手中的小槐樹，撲向嬌羞的姑娘。這天他沒有喝過一口酒，但是去年的那種酒香隱隱約約在鼻前掠過。如果說之前是酒意的慫恿，之後的夢中是生理的衝動，那麼此刻他就是兩種鼓動的集合。他像一頭剛剛擺脫束縛的野獸，已經完全控制不住在心中燃燒許久但是一直沒有燃燒充分的熱火。他身子底下的那個人沒有拒絕，只有激烈的迎合。

他想起了《詩經》中的「維士與女，伊其相謔，贈之以芍藥」，他想起了「野有死麕，白茅包之。有女懷春，起士誘之。林有樸樕，野有死鹿。白茅純束，有女如玉。舒而脫脫兮！無感我帨兮！無使尨也吠」。他想起了更多……

在身體裡的熱火劇烈燃燒一次之後，他沉沉地睡去了……

第二天醒來，跟去年的那個早晨沒有任何區別，甚至陽光也是同樣懶洋洋的，不同的是，他的身邊多了一棵倒著的小槐樹。

他沒有像上次那樣偷偷溜回家，而是從草叢裡找出一個破瓦片，就地挖了一個坑，將那棵小槐樹種在昨晚他們交合的地方。他從老河裡捧了一些水澆在翻動的泥土上，然後用腳踏緊。

26

清明果然是適合野合的時節，清明更是適合種植的時節。他不禁這樣感嘆道。

小槐樹在新的地方展現一派生機，很快就長得枝繁葉茂。

自從在那裡種上小槐樹以後，他幾乎每天晚上都去那裡，站在小槐樹旁邊等待。果然不出所料，他時而能碰到那個撿錢的姑娘，自然又少不了一番翻雲覆雨。

時間久了，那個姑娘便問他道：「怎麼我每次來這裡你都在啊？是不是我們心有靈犀？」

他回答道：「哪裡！我是每天都來，只能隔三差五地碰到妳一兩回。」

姑娘聽了，感動得掉下淚水來，抓住他的肩膀輕搖道：「你怎麼這麼傻呢？為了這點事，要你天天晚上在這裡等待！」

兩人自然免不了說一番貼心的情話，這裡暫且不表。只講那個姑娘告訴他一個秘密：「你以後不要天天來等，我會在逢七的日子到這裡來。其他時候我是不能出來的。以後你算好了日子過來就是了，免得影響了休息。」

他雖不懂為什麼這個姑娘要逢七才出來，但是從此以後，他每個月逢七、十四、十七、二十一、二十七、二十八，都到這棵小槐樹下與那個撿錢姑娘幽會。而那個姑娘每次都如約而至。

村裡人雖然發現這條路旁無緣無故多了一棵小槐樹，但是沒有人發現他與那個撿錢姑娘的事。

事情一直延續到那個人來找姥爹。姥爹問道：「你們不是一直這樣的嗎？為什麼現在卻想要將野鬼引到家裡來呢？人鬼殊途，你們這一段情事也就罷了，怎麼可以真正地待一輩子呢？她既然願意跟你在槐樹下幽會，自然有著她的意思。」

那人不解道：「她有什麼意思？」

姥爹解釋道：「槐樹葉子為縮縊呈串珠狀，縮縊處很細。是吧？槐樹莢角縮存樹上，一旦遇到降雨，縮縊處受雨水浸濕就會斷裂落下，果皮被浸泡腐爛而露出種子，把樹蔭下的地面染成暗綠色。同時，槐樹容易遭受蚜蟲的危害，蚜蟲分泌物落到地面也會把地面染成黑色，槐蔭下因此常常呈黑色。暗綠色和黑色，都具有晦暗之意。所以，槐樹一名源自『晦暗』。知道了吧？」

「晦暗？」那人驚問道。

「看來她是怕別人知道你與她之間的事情，但是有了槐樹之後，她與槐樹同是晦暗之物，可以藉槐樹的晦暗隱藏自己的蹤跡，讓常人不能發覺。」姥爹道，「我以前經過你說的那條道路時，也曾懷疑過那裡存在蹊蹺，但是終究沒有掛在心上。看來她的心機縝密，藉著槐樹隱藏了她存在的痕跡。」

「原來如此啊！」

姥爹又道：「槐字與晦字讀音相近，槐樹就是晦樹。不過呢，這裡還有另一層意思。槐，就是望懷的意思，人站在槐樹下懷念遠方來人。這是她對你表達愛慕和想念的方式。」

那人狠拍自己的腦袋，自責道：「原來她花了這麼多心思啊！可恨我自認為讀了不少書，卻像個白癡似的沒有明白她的用心！如果是這樣的話，那我更應該將她邀請到家裡來，像正常的妻子一樣對待她。甚至可以跟她一起談論學問呢！」

姥爹嘆道：「雖然她要逢七才能出來，要藉槐樹才能隱藏行蹤，但是她畢竟是鬼，陰氣很重。你跟她隔一段時間見一次面還好，若要是天天夜夜待在一起，恐怕會影響你自己的身體。你可要想清楚了。」

那人大大咧咧揮手道：「怕什麼！我早就知道她是鬼類了，要是害怕，早就不跟她在一起了。你就不用多給我操閒心啦！幫幫忙，將她收到我家裡來吧！」

「那你以後不娶妻子了？」姥爹提醒道，「如果你把她收進家裡了，一旦以後你要再娶媳婦的話，那還得先將她趕出去。那樣就可能造成一個冤鬼了。鬼的冤氣大了，那就很難對付。你要想仔細、想明白了。」

那人稍一尋思，斬釘截鐵道：「我想仔細、想明白了，收她進我家來！」

就這樣，姥爹只好幫忙將那女鬼收進他家。

姥爹請了文天村的做靈屋的人紮了一個紙人。當然了，那時做靈屋的人是我認識的老者的父親。然後，按照那人的描述，將紙人畫上女人的鼻子、嘴巴、眼睛等。那人還特意請人做了一件不厚不薄的小紅襖給紙人穿上。

到了他與女鬼約好的逢七的日子，姥爹帶著紙人，他牽著一根紅線，從畫眉村往老河那邊走。他手裡的紅線一頭繫在門閂上，從門口一直拉到小槐樹那裡。頭一天他就跟村裡的小孩子們打好了招呼，叫小孩子們當晚不要調皮，不要亂撞亂跑弄斷了紅線。每人得到幾顆糖的小孩子們當晚都乖乖地繞開那條紅線。

村裡的大人們經過那條紅線的時候要嘛抬高腳跨過去，要嘛低了身子鑽過去。一個村子就被這麼一根經不起外力的紅線分割成兩個部分。

姥爹將紙人靠著小槐樹放下，叫他將紅線繫在小槐樹的主幹上。他照辦了。

等天色暗了下來，姥爹又將紙人和紅線檢查了一遍，然後跟他一起耐心地等待那個一邊撿錢一邊咯咯發笑的姑娘出現。

月上樹梢，雲像黑紗巾一樣從天空掠過。姥爹掐算了一下，將紙人扶了起來，用手輕輕彈了一彈不鬆不緊的紅線。

「她來了。」那人推了推似乎是漫不經心的姥爹，聲音有幾分緊張，有幾分驚喜。

咯咯一聲笑，那個姑娘影影綽綽地出現了。她漸漸向這邊走來，越來越清晰。她如同從一幅沾滿了灰塵古畫中走出，帶著幾分香豔，卻也帶著幾分泥味。

27

當看見熟悉的男人身邊還有其他人時，她吃了一驚，慌忙轉身要走。那個男人連忙衝上去拉住她的手，解釋緣由。

姥爹一個人站在小槐樹下看著他們倆拉拉扯扯，一個要走，一個不讓。這樣糾纏了好些時辰，終於看見那個姑娘半推半就地跟著他走了過來。看來他終於說服了那個姑娘。

那個男人笑嘻嘻道：「好了。您開始作法吧！」

姥爹瞅了那女鬼一眼，一本正經道：「姑娘，我從來都是幫人不幫鬼的。這次破例是因為他跟我兄弟的交情。你既然進了村子，就要安守本分，不要做出造孽的事來。妳可聽清楚了？」

那個男人連忙幫腔道：「她絕對不會做出對村裡人不利的事情來。我跟她這麼些日子了，從未見她做過什麼害人的事。您就放心吧！」那個女鬼在他身後連連點頭，一副楚楚可憐的乖模樣。男人說完，她急忙小雞啄米似的點頭。

姥爹將紙人扶起來，對女鬼道：「妳走到紙人這裡來。」

女鬼顯然還有些猶豫，側頭看了看那個男人，怯怯道：「要不算了吧，我們還是像原來的那樣在這裡約會吧！」看她表情如小孩子害怕打針一般。

那個男人則像家長一般勸慰道：「沒事的。妳聽從他的吩咐，很快就會好的。他的法術很高深，是我們村裡出了名的人物呢！我聽他說了，這個紙人只是妳暫時借用的身體，是收住妳魂魄的軀殼。進了我的家，這個紙人就不用了。放心吧！」

女鬼聽他這麼說了一番，才緩緩邁開步子朝紙人走去。

姥爹見那女鬼漸漸融入紙人內，立即輕喝了一聲：「走！」那個紙人就略顯猶豫地邁開了步子，像是大病初癒的人第一次下床活動似的。見紙人開始走了，姥爹叫男人一手牽著紙人的手，另一手握緊紅線。

「帶著她往你家裡走，記住捏住紅線的手不要鬆。」姥爹囑咐道。

爺爺雖然沒有告訴我當時的天氣，但是我能想像到，那一定是個陰風陣陣的晚上，天才黑不久，月亮不太圓，或者說瘦如彎弓，也沒有多少月光。穿著小紅襖的紙人跟一個面帶書生氣的男人手牽手，緩緩地朝紅線的另一端走，一如一對新婚夫婦踏著紅地毯朝禮堂行走。這對男女背後有另一個人小心翼翼地在旁照看，生怕紅線斷了，或者生怕新郎的手鬆開來，或者生怕紙人被夜露沾濕，破出兩三個大煞風景的洞來。

村裡的人都自覺地待在家裡，門外連隻亂吠叫的狗都沒有，家養的雞、鴨更是早早地回了籠。他們，還有牠們，似乎有意保持一種沉默的狀態。而路上行走的一活人、一紙人更是走得小心翼翼、如履薄冰，彷彿真走在冬末的冰塊上，也許下一步就「嘩啦」一聲，兩人連帶著所有的希望都陷進冰窟裡。

所幸的是，在姥爹的輔助下，他們倆沒有出一點意外。他們順利地走到了紅線的另一端。姥爹待他們倆都將腳縮進門內，迅速關上門。就在這一瞬間，外面的狗開始吠叫了，雞開始咕咕咕地亂鳴了，而牆角、窗下的土蟈蟈開始聒噪了。那根紅線立即被從屋裡跳出來的小孩子弄斷了。

爺爺笑道：「那個你叫綿叔的，當時他家住在畫眉村的最外邊，那晚他就趴在窗戶看著你姥爹帶著那個男人和紙人慢慢地經過了他的窗前。弄斷紅線的也是他，他是畫眉村調皮出了名的人。你姥爹在世時還教訓過他呢！」

那個我叫為綿叔的人，其實是一個七、八十多歲的老人，但是論輩分，我媽媽都比他大好幾輩。他見了我媽媽都要叫曾姥姥，見了我也恭恭敬敬地叫童爺爺。我和媽媽都很不習慣一把年紀的他這樣叫我們，跟他說過很多次以後不要這樣稱呼。可是他是個很認真執行輩分的人，像頭倔驢一樣不肯改。後來爺爺出面說了，他才勉強答應折中的稱呼——讓媽媽叫他綿哥，而我自然叫他綿叔。

村裡的人早已放棄了古老的排字輩的稱呼，綿叔可算是畫眉村最後一個堅持這種不合時宜的稱呼的人了吧？不知道他這麼堅持字輩有什麼原因。

爺爺說，最正式的字輩應該是起源於宋朝。當年宋太祖趙匡胤，為其後代規定了十三個字輩，和自己的匡字一共十四個字，構成一副對聯「匡德唯從世令子，伯師希與孟由宜」。這是人們見到的最早的正式的字輩。一般情況下，字輩的形式、內容、含意等都比較單一，內容講的要嘛是修身、治國、平天下，要嘛就是後世子孫對祖宗前輩的尊敬、讚美與歌頌，要嘛就是祖宗前輩對後世子孫的鼓勵、期望與祝福。

畫眉村的字輩也是一副對聯，爺爺還要費很大的勁才能勉強說完全。到了媽媽這一輩，連第一個字是什麼都不知道了。綿叔每見一個跟馬家有血緣關係的人，總是一個人掰著手指算來算去。遇到比自己字輩小的，便哈哈大笑，強迫對方叫他爺爺或者祖宗什麼的；遇到比自己字輩大的，一定畢恭畢敬地尊稱對方。他樂此不疲。

「我說的情形還是你綿叔後來告訴我的呢！」爺爺說道。

姥爹進門之後，其他人就不知道他又做了些什麼。總之，第二天經過那個男人的房子時，經常能聽見他一個人在那裡自言自語。他似乎在跟什麼人說話，可是有意無意經過他家的人卻聽不到女聲回答他的話。

平平安安度過兩個月之後，他的家裡突然傳來一聲尖叫。發出尖叫的不是別人，正是他自己。

28

而姥爹似乎從收野鬼進屋的那個晚上開始，就一直等待著他尖叫的這一天到來。

爺爺說，那個男人發出尖叫的時間是在一個炎炎夏日的午後，各家各戶都剛剛吃完飯或者正在吃飯，許多小孩子剛躺上竹床準備睡午覺。蟬聲如一浪接一浪的潮水般在畫眉村的四面八方起起伏伏。

那天，姥爹吃完了午飯，卻反常地不立即躺上他的老式竹椅睡午覺。姥爹靜靜地坐在飯桌旁邊，一動也不動。當時姥爹的原配還健在，她早收拾好了飯桌上的殘羹冷飯，正蹲在廚房裡洗碗筷。她搓筷子發出的刷刷聲似乎是蟬聲的伴奏。

「馬辛桐！你幫我把那女鬼趕走吧！她給我生了一個沒有五官的孩子！」那個曾經央求姥爹收野鬼進家的男人再次央求姥爹道。

「我早跟你說過的，趕走比收進來要困難得多。」姥爹面無表情。

原來，那天下午女鬼為他生下了一個孩子，可是那個孩子的腦袋長得奇怪，沒有鼻子、眼睛、眉毛、耳朵等，如一個冬瓜長在脖子上。那聲尖叫，就是那個男人看見沒有五官的新生兒之後發出的。

「不行！她生了這樣一個孩子，叫我怎麼受得了？我恐怕從此天天晚上都要做噩夢了！求求你，你既然能把她收進來，就有辦法將她再趕走！求求你了！她是鬼呀，待在村裡難免是個隱患。要防患於未然哪！求你啦！」那人跪下來給姥爹作揖。姥爹慌忙上前扶他起來。

姥爹經不住那人的再三求勸，只好答應。

當晚，姥爹事先將一籮筐紙錢從那人的家門口一直撒到小槐樹下，然後叫那人手拿一把斧頭。

姥爹和那人等到天黑，又等到萬家燈火，再等待萬家燈火都熄滅，才遠遠地看見女鬼漸漸地走了過來，仍舊是一邊撿錢一邊咯咯地笑。姥爹自己聽了都於心不忍，但是身旁的男人一再督促他不要心軟，彷彿他才是局外人。

姥爹見女鬼越走越近，便拍了拍那男人的肩膀，吩咐道：「你等她走到槐樹底下來了，立即將這棵槐樹砍倒。什麼話也不用說，其他什麼動作也不要做，然後直接回家，關門睡覺。」姥爹說完，自己先低著頭走開了。

爺爺說，這是藉助了騸牛的方法。那個時候，閹雞匠、割豬匠、騸牛匠還到處可見。因為正常的公雞和公豬都不如閹割了的長得壯，而正常的公牛也不如騸了的做事專心，所以當時的農村裡保持著這種野蠻而有效的閹割辦法。

但是騸牛跟閹割雞和豬不一樣。為了徹底地讓牛死心塌地幹活，不再做其他非分之想，騸牛匠在割掉牛的生殖器官之後，還要當著牛的面，用大磅錘將那物什雜爛。這是比閹割更野蠻但是也更有效的方法。被這樣處理過的牛，從此老老實實耕田拖車拉磨，眼神變得空洞，見了母牛再也不會多情地「哞哞」叫喚。

那個男人不會不知道那棵小槐樹對他和女鬼來說意味著什麼，如果當著女鬼的面將小槐樹砍倒，女鬼必定明白男人的意思。

那個男人將小槐樹砍倒之後女鬼有什麼反應，姥爹沒有看到，綿叔也沒有看到，而男人自己也不願跟外面的人說，所以爺爺也無從知道。

爺爺知道的，是那個男人第二天就要將那個沒有五官的孩子丟掉。那天剛好一個不知名的乞丐經過，從男人手裡搶過那個孩子就跑了。男人出於本能，追了那個乞丐好遠，就在要捉到乞丐的時候，他停了下來，看著那個乞丐一溜煙跑掉了。

不久之後，那個男人又另外娶了一個遠地的女人，那個女人自然是不知道他的過去的。村裡人對那個遠地來的女人保持一種不約而同的沉默。後來那女人給他生下了一個兒子。

兒子養到能說話的時候，他才發現，他的兒子聽力、視力、嗅覺、味覺都差得要命。他媽媽每次叫他的名字都要敞開了嗓子拼命叫喊；斗大的毛筆字放在面前看不到；經常把酒當作白開水喝掉幾碗，然後昏昏糊糊地躺在地上睡覺；無論吃什麼東西都是一個味。

村裡人，還有他自己都冥冥之中能感覺到這個孩子是個報應，但是他們都不敢說出來。

這個孩子長到二十多歲就死了。然後他跟他妻子白髮人送黑髮人，哭得好不傷心。在給孩子送葬的路上，他忽然發現一個長著冬瓜一樣腦袋的人站在老河邊上朝送葬隊伍張望。他舉起一根竹竿就向老河岸邊衝過去。等他到了老河邊上，卻發現什麼東西也沒有。等他走回來，卻又看見了那個沒有五官的人。他再次衝到老河邊上去，那個人卻又消失了……

如此反覆數次，他終於狂叫一聲，從此變得瘋瘋癲癲。那個遠地嫁過來的女人簡單收拾了一番，跟村裡幾個熟人告別，回到遠方的娘家養老去了。

又過了幾年，那人的房子由於年久失修，在一個雷雨交加的夜裡倒塌了。那人在一堆斷壁殘垣裡結束了生命。

「難怪你不去張九家的。」我若有所思，也若有所失地說道。

爺爺淡然一笑，道：「故事還沒有結束呢！」

「還沒有結束？」我訝問道。

爺爺點頭，搓了搓手，道：「還沒有結束。由於那個人生前沒有留下什麼積蓄，也沒有子嗣，他的葬事就成了一個問題。那時已經開始兵荒馬亂了，村裡的人都沒有什麼餘積，誰也沒有足夠的錢給他舉辦葬禮。於是，村裡幾個老人聚在一起，討論出一個決定：全村的人湊錢起來給他買一塊地埋了算了。誰料第二天村裡就來了一夥人，都是強盜、土匪打扮。村裡人都嚇得不得了。誰知那夥人不搶別的，只為那個男人的屍體而來。」

「搶屍體？」

「對。搶屍體。」爺爺沉聲道，「那一幫土匪的頭目卻是長得奇怪，嘴巴沒紅唇，耳朵白得如刷了石灰粉，眼睛也沒有睫毛，鼻子像石頭一樣硬梆梆。村民們和土匪打起來的時候，有人打到了那個頭目的鼻子，自己的手卻撞得斷了一個指節。」

說到這裡，不用爺爺說明，我也大概知道了土匪的頭目是何人。

「後來土匪鳴了槍，村裡的人才一個都不敢動了。那幫人就將屍體搬走了。」爺爺道。

「然後呢？」我急忙問道。我想知道那個頭目將屍體搶走是何目的，是想將拋棄他的父親碎屍萬段呢？還是好好安葬？

「然後呀，然後村裡人就去孟家山去找土匪。那時就孟家山一塊盤踞著百來個土匪。那些土匪都是附近的莊稼人，他們是被強吏豪紳搶了種田的土地才跑到孟家山落草的。孟家山一帶還有他們的親戚，所以村裡人就找了跟土匪有親戚關係的人，問要多少贖金才可以把屍體贖回來。」爺爺道，「可是孟家山的土匪說，他們不曾搶過人家的屍體。」

「不是孟家山的土匪幹的？」

「不是他們幹的。他們說，我們搶錢、搶糧、搶人什麼都搶過，就是不曾搶過屍體。」爺爺道。

「那屍體到哪裡去了？」

爺爺搖了搖頭：「誰也不知道屍體到哪裡去了。一開始村裡還託人到處詢問，有沒有見過一對人馬從畫眉村出來，又朝哪個方向走了。可是毫無音訊。過了一段時間，人們就漸漸將這個事情擱下，再過了一段時間，就再也沒有人提起這件事了。」

湖南同學道：「我們很多人都曾為《倩女幽魂》中小倩和甯采臣的人鬼愛情故事感動過，但是現實生活中，始亂終棄的愛情故事數不勝數。」

恐嬰鬼

29

同一時刻，不同的夜晚。

湖南同學道：「我們很多人在抱怨心愛的人時，喜歡說『我真是上輩子欠了你的』。這句話算是半開玩笑半認真。但是如果上輩子真欠了誰的，可就……」他做了個鬼臉，開始講述接下來的詭異故事……

故事剛剛說完，就看見奶奶蹣跚地從外面走了過來。「哎喲，人家那孫媳婦長得真是俊囉。」奶奶一邊走一邊拍著巴掌讚美道。

走到了爺爺近旁，奶奶將手伸進衣兜裡摸索了半天，摸出幾顆糖果來，給爺爺幾顆，給我幾顆。奶奶笑道：「這是喜糖。人家孫媳婦又禮貌又賢慧，見了我就要喊我做乾娘。哎喲，那個聲音甜著哪！」

我和爺爺的糖果還沒來得及剝開，奶奶又將手伸進了衣兜裡摸索。爺爺打趣地問道：「莫非是還有糖果？」

奶奶不好意思地從衣兜裡掏出一個紙條來，諂笑道：「來，老伴，給我的乾女兒算個八字吧。這是她給我寫好的生辰八字。」

爺爺恍然大悟道：「原來她早就知道我會算命，才拜妳做乾娘又給妳喜糖的呀。那妳快點將這幾個糖果退回去。」爺爺一面說，一面假裝將剝開的糖衣重新包起來，作勢要塞回奶奶的衣兜。

奶奶著急道：「我答應過人家的，就是不吃糖果，你也得幫我給她算上一算！再說這糖果，你剝都剝開了，哪能重新包上還給人家？」奶奶忙將爺爺的手推開，急得直跺腳。

爺爺點頭道：「您說得對，答應了人家就一定要辦到嘛！您看看您自己，我明明答應了人家張九的事情，您偏偏不讓我去幫忙。現在人家肯定正在抱怨我說話不算話呢。」未等奶奶反駁，爺爺又道：「我知道，張九家離這裡遠，我一把老骨頭跑來跑去的肯定累。我知道您是為我好，但是畢竟答應了嘛！以後我少答應人家不就可以了？」

我在旁邊忍不住偷笑，爺爺像教育一個不懂事的小孩子一樣教育著奶奶的情形還真有幾分滑稽。我爸媽就不一樣了，爸爸脾氣暴躁，兩句話說得不順了，要嘛摔門出去，要嘛根本不聽，執意要按照自己的意思去辦事。

奶奶聽爺爺這麼一說，覺得自己確實做得有些過。於是，奶奶擔心地問道：「那怎麼辦？對呀，你答應了人家的。都怪我，肚裡都是直腸子，想什麼就說什麼。要不，亮仔陪你去張九家一趟，看看事情怎樣了？你一個人去我還不放心，叫亮仔一同去可以照看一下你，怕你摔跤。」

我見奶奶終於轉變了，立即拍著巴掌歡喜道：「好呀好呀！我們現在就去吧！再晚一點就沒有回來的時間了！」

爺爺搖頭道：「我剛才給你講的故事是不是白講了？我多餘地插手的話，也許會釀成另一場悲劇。還是那句話，這事情得靠張九自己。我頂多起一個旁敲側擊的作用。」

我愣了一下，問道：「你的意思是今天不要去了？」

「不去了。」爺爺道。

「怎麼可以不去呢？你不是答應了人家的嗎？」奶奶現在倒開始替爺爺著急了，「你幫我給新認的乾女兒算個八字了就可以去啊！要不……你先去張九家，回來了再看生辰八字也可以。」奶奶還掛念著幫人家的孫媳婦算八字。

「馬師傅怎麼還不來呢？可是即使他現在來了，還能救到我的竹葉青嗎？」張九在家裡急得團團轉。他知道，他每耽誤一分鐘、一秒鐘，竹葉青的生命危險就接近一分鐘、一秒鐘。那個蛇販子是絕對不可能返回到這間房子裡來，將那條綠色的竹葉青還給他的。而他的父親絕對不可能突然改變主意不將那條蛇賣出去。更要命的是，苦苦等待的馬師傅遲遲沒有出現。

他突然靈光一閃，我把蛇販子和父親都想像成了可能救下竹葉青的人，為何獨獨沒有想到我自己呢？

張九狠狠地拍了拍後腦勺，現在誰也指望不上了，如果自己親手去救竹葉青，那麼竹葉青至少還有一線生機，如果此時自己也撒手不管，那麼竹葉青一定會在明天變成美味佳餚了。

可是另一個問題同時出現在腦海裡：竹葉青跟自己生下的到底是什麼？是人？是蛇？還是怪物？自己能不能接受做一個怪物的爸爸？

30

「不許走！把竹葉青蛇留下來！」

張蛇人和蛇販子目瞪口呆。

張九突然從身後追了上來，張開雙手攔在他們倆面前。「你們可以帶走其他的蛇，但是請將這條竹葉青蛇留下！」張九的雙唇在顫抖，臉色煞白地說道。

「你要幹什麼？」張蛇人不高興了。

蛇販子卻笑嘻嘻地看著張九，打趣道：「莫不是我說中了？你要留著這條蛇做媳婦嗎？哈哈，張蛇人，你看，我沒有說錯嘛！」

張九一咬牙，大聲道：「對！我就是要娶這條竹葉青蛇做媳婦！」

剛才還面帶笑容跟蛇販子聊得不亦樂乎的張蛇人，聽見兒子說出這麼一句話來，頓時臉色剎那之間發生了巨大的變化：「你……你說什麼？」

張九說，當那句話已經當著父親的面說出之後，他反而沒有了害怕。以前畏畏縮縮、躲躲藏藏的心理都不見了。原來，所有的轉變都只等待著他鐵了心說出那句話來。

張蛇人的臉上強扯出一絲笑容，結結巴巴地問道：「張……張九，你是不是蛇毒又發了？你怎麼盡說胡話呢？這可是一條竹葉青蛇，怎麼……怎麼可以做你的媳婦？張九……張九，難道……難道以前牠經常來我家就是……」

張蛇人不是傻子，多年來這條捉不到的竹葉青一直是他的心病，同時他也知道，這條竹葉青肯定有什麼他所不知道的秘密，牠不會是來他家散步的。他之前猜測竹葉青蛇來他家是想傷害他的家人，報復他捉蛇、賣蛇的行為。但是許多日子重重疊疊隨著日曆翻過去了，他的家人卻平安無事。張蛇人時而聽到兒子房間的不尋常響動，他已經有些懷疑兒子了，但是絕對不會想像他的兒子是跟一條蛇糾纏在一起。

而現在，他的兒子攔在他面前，說要娶這條蛇做媳婦。這由不得他不往從未想像過的地方想。

張九對著他的父親點點頭，答道：「是的。牠以前經常來我家，在傍晚或者雨天。牠不是來害我的，卻是給我解蛇毒。」

「解蛇毒？」張蛇人瞇起眼睛問道。

「是的。牠經常趁你不在，就來到我的房間……來給我解毒。」張九噎了一下，接著說道，「所以，所以我們……」

「不要說了！」張蛇人舉手制止道，另一隻手扶住額頭。張九發現，他的父親鬢角已經多了幾根銀絲，眼角多了幾條魚尾紋。

蛇販子提著幾條蛇，一句話也不說，只是呆呆地看著這對父子。

「我還沒有說完，」張九哽咽了一聲，不顧父親的制止，繼續說道，「所以我們相愛了。自從我中了蛇毒之後，別的女孩子見了我都偷偷捂住嘴笑，只有她不顧我身上的角質，用舌頭給我舔舐。她不嫌棄我。她是來幫我的，不是害我的。」

張蛇人想起了那個夜晚，那個引燃了濕柴要捕捉潛入房間的蛇的夜晚，那個母蛇發出的發情氣味的夜晚。「都怪我，都怪我沒有早點發現，居然讓一條毒蛇跟我兒子……」張蛇人沉重地嘆了一口氣。

「我知道您是為了我才開始捉蛇、賣蛇的，可是不是所有的蛇都那麼討厭。有的蛇……」

「不用勸我！」張蛇人大喝一聲，「你是人，牠是蛇！不管怎樣，你們都不能結合在一起！我不答應！」張蛇人渾身顫抖，如站立在凜冽的寒風之中。

一向在父親面前懦弱的張九忽然改變了以往的作風，毫不退讓。「我知道您是不會答應的，我早就做好了心理準備！如果您容不下牠，那麼我也走！」張九嘴上說「早就做好了心理準備」，其實這個「心理準備」是剛剛做下的。他偷瞟了一眼蛇販子手裡的竹葉青。此時，那條竹葉青也正盯著他，平靜得異乎尋常。

「你！你說什麼？」張蛇人暴跳如雷，「你敢！」

「我是真心喜歡上她了。」張九看著編織袋中的竹葉青，深情地道。

蛇販子終於開口說話了：「張蛇人，我看你兒子是認真的。」

「你什麼意思？幸災樂禍？」張蛇人不滿地瞪了好友一眼，「你自己剛才不還給我講了你的故事嗎？蛇這麼好，你為什麼要娶媳婦？你怎麼不跟蛇過一輩子？」

「我這不是為了勸在門後偷聽的張九嗎？」蛇販子道。

「你是為了勸張九？你之前怎麼知道張九就在門後呢？」張蛇人滿腔怒火，指手畫腳問道，「不對，不對！你是誰？」

張九聽了父親的話，也是心中一驚。這個人不就是蛇販子嗎？父親怎麼突然對他也發難呢？

「唉，你就成全你兒子吧！只要是真心相愛，你何必管他這麼多呢？」蛇販子避開張蛇人的問題不答，繼續勸道。不過，蛇販子的臉上出現了一絲破綻。他勉強笑了笑，張蛇人看出那不是蛇販子的笑容。蛇販子笑的時候嘴角往下拉，略帶一點哭相。而這個「蛇販子」笑的時候嘴角微微上揚，並且帶著一絲詭異和惡毒。

「你不是蛇販子，你是另外的人。」張蛇人伸出顫慄的手，指著面前這個熟悉的陌生人。

張九嚇了一跳，立即朝後退了幾步，茫然地看著「蛇販子」，問道：「你是誰？你要騙走我的竹葉青嗎？你有何居心？」

「蛇販子」笑道：「別管我是誰。你們父子之間先把矛盾解決了。我看張九跟竹葉青是兩情相悅，張蛇人你至少給他們一個機會嘛！如果他們不合適，你再拆散他們也行。」

張蛇人後退了一步，道：「我早就應該懷疑你了。是你讓我兒子迷上竹葉青蛇的吧？你是怕蛇販子明天來取蛇，所以今天幻化成他的樣子來騙走我的蛇吧？」

31

在張蛇人、張九和「蛇販子」爭執不下的時候，我和爺爺在家裡卻沒有落著空閒。那時候已經是接近中午的時候，爺爺給奶奶新收的乾女兒判了個八字，然後懶洋洋地躺在姥爹留下的老竹椅上，閉目養神。上次的反噬作用太嚴重，而爺爺更是歲月催人老，恢復的狀態比不得年輕時候。

奶奶滿心歡喜地拿著爺爺判下的八字，蹣跚著腳步走了。我則挨著大門，曬著從外面斜射進來的陽光。大門的朽木味飄進鼻孔，帶著些古老的氣息。現在的我即使回到爺爺家，即使陽光再好，卻是再也沒有了曬太陽的心情。

爺爺在堂屋的陰涼處，我在陽光曝曬的門口。兩個人都不說話，享受著這難得的寧靜。

可是這份寧靜還沒有持續到二十分鐘，就聽見地坪裡有人大喊：「岳爹，岳爹！」

我側頭一看，原來是住在村頭的馬巨河。馬巨河跟舅舅關係好，經常來爺爺家，所以我認識他，並且知道他結婚早，有個體弱多病的媳婦。我還知道他是村裡唯一一個不種田的農民，因為他把家裡的田改成了果園，都種了水果。他一向都叫我爺爺為「岳爹」，而不像其他同齡人一樣叫我爺爺為「岳雲爹」或者「馬師傅」。

爺爺睜開眼來，問我道：「是誰叫我？」

我答道：「是村頭的馬巨河。」

馬巨河見我站在門口，便問道：「童家的外孫在這裡啊？什麼時候來的呀？」畫眉村的熟人見了我都會這麼問。

我禮貌地回答道：「是啊！學校放假了，我前兩天來的。不知道你找我爺爺有什麼事？」我心想道，昨天一黑早才處理好一目五先生，天才亮張九就來找；今天又被奶奶催到田邊忙了一陣，還沒休息一會兒，又來一個！還讓不讓爺爺休息了！

此時我才稍微理解奶奶為什麼不要爺爺管別人的事了。

他不回答我找爺爺有什麼事，卻問道：「你爺爺在家嗎？」

我無奈地點頭道：「在呢！正在堂屋裡休息。剛剛從田裡回來，累得不行了。」爺爺其實還不至於累到不行的地步，我這麼說完全是為了告訴馬巨河：如果沒什麼要緊的事情，現在最好別打擾爺爺休息。

馬巨河自然明白我後面說的話的意思，他搓了搓手，稍稍彎腰道：「我知道岳爹忙，找他的人不少。可是我有點急事需要你爺爺幫幫忙。」他一面說，一面走到門口來。

記得爺爺曾經說過，姥爹還健在而我還很小的時候，有一次村裡的人來爺爺家借水車，可是爺爺、奶奶他們都去田裡收稻穀去了，只有年幼的我在家裡玩耍。那個借水車的人見爺爺家沒有人，便兀自取了橫放在堂屋裡的水車，抬腿要走。可是他走到門口就發現腳抬不動，低頭一看，年紀小小的我正抱著他的腿不讓他走呢。

後來姥爹和爺爺回來了，見借水車的人坐在家裡等他們回來。然後借水車的人給姥爹和爺爺講了我拖他腿的事情，姥爹高興得哈哈大笑，直誇我是護家的孩子，是門頭上的一把鎖。長大後的我每次聽爺爺、奶奶說起，還自鳴得意。

可是這次馬巨河要來煩擾爺爺，我卻不能像小時候一樣拖住他的腿不讓他進門了。我只好引他進屋，然後淡淡道：「爺爺，馬巨河來了。」

馬巨河見了爺爺，連忙握住爺爺的手，央求道：「岳爹，我媳婦的半個身子就靠您來挽救了！」

爺爺一驚，問道：「你媳婦的病惡化了嗎？那你快點把你媳婦送到醫院去呀！找我有什麼用？」

馬巨河道：「如果是病情加重，我自然會帶她去醫院。可是她這次出的事非常奇怪！要不是我自己看到，我也絕對不會來找您的。」馬巨河一邊說一邊不住地搖爺爺的手，彷彿爺爺是烤爆米花的火爐。

爺爺問道：「發生了什麼事？你說來給我聽聽。」

馬巨河焦躁地說道：「岳爹，我現在說給您聽您是不會相信的，您跟我去看看我媳婦就知道怎麼回事了。」

爺爺從來不擅長拒絕別人，只好起身點頭道：「好吧！性命攸關，我們先去看看你媳婦。」然後爺爺朝我示意了一個眼神，叫我將前門、後門都關上。

我去關門的時候，馬巨河和爺爺先出去了。

等我將門窗關好，抄小路走到馬巨河家的時候，馬巨河和爺爺已經坐在裡屋察看馬巨河媳婦的傷勢了。我走進門，恰好看見馬巨河媳婦的腰上有好幾道奇怪的傷痕。那傷痕有一指來寬，外沿青紫色，裡面呈赤紅色。乍一看，還以為是被誰用鋒利的刀將她的腰劃開了，好不恐怖！

馬巨河的媳婦扶著床沿，「哎喲哎喲」直叫喚。腰上露出的一塊肌膚，蒼白如紙，一看就知道是病纏多年。

「她這個傷痕是什麼時候出現的？」爺爺用手指按了按傷痕，馬巨河媳婦立即「嘶嘶」地吸氣。

馬巨河說：「昨天傍晚。」

爺爺皺眉道：「你怎麼不早說？」

馬巨河道：「這不是怕麻煩您嗎？再說了，昨天晚上我媳婦還不怎麼疼，我以為睡一覺就會好，沒想到今天她疼得比昨天厲害多了，我這才慌了神。她一直躺在床上，沒磕碰什麼東西，怎麼會出現這樣的傷痕呢？」

爺爺沒有回答馬巨河的話，敏銳的目光將馬巨河的房子細細打量了一番。

雖說馬巨河媳婦的傷痕古怪，但是我仍擔心著張九的竹葉青蛇，沒把全部心思放到這件事上。

馬巨河明白爺爺的意思，低聲猜測道：「是不是我這房子沖撞了什麼東西？」

32

爺爺道：「我也這麼想，可是我左看右看，沒有發現你家裡哪裡不正常啊！」

馬巨河擔心道：「那是怎麼回事呢？」

馬巨河的話還沒有說完，只聽得他媳婦扶住床沿大叫一聲：「巨河，快！我的下半身被人砍走啦！快去後面的橘樹園裡幫我搶回來！」說完，馬巨河媳婦的額頭冒出了豆大的汗珠，嘴唇變紫，臉上的肌肉抽搐不斷。

馬巨河頓時慌了神，拉住媳婦的手大喊道：「玲玲，妳怎麼啦？妳的身體都在這裡呀！妳說什麼胡話呢？」

可是他媳婦再也說不出話來，牙齒咬住嘴巴，嘴角流出一線通紅的血來。

我立刻想到了文歡在回憶說他看見自己的雙腿留在地坪裡的情形，立刻拉住馬巨河道：「快點，我們先去你家的橘樹園看看再說。再拖延恐怕來不及了。」

馬巨河卻不肯動身，雙手抱住媳婦道：「我媳婦都成這樣了，我們還跑到屋後的橘樹園裡幹什麼？快點來幫我掐她的人中，她痛得快昏死過去了。」

我來不及跟他解釋，拖住他的手就往屋後跑。馬巨河半信半疑，拖拖拉拉地跟我出了門，然後從堂屋的後門穿到屋後。爺爺一聲不吭，經過堂屋的時候在牆角拿起一把鐵鍬。出了後門，便是一片茂密的橘樹林。青翠的橘樹葉和橙黃的橘子，呈現一派豐收的景象。

「來這裡幹什麼？她只是燒昏了腦袋說胡話吧？」馬巨河在我耳邊絮絮叨叨。

爺爺輕喝道：「別吵，靜聽聲音！」

馬巨河立即安靜下來，側耳傾聽橘樹園裡的聲音。

此時無風，又無蟈蟈鳴叫，除了不遠處誰家的水牛偶爾發出幾聲高亢的鳴叫，此外聽不到其他引人注意的聲音。

「聽什麼？沒有聲音啊！」馬巨河急不可耐道。說完，他轉身要回到屋裡去。

爺爺一把拉住他的手，將右手立在耳邊。

「沙——」一個聲音從我們耳邊掠過。馬巨河立即回轉身來，兩眼一瞪。爺爺沒有答理他，一動也不動地等待下一次聲音響起。

可是等了許久，那個聲音沒有再出現。馬巨河道：「是不是園外的聲音？我們沒有聽錯吧？我媳婦還……」

「沙——」

馬巨河的「還」字剛剛出口，那個聲音又出現了一次，但是隨即恢復了剛才的寧靜。那個聲音似乎有意藉著馬巨河的說話聲來掩蓋自己的位置。

「橘樹林裡有人！」馬巨河降低了聲音，「不會是來偷橘子的小孩子吧？」他一邊說一邊朝聲音發出的地方走去，躡手躡腳的。我和爺爺緊隨其後。

馬巨河對橘樹園的地形相當熟悉，他繞了一個大圈子，走到橘樹園的木柵欄門旁邊。他是怕偷偷溜進橘樹園裡的人直接從木柵欄門逃走，所以故意繞到後面來，想堵住那個人的去路。

繞到木柵欄門旁邊後，馬巨河這才細細分辨聲音的來源。

「沙——」那個聲音再次傳來。

我們幾個朝著茂密的橘樹林走進去，身子躬得如即將撲出的貓一般。才走出十來步，馬巨河做出一個制止前進的手勢，我們停了下來。

「果然是一個小孩子。」馬巨河小聲道。接著，他將面前的一枝橘葉撥開。我透過空隙看見一個三尺來高的小孩站在一棵橘樹下面。那個小孩子沒有穿衣服，一手拖著一把蓑葉掃帚，一手拿著一把鮮血淋漓的菜刀，一步一顛地走在林間的草地上。

馬巨河正要從遮擋的橘樹後出去，爺爺急忙拉住，揮揮手示意馬巨河不要衝動。

可是此時的馬巨河哪裡制止得了？他一下子躍了出去，大聲喝罵：「你是哪家的小孩子？居然大白天的敢到我的後園裡來偷橘子！看我不逮住你了告訴你父母！」

那個小孩本來盯著別處，見馬巨河責罵，轉頭來看馬巨河。馬巨河一見小孩的面容，立即嚇得差點拔腿就走。

那小孩眉骨高聳，眉毛如同兩隻黑色蠶蛹。嘴唇烏紅，如同剛剛吃過大把熟透了的桑椹。臉色蒼白，如用石灰粉刷過。

馬巨河倒吸一口冷氣，身子微微後仰，戰戰兢兢問道：「你，你是誰家的孩子？我怎麼沒有見過你？」

那小孩聽了馬巨河的話，咧嘴一笑。他的牙床上居然只長著兩顆門牙，其中一顆缺了一半，彷彿是咬了什麼堅硬的東西崩掉了半顆。他笑的時候舌頭微微吐出，一如吐奶的嬰兒。可是他的這副模樣，讓人感覺不到有嬰兒的可愛，只有涼涼的陰森！

「我是你媳婦的兒子呀！」那小孩奶聲奶氣回答道，然後又給馬巨河一個笑。

馬巨河打了個寒顫，問道：「你……你……我還沒有兒子呢！你到底是誰家的孩子？怎麼跑到我家後園裡來了？快……給我出去……」話雖這麼說，可是馬巨河沒有半分強勢者的氣勢，聽起來反而懦弱畏懼。

「別跟他廢話了！」爺爺從橘樹後衝了出來，舉起手中的鐵鍬便朝那小孩拍去。而我聞到一陣陣屬於還沒有斷奶的嬰兒所獨有的奶香味。

馬巨河一驚，連忙拉住爺爺，大聲道：「打死人可是不行的！」

爺爺將馬巨河的手推開，高聲喝道：「前有黃神，後有越章。神師殺伐，不避豪強，先殺惡鬼，後斬夜光。」

那小孩見爺爺開始唸咒語了，立即朝木柵欄門的方向跑去。

馬巨河見小孩要跑，張開雙手想要抱住他。

爺爺大喝一聲：「別攔他，快讓開！」

說時遲，那時快。小孩如發了瘋的鬥牛一般直衝過去，將馬巨河撞了個人仰馬翻。馬巨河撲在地上還想伸出手來拉住小孩的腳。可是此時小孩倏忽一下如逃竄的黃鼠狼一樣不見了。

33

馬巨河躺在地上翹起頭，看了看木柵欄門的方向，驚問道：「岳爹，這孩子怎麼跑得這麼快？」話剛說完，他捂住胸口咳嗽了幾聲。「哎喲，我的內臟都被他撞壞了！」馬巨河在地上蜷縮成一團。

爺爺忙過去扶他起來：「他可不是一般的小孩子。」

「您的意思是？」馬巨河齜牙咧嘴問道。

「這個恐怕就要問你媳婦了。」爺爺答道。

「問我媳婦？難道你認為那個小孩子真是我媳婦生下的嗎？」馬巨河皺起眉頭。這時一陣風吹了過來，橘樹輕搖。

「我不是說這個。」爺爺搖頭道，「亮仔，你去周圍看看，看能不能找到什麼東西。」

「嗯！」

我朝那個小孩子逃跑的方向走去。果然，在木柵欄門旁邊，我發現了他手裡拿著的那把蓑葉掃帚。我這才發現那個掃帚不同尋常。一般人家用的蓑葉掃帚是由一根木棍和一把扇形的蓑葉組成，但是這把掃帚上頭有兩根木棍。

「爺爺，他的掃帚落在這裡了！」我朝橘樹園裡喊道。

爺爺扶著馬巨河走了過來。馬巨河「咦」了一聲，問道：「這個掃帚怎麼有兩個手把？」

馬巨河俯身去觸摸那個掃帚。就在他的手指碰觸掃帚的木棍時，掃帚剎那間發生了變化

——變成了人腰以下的半個身子！

馬巨河驚叫一聲，再次跌倒在地。

「這是你媳婦的身體。」爺爺道，「快起來，把這個身體移到你媳婦身體上去。」爺爺放眼眺望，似乎他還能看見已經逃到遠方的那個小孩子。

我順著爺爺看的方向看去，只有起起伏伏的山背。

馬巨河哭喪著臉抱起地上的半截身子，跌跌撞撞地往屋裡跑。爺爺拉了拉出神的我，叫我跟著進屋。

走進屋來，馬巨河媳婦正目瞪口呆地看著她男人抱著自己的半截身子，不知是驚是喜還是呆了。

「真的？難道這是真的？」馬巨河媳婦好不容易說出話來，「難道我做的夢都是真的？」

馬巨河將抱著的半截身子放在媳婦的身上。那半截身子漸漸融入馬巨河媳婦的身體。馬巨河愣愣地看著他媳婦，彷彿面前是一個從未見過面的陌生人。

爺爺問道：「妳做的什麼夢？」

馬巨河媳婦回答道：「我從能記事的時候起，就經常做噩夢，夢見一個小孩子找我要奶喝。他長得很醜，眉毛突起很高，嘴巴烏黑烏黑，兩顆大門牙中有一顆破缺了一些。我說我沒有奶，他就說上輩子我欠了他很多奶。」

「上輩子？前世？」馬巨河如遭電擊，驚問道。

他媳婦汗如雨下，但是看那表情已經沒有先前那麼痛苦了。她說道：「是的。他說我前世是他的母親，不過是後媽。他說我不喜歡他，故意不給他餵奶，讓他活活餓死了。」

「所以他來找妳要奶喝嗎？」馬巨河問道。

他媳婦搖了搖頭，道：「不是。他說他已經在冥間向鬼官控告了我。鬼官說要把我的半截身子砍下來給他。」

馬巨河大驚失色。「所以他剛剛來時就是為了奪走妳的半截身子？可是……可是我們把他趕走了。他會不會再來找我們？他是不會善罷甘休的！」馬巨河轉過身來，拉住爺爺的手，央求道，「岳爹，我們該怎麼辦？這次趕走了他，但是難保以後不會再來。求您給我們想個辦法吧！」

爺爺神定自若道：「既然是欠他奶水，那麼還給他就是了。」

「還給他？怎麼還？」馬巨河媳婦問道，「要錢可以燒紙，要房子可以燒靈屋，要吃的我們也可以供奉，但是要奶水我們怎麼給他？」

爺爺對馬巨河媳婦道：「今天趕走了他，今天晚上他必定會再來妳的夢裡找妳的。妳記住了，無論他說什麼，妳都不要害怕，也不要責罵他。妳對他說，等妳生下孩子後，奶水自然會還給他。」

馬巨河媳婦點點頭。

馬巨河問道：「到時候了怎麼還？」

爺爺笑道：「他自己會有辦法的，你就不用多心去想了。」

馬巨河和他媳婦點頭稱是。馬巨河安頓好他媳婦後，送我跟爺爺出來，一路上不停地道謝。

爺爺道：「今天晚飯之前，你來我家一趟，我給你媳婦畫一張符。等她睡下的時候，你將符壓在她的枕頭下面，這樣晚上作夢的時候就不會忘記我交代的話了。」

馬巨河連連點頭。

在回家的路上，爺爺掐算了一下，然後輕鬆地嘆出一口氣。我見狀，連忙問道：「爺爺，怎麼啦？您有什麼不放心的事？」

爺爺拍了拍我的肩膀，道：「你快去屋裡看看月季有沒有好一點？我叫剋孢鬼出去了一趟，這個時候應該回來了。」

我驚道：「你叫剋孢鬼出去了一趟？你不是把它禁錮在月季花裡嗎？你隨便把它放出來，不怕它的邪惡之氣還沒有洗盡嗎？」

爺爺笑道：「我既然把它放出來，就是知道它身上的惡氣已經洗得差不多了，不會亂生事的。再說了，我放它出去是叫它幫我辦件事情，不是隨意放它出去撒野，你就放心吧！只是這幾天你要多多照看月季，可別讓它枯萎了。」

這時我再也忍不住把在回家的路上遇到乞丐的事情告訴爺爺了，手舞足蹈地將當時的情形講給爺爺聽。

「乞丐？」爺爺沉聲問道。

「對，就是一個乞丐。」我道，「他說我不適合養這個月季，想要從我手裡買走。」

爺爺愣了一下，問我道：「他既然是乞丐，哪裡有錢買你的月季呢？又怎麼會對一個月季這麼感興趣呢？你不覺得奇怪嗎？」

經爺爺提醒，我如醍醐灌頂道：「對呀！我怎麼沒有想到呢？一個乞丐怎麼會有錢買月季呢？」

34

「你還記得他長什麼樣嗎？」爺爺問道。

我想了想，那個乞丐的面容前面彷彿蒙著一層霧水，讓我看不清他的真面目。我搖頭道：「當時我急著擺脫他，沒有仔細看他的模樣。怎麼了？難道你猜是你認識的人？」

爺爺搖了搖頭：「我在想，這個乞丐是不是跟《百術驅》的遺失有關。」

「我也這麼想。」我點頭道。

「算了。」爺爺長長地吁了一口氣，「該來的遲早會來，該走的終究要走。他們不可能一直隱蔽下去，我們等著他們現出原形的那一天吧！眼前是張九和竹葉青的事情要緊，哦，對了，還得給馬巨河畫一張安夢的符咒。」

我靈光一閃，問道：「爺爺，你說你將剋孢鬼釋放出去了，是不是就是為了張九的事情呢？」雖然我猜不出剋孢鬼除了挑出新的亂子還能幫上什麼忙，但我隱隱覺得爺爺自有他的安排，不會大意而為。

爺爺不肯回答，只叫我先回屋裡看看月季是不是精神了些。

回到屋裡，果然發現月季不再是一副病懨懨的樣子，花瓣顯得飽滿了許多，葉子也翠綠了許多。

「看來剋孢鬼是回來了。」爺爺笑道，「你再給它澆些淘米水，我去裡屋找找毛筆和墨硯。」

我忙問道：「要不要我幫忙磨墨？」嘴上這麼說，心裡其實只是為了看看爺爺是怎樣畫安夢符咒的。如果不是奶奶和媽媽反對，爺爺可能早就教我如何一筆一式地畫了。

爺爺搪塞道：「你們現在的學生都習慣用鋼筆了，拿毛筆的姿勢都不會，怎麼幫我的忙？磨墨的水調不勻，寫出來的字深淺不同，上不得門面。你還是好好照顧月季吧！」說完，爺爺兀自進了裡屋，接著是椅子磕碰衣櫃的聲音，大概是爺爺爬上椅子去取衣櫃頂上的墨硯了。

我失望地看了看月季，只好去奶奶的潲水桶裡弄些淘米水來，小心地澆灌月季。

「你去哪裡了？是叫你去辦張九的事情了嗎？你看到那條竹葉青了嗎？」我一邊澆水一邊問道。

可惜月季不能說話，更不能回答我的問題。

我要問的問題，當然還得由張九自己來回答，不過，那是幾日之後的事情了。

幾日之後，張九像他父親當年那樣，將一條吐著信子的蛇盤旋在脖子上，滿臉春風地走過大道小巷，來到爺爺家門前。

然後，他給爺爺複述了剋孢鬼幻化成蛇販子跟他父親交易的情形。只不過那時的我已經回到學校坐在了課堂上聽著老師講課了。後來爺爺又用張九的口吻複述給我聽。

當時，張九和張蛇人看出了「蛇販子」不對勁，立即質問「蛇販子」有何居心。「蛇販子」說他來只是為了激起張九的感情，看看張九是不是真心要跟竹葉青在一起。他跟張蛇人說的那個故事，也只是為了辨別張九的真心，看他到底希望跟人在一起過平常的生活，還是鼓起勇氣跟一條蛇過一輩子。

「蛇販子」還說，他本以為張九在他出門的時候就會出來阻攔的，沒想到出門許久了還不見張九有所行動，便認為張九在昨一天去馬岳雲馬師傅家不過是一時衝動而已，根本只是為了維持一段意外的桃花運，而不是真心想將這段感情持續下去。

如果張九一直不出來，「蛇販子」準備將拿到手的蛇送到真正的蛇販子家裡去，並且告訴蛇販子：張蛇人家裡有點急事，所以託人將蛇提前一天送過來了。這樣，買方賣方都會相安無事。

那麼，自然竹葉青避免不了或被做成二胡的蒙皮或被送上餐桌的命運。

可是誰料在張蛇人就要和「蛇販子」道別的時候，張九才姍姍來遲地出現，並且說出了心裡的話。

張蛇人問「蛇販子」道：「你是誰？」

「蛇販子」道：「我是誰並不重要。」說完，「蛇販子」將手中的編織袋遞交給愣愣出神的張九，「既然你已經決定了要負擔結果，那麼後面的事情也要靠你自己爭取了。」

張九愣愣地接過「蛇販子」遞來的編織袋，問道：「是畫眉村的馬師傅叫你來的嗎？那麼……你給我帶句謝謝給他，好嗎？」

張蛇人驚道：「畫眉村的馬師傅？張九，你去找過他？」

張九撲通一聲跪在父親面前，低頭道：「父親，我是去找過馬師傅了。我就是為了這條竹葉青去的。我知道你一定會反對我跟一條蛇過一輩子，但是我是真心喜歡上了竹葉青。我知道，你從耍蛇轉行到捉蛇，一定需要很大的決心，一定做了很大的努力。但是，在走出家門攔下你們之前，我也下了很大的決心，也是經過慎重考慮的。我知道我在做什麼，並且知道做了之後要承擔什麼樣的後果。所以……所以請你原諒我……」

在張九向他的父親表露真心的時候，「蛇販子」悄無聲息地溜走了。

張蛇人扶著兒子的肩膀，聽著兒子一字一頓的傾訴，無暇去關注「蛇販子」。「孩子，你這麼想就錯了。」張蛇人吸了吸鼻子，輕聲道。

張九抬起淚水矇矓的眼睛，哭喪著臉問道：「父親，我沒有錯，我是真的考慮好了。我不會後悔的。」

編織袋裡的蛇們此時出乎意料地平靜。那條綠色的竹葉青緩緩爬到編織袋的結扣旁邊，隔著一層經緯細密的薄層，用那細長的蛇信子舔舐張九的手。牠似乎要勸慰這個曾經與牠共度無數個美妙夜晚的男人，即使他父親拒絕了，只要有他這一番話，牠死也安心了。

35

張蛇人搖了搖頭，道：「孩子，你想錯了。父親不是這個意思。我的意思是，我當初不再耍蛇就是因為怕你心裡有負擔，我並不是你想像的那樣恨蛇。我的所作所為，都是為了你。既然你這麼喜歡這條竹葉青，而且肯為牠負擔後果，那麼我為什麼要阻攔你呢？孩子，只要你喜歡，你就盡情地去做吧！」

張九聽了父親的話，愣住了。

張蛇人摸了摸張九的脖子：「我早就看出來你的皮膚好得異常快，晚上也很少聽見你在床上蹭癢了。你媽媽比我敏感，她首先發現了你的異常，做為父親，我的感覺要慢得多。在你媽媽告訴我這些之後，我就暗暗留意了，可惜一直沒有找到緣由。」

說到這裡，張蛇人瞟了一眼地上的蛇。那條竹葉青立即立起身子，對望張蛇人，一副畢恭畢敬的樣子。

張蛇人收回目光，定定地看著兒子，語重心長地問道：「和蛇生活需要處處小心，稍微出現懈怠，或許就會中毒身亡。這跟人與人的生活是很不一樣的。」

張九點點頭，說道：「我知道。」

「好了，你起來吧！」張蛇人扶起兒子，俯身幫他拍了拍膝蓋上的泥塵，「其實你何必去找畫眉村的馬師傅呢？你只要把箇中緣由說給我聽，我也會答應你的。傻孩子。」張蛇人的眼裡露出少有的溫和憐惜。

「您……您真的答應我了？」張九掩飾不住內心的激動，興奮地問道。

「難道你以為我還不如馬師傅關心你嗎？」張蛇人反問道。

「當然不會！」張九欣喜道。

張蛇人笑了笑，道：「當然是真的了。我心中也已經壓抑了很多年，其實我一直還是很愛耍蛇的，只不過為了不讓你覺得我忽略了你的感受，才用惡毒的方式來對待心愛的蛇。在我的生命裡，畢竟是你比蛇重要得多。既然你決定要跟蛇在一起，那麼我也可以重拾當年的愛好了。」張蛇人長長地吁出一口氣，如釋重負。

張九點頭道：「對。父親，我還要跟你一起學耍蛇，把你的手藝繼承下來。」

而後，張九開始跟隨父親耍蛇，並從他父親那裡學到了許多以前不會的技巧。而那條竹葉青在乾燥的晴天裡會變作一條綠色的蛇，躲在竹林裡，等到陰濕的下雨天或者夕陽西下，她就會來到張九的房間，繼續幫他治療蛇毒。

不僅如此，竹葉青還解決了許多張蛇人沒有解決的問題，比如被什麼蛇咬了應該用什麼樣的草藥治療，蛇在什麼時節有什麼不同的習性，比《田家五行》還要準確得多，也詳細得多。

後來我問爺爺：「你不是說過竹葉青已經受了孕嗎？難道他們的孩子從此就消失了？」

爺爺笑道：「我也這樣問了張九，張九說，那條竹葉青告訴他，蛇在受傷的時候自己會找相應的草藥來療傷，所以蛇對中草藥天生就有一定的瞭解。竹葉青是在發情期找到張九的，但是之前牠已經食用了一種特殊的野草和天然礦物硼砂。這種野草和硼砂混合在一起服下，即能發揮出很好的避孕作用。」

我驚訝道：「竹葉青就是透過這種方法避免了受孕？」

爺爺道：「古書《太平廣記》中的草木篇裡寫到這樣一則故事，說過去有一位老農耕田，遇見一條受了傷的蛇躺在那裡。另有一條蛇，銜來一株草放在傷蛇的傷口上。經過一天的時間，傷蛇好了。老農拾取那株草其餘的葉子給人治瘡，全都靈驗。本來沒有人知道這種草的名字，後來人們乾脆就用『蛇銜草』當草名了。而另外一本古書《抱樸子》中也講到『蛇銜能續已斷之指如故』說的也是這個意思。所以蛇會用中草藥並不是奇事。」

「那麼他們就一直服用這種藥，不要孩子了嗎？」我問道。

「他們害怕生出一個怪物來，所以決定一直不要孩子。」爺爺回答道。

自此以後，我再也沒有見過張九，爺爺也再沒有提起過。直到現在，我給你們講起這段往事的時候，這才想找到當年的張九，問一問他和那條竹葉青的生活怎樣，有沒有生下一個孩子來，生下的孩子長什麼模樣。可是我沒有張九的聯繫方式，只好作罷。

但是有一次我有意無意在跟媽媽打電話的時候說起，媽媽說聽聞張九和他女人前幾年生下了一個兒子。

我急問那個兒子的健康狀況。

媽媽說，那個孩子其他沒有什麼異常，只是皮膚上有蛇鱗一般的、類似洗不淨的污垢的東西。如果用梳子去刮，「刺啦」有聲。張九用了許多種強效的洗滌劑，想將孩子身上的「污垢」洗下來，可是都徒勞無功。

所幸的是，那個孩子的臉上和手上都沒有這種魚鱗狀的「污垢」。智力與常人一般，沒有特聰明，也沒有特愚笨。

孩子的母親也漸漸適應了人類的生活，晴天再也不用躲到竹林裡去了，不過出門肯定要打一把防紫外線的傘。冬天她是絕對不願靠在爐子旁邊烤火的，並且天天昏昏欲睡。

我又問張九的癢病是不是痊癒了。

媽媽說，張九的癢病已經完全好了，但是嗓子還是稍帶娘娘腔，說話細聲細語的。

我跟媽媽又說了一些其他不相關的話。

即將掛電話的時候，媽媽又說，聽說張九的孩子在幼稚園跟其他的小孩子發生過矛盾，張九的孩子咬了別的小孩子一口。那個被咬的小孩子當場口吐白沫，昏迷不醒。幼稚園的老師立即將張九和對方的家長都叫到了醫院。

36

張九這才發現他的兒子還是有不同尋常人的地方，幸虧他會治療蛇毒，給對方的孩子配了點草藥，治好了危急的孩子。

為了讓孩子不再發生類似的事情，張九痛下決定，帶著孩子去牙科醫院將他的牙齒全拔了，然後裝了一口假牙。一個不到十歲的孩子，卻像垂暮的老人一般咬不了任何硬物。

我心想，這總比沒有五官要好多了。

在張九和爺爺的談話裡，自然少不了那個像蛇販子又不是蛇販子的「人」。原來那就是剋孢鬼幻化成的蛇販子。剋孢鬼受了爺爺的委託，在奶奶叫爺爺出去看水之前就出門朝張九的家的方向走了。這也是為什麼我看到月季有些萎蔫的原因。

爺爺說，他之所以叫剋孢鬼去，是因為所有的一切還得靠張九自己爭取，還要看張九是不是想真心挽救竹葉青。如果張九不敢負擔後果，即使爺爺救下了竹葉青，也只會釀成惡果。這比不救還要遭。

當然了，張九在得知爺爺並未失約，而只是轉換了一種方式之後，連忙握住爺爺的手，感激得熱淚盈眶。

不過奶奶對張九的感激並不買帳，雖然當著張九的面不好意思表露不滿，但是等張九轉身離去之後，奶奶便把爺爺說了一通。因為馬巨河的事情，爺爺的反噬作用不但不見半分轉好，反而惡劣了許多。

馬巨河的媳婦在符咒的幫助下，當天晚上於夢中跟那個小孩子說明了自己的誠意。那個小孩子在後面一段時間裡也沒有再騷擾他們。馬巨河媳婦在生孩子之前也沒有再做那樣的噩夢。

但是第二天早上，爺爺剛起床就咳嗽得厲害，用爺爺自己的話說，差點沒把肺給咳出來。爺爺當然知道是反噬的作用，爺爺還知道，那個小孩子是恐嬰鬼。

恐嬰鬼既然在冥界已經控告了他的後媽，而鬼官已經答應了讓恐嬰鬼割去馬巨河媳婦的半截身子，這就是下了定論的事情。經爺爺這麼一「攪和」，定論卻發生了改變，受益者是馬巨河媳婦——原本要半身不遂，現在只需準備一些奶水補償，受害者卻是爺爺——本來是與自己無關的事情，卻無緣無故要受到強烈的反噬作用。上次的反噬作用還沒有完全好，再加上新的反噬作用，爺爺自然苦不堪言。奶奶在一旁看得心急如焚卻又無可奈何。

馬巨河媳婦再次夢到那個小孩，是半年後生下孩子的那個晚上。

馬巨河媳婦說，那個小孩子告訴她，在她的孩子出生之後，它會在稍後的一天來到她的家裡，接受她的贖罪。

果然，第二天她家養的豬生下了三隻豬仔。可是其中一隻黑色白斑的豬仔兇猛得很，將其他兩隻小豬仔都活生生地咬死了。

馬巨河生氣得不得了，要將這隻黑色白斑的豬仔糶給別人。馬巨河媳婦聽說了，連忙阻止她的丈夫，並將夢中夢到的事情告訴了他。她猜疑那隻黑色白斑的豬仔就是恐嬰鬼的化身，它是來討要前世欠下的奶水的。

馬巨河聽了媳婦的勸告，急忙找來爺爺。

那個時候已經接近過年了，很多人家都開始置辦年貨了。村裡經常有推著自行車來賣對聯和財神畫的小販，有時也有開著小四輪貨車販賣水果的。零零星星的鞭炮聲隨處可聞，那是小孩子將家裡預備辭舊迎新的鞭炮拆了開來，用拜神的香將零星的鞭炮點燃。

但是那個時候我還沒有放假，為了來年的高考，學校決定將寒假減縮為八天，除夕的前一天放假，初六就要回校報到。

月季自然還由我帶在身上。

馬巨河就在充滿喜氣的零星的鞭炮聲中來到了爺爺家。奶奶正在地坪裡洗刷碗櫃、桌椅，恨不得在過年之前將家裡所有能挪動的東西都洗一遍。奶奶還不知道，她的手和腳只能在短短的幾天裡保持靈活勤勞了。

「馬巨河，來找誰呢？」奶奶喜氣洋洋地問道。因為臨近過年，舅舅已經從外地回來了，村裡的年輕人常來找舅舅玩。換在平時，奶奶不問就知道人家只可能是來找爺爺的。而此時，舅舅正在門口拿著對聯往門框上比量，看看買來的對聯是否合適。

舅舅見馬巨河急急走來，忙放下對聯迎上去：「嘿，巨河，來找我有事嗎？」隨即舅舅掏出一根香菸來，作勢要遞給他。

馬巨河推開香菸，焦躁地問道：「你父親在家嗎？我找你父親有點事。」

舅舅問道：「找我父親有什麼事？」舅舅邊說邊飛快地瞟了不遠處的奶奶一眼。奶奶臉上的高興立即消失了，換上一副不樂意的神情。

馬巨河知道舅舅的眼神的意思，忙道歉說：「不好意思，我知道快過年了，不應該帶些不好的消息來。但是……但是我實在是沒辦法呀！」在這塊地方，快過年的時候是有很多講究的。

「什麼事？」爺爺叼著一根菸出來了。

他本來是不太注重這些講究的，但是礙於奶奶的面子，只好先移步走出大門再問馬巨河。這樣，就表示不好的消息沒有帶進門，也就沒有這麼多忌諱了。奶奶也就不會那麼生氣了。

「岳爹，我媳婦生了。」馬巨河說道。

爺爺點頭道：「我知道啦，除夕還差幾天，昨晚卻聽見你家放鞭炮，所以猜定你家媳婦生孩子了。怎麼了？找我要個八字嗎？」

馬巨河急急道：「八字以後再找您討。眼前有更為著急的事情，那個小孩子又到我媳婦的夢裡來了。」

37

爺爺默然，只有手上的菸頭隨著一陣又一陣的輕風時暗時亮。

馬巨河著急道：「那個小孩子說過要我媳婦的奶水來償還，是不是會害我剛出生的孩子呀？會不會像馬屠夫那樣遇到倒楣的事情？」馬屠夫處理簸箕鬼的那個晚上，馬巨河也是繫紅布條扛新鋤頭中的一員。

爺爺搖了搖頭，道：「它既然要害你的話，就不會到你媳婦的夢裡提前告訴你了。我猜想，它給你媳婦的夢有一種提示作用。」

馬巨河問道：「提示我們什麼？」

爺爺問道：「你們家最近有沒有發生什麼不同尋常的事情？值得引起你們注意的事情？」爺爺拿起菸，深深地吸了一口。

馬巨河經爺爺點撥，立即興奮地揮舞著手道：「哦，我知道了。我們家的豬婆今早生了幾個小豬仔，可是其中一隻黑色白斑的豬仔非常兇猛，牠把其他幾個小豬仔都咬死了！我正想把這麼毛糙的豬仔賣掉呢！我媳婦說牠可能就是那個小孩子的化身，叫我先來問問您。」

「你媳婦說得對。」爺爺點頭道。

「您的意思是，那個小豬仔確實是小孩子的化身？來討要奶水的？」馬巨河半信半疑道。他的手雖然還是揮舞個不停，但是動作已經顯得生硬了。

爺爺道：「不要著急，我隨你一起去看看就知道了。」說完，爺爺將菸頭在門口的石墩上摁滅。原來四四方方平平整整的石墩已經有些不好看的缺口了，近地的一面長上了一層厚厚的青苔。這兩塊石墩正跟著這間老屋一起老去。不知從什麼時候開始，爺爺的步子沒有以前那麼健朗了。

馬巨河連忙上前：「岳爹，要不要我扶你一下？」

旁邊的奶奶沒好氣地說道：「還不是因為上次幫你媳婦置肇了，自己身體本來就沒有完全康復，這樣一來，人越加顯得老了。」

馬巨河尷尬地笑了笑。

爺爺若無其事地擺擺手，安慰馬巨河道：「沒事的。人老了都這樣。歲月不饒人嘛，就是萬萬歲的皇帝也抗拒不了年紀上頭。」

奶奶又阻撓道：「馬巨河媳婦做的夢是虛幻的，你們兩個男人怎麼可以信以為真呢？」

舅舅也就勢勸道：「對呀！夢怎麼可以相信呢？」

爺爺站定，辯解道：「話可不能這麼說。古代有位大詩人叫白居易，你們學過古詩的都知道吧？」

在場的幾個人紛紛點頭。

爺爺又道：「他有一個弟弟，叫白行簡。這個人就很少有人知道了。」

舅舅和馬巨河異口同聲道：「確實沒有聽說過。」

爺爺道：「白行簡寫過一本書，名字叫《三夢記》，裡面寫了他所做過的三個夢，都是非常奇怪但都是他親身經歷的夢。他在書的開篇說，人的夢，不同尋常的夢有三種：第一種是一人的夢在另一人的身上發生了，第二種是一人身上發生的事在另一人的夢中得到了應驗，第三種是兩個人的夢境互通。」

「還有這事？」奶奶的好奇心被爺爺調動起來了。

爺爺將白行簡經歷的三個夢一一道來：「武則天執政時，劉幽求是京城的副手。他曾奉命出使，在夜裡回來的時候，走到離家還有十幾里的地方，恰巧遇到一座寺院，並且聽到寺中有歡聲笑語，寺院的圍牆殘破，從缺口處可以看到裡面的情景。劉幽求出於好奇，就俯身偷看，只見十幾個男女混雜坐在一起，桌上杯盤羅列，圍成一圈在吃飯、喝酒。令他奇怪的是，他還看見他的妻子也坐在其中談笑風生。他非常吃驚，料想不到這麼晚了妻子會在這裡，並且還這麼做。他懷疑自己看錯了，於是又注意細看那個人的儀容舉止談笑，的確是他的妻子。劉幽求想走進去確認，但是寺院的大門鎖住了，進不去。於是他便撿起地上的瓦片打他們，正好砸在洗手盆裡，盆裡水花四濺，裡面的人受了驚嚇，一哄而散。待裡面的人都不見了之後，劉幽求翻牆進去，與隨從一起察看，卻發現大殿和東、西廂房都沒人，寺廟的大門在外面還鎖得好好的。劉幽求更驚異了，急忙趕回家裡。」

到家後，他發現妻子剛剛從夢中醒來。妻子見他回來了，就和他聊天，噓寒問暖。然後妻子笑著說：「剛才夢見我和十幾個人在一寺院裡遊玩，那些人我一個都不認識，卻坐在大殿裡吃飯。這時有人從外面往裡扔石頭，這樣一受驚嚇，我就醒了。」劉幽求也把他在路上遇到的情形說了出來。這就是一個人的夢在另一個人身上發生了。

在場的幾個人紛紛稱奇。

「第二個事情發生在唐憲宗元和四年，」爺爺接著說道，「與白居易和白行簡要好的另一位詩人元稹，奉命到四川劍閣以南地區任職。」

舅舅插嘴道：「元稹這個詩人我聽說過。『曾經滄海難為水，除卻巫山不是雲。』這首詩就是他寫的。」舅舅讀書的時候成績非常好，後來由於一場病影響了學習，只好中途退學了。

爺爺看了舅舅一眼，點頭道：「元稹到四川去了幾天以後，白行簡和白居易，還有隴西的李杓直一起在曲江遊歷。他們幾人一起來到慈恩寺，在寺廟裡參觀，停留了很長時間。到了晚上，又一同到了李杓直的府上，他設酒款待白行簡和白居易，喝得十分盡興。白居易停杯許久，然後說：『元稹應該抵達梁州了吧！』說完，他就在牆壁上題了一首詩，詩詞是：『春來無計破春愁，醉折花枝作酒籌。忽憶故人天際去，計程今日到梁州。』那一天是二十一日。過了十幾天，有人從梁州來，帶來了一封元稹的信，信的最後附了一首《紀夢詩》，詩寫道：『夢君兄弟曲江頭，也入慈恩院裡遊。屬吏喚人排馬去，覺來身在古梁州。』日期和白行簡他們遊寺題詩是同一天。」

「這兩首詩現在還流傳著呢！有心的話可以查到。」爺爺補充道，「這就是一個人身上發生的事在另一個人的夢中得到了應驗。」

舅舅和馬巨河早已迫不及待，急問道：「那麼第三個夢呢？」

38

爺爺笑道：「第三個夢就是兩個人的夢境互通了。貞元年間，扶風的竇質和京城長官韋旬一起從亳州進入秦地，夜裡寄宿在潼關的旅店。竇質晚上夢見自己在華岩祠遇到一個身材高䠷、皮膚黝黑的女巫。這個女巫身穿白衣、黑裙，在路上迎候叩拜作揖，並請求為她祝禱於神靈。竇質不得已，就聽之任之，隨後問她的姓名。女巫自稱姓趙。等到醒後，竇質把情形告訴了韋旬。第二天，他們來到華岩祠，果然有個女巫迎了出來。容貌姿質、打扮衣著都和夢裡一樣。竇質跟韋旬面面相覷，說：『夢應驗了啊！』就叫下人拿了兩文錢賞給女巫。女巫拍著手大笑，對身邊的徒弟說：『你看，和我的夢一樣吧！』韋旬吃驚問她怎麼回事。女巫回答說：『昨天我夢見你們二人從東面來，一個滿臉鬍鬚身材不高的人祝酒後，給了我兩文錢。天亮後，我把夢到的情形告訴了我徒弟，沒想到現在都應驗了。』竇質就問女巫的姓氏。女巫回答說：『姓趙。』整件事從頭到尾，兩個夢都一樣！」

馬巨河和舅舅又稱奇不已。此時奶奶說道：「我小時候也經常做一些奇怪的夢，到了現在，好多場景似乎都是小時候夢裡經歷過的。你說奇怪不奇怪？好像我活了兩輩子一樣。可惜我當時沒有把所有的夢一個一個記下來，不然我也可以對證很多事。」

爺爺點點頭，說：「人家白行簡都不理解為什麼會有這麼奇怪的夢，妳怎麼會知道呢？白行簡在書中還說，從《春秋》到諸子著作及歷代史書，記述夢的事情很多，但都沒有記載過他所知道的這三種夢。民間傳說中講夢的也很多，也沒有這三種夢。他猜不透這是偶然的，還是前世有定數。於是他把這些事記錄下來，期待後來人驗證！」

馬巨河感嘆道：「看來我媳婦的夢不屬於偶然，而是前世有定數了。岳爹不說我還真不知道夢有這麼多奇怪的地方呢！」

舅舅道：「其實何只是古代，前些天我就聽一起打工的人講過他的親身經歷。」

馬巨河頗感興趣道：「哦？也是跟夢有關嗎？」他並不是對他媳婦不著急，而是知道要將岳爹拉走，必須先不得罪地坪裡的奶奶和舅舅。為了迎合他們，馬巨河只好暫且遷就他們。再說了，過年之前叫岳爹去處理鬼的事情，本來就不吉利，人人避之不及，奶奶和舅舅沒有當場趕走他就是好事了。

舅舅說道：「跟我一起打工的人中有個岳陽老鄉，家住在新牆河那邊。他給我講了他的親身經歷。他和他妻子都非常喜歡吃泥鰍，經常從市集上買了泥鰍回來煮了吃。有一天他做了一個夢，夢見自己變成了一條泥鰍，在冰冷的水田裡游來游去。過了一會兒，他看見一個小孩子提著火把和一根木棍過來了，木棍的端頭嵌著一個牙刷。牙刷上的毛都被去掉了，在牙刷側面嵌入了一排針。」

我小時候也用過這種方式捉過泥鰍和黃鱔。一手提著個煤油火把，一手拿著舅舅描述的那樣東西，將火把往澄清的水田裡照，找尋夜晚睡覺的泥鰍或黃鱔。火把是不能用手電筒代替的，雖然手電筒要方便得多，但是手電筒發出的光照到水面的時候會反光，看不清水底的東西，但是火把就不會了。

當照到水底的靜止的泥鰍或黃鱔之後，便將嵌了鋼針的木棍瞄準，迅速地向目標扎過去。泥鰍或黃鱔來不及躲避，很容易就被扎在了鋼針上，頭和尾拼命地擺動掙扎。

這種捕捉泥鰍和黃鱔的方式非常殘酷，但是因為泥鰍和黃鱔在水中非常滑溜，用手幾乎捉不到，所以這種殘酷而實效的捕捉方式被普遍運用。

舅舅說：「那個人說，他知道提著火把的小孩子是來捕捉他的，一想到一排鋼針向自己扎來，他便嚇得渾身顫抖。那個小孩將火把往水田的水面照了照，火把發出的光芒令他覺得刺眼。他伏在水底，動都不敢動。」

「不動的泥鰍最容易被扎到了。」馬巨河在旁插嘴道。他肯定也曾在某個清涼的夏夜在田埂上尋覓過泥鰍和黃鱔。那個年代的很多鄉下小孩都做過這種事情。

「他說了，他曾經也親手捉過泥鰍，知道這樣一動也不動很危險。但是當時他嚇得沒了主意。」舅舅說，「他看見那個小孩子盯住了他。他還看見那個小孩子的額頭上有塊紅疤，像是頑皮的時候磕到了石頭。那個小孩子毫不猶豫地舉起了手中的木棍，鋥亮的鋼針在火把的照耀下發出閃爍的光。他頓時想起自己小時候扎泥鰍的情景來，嚇得急忙轉身逃跑。但是卻為時已晚，很快他就感覺到背上一陣劇痛，接著自己被一股力量扯離了水面。他轉頭來看，只見那個小孩子正笑嘻嘻地看著他。他的背上扎入了四、五根鋼針，殷紅的鮮血正從那幾個被針扎出的窟窿裡流出來。」

馬巨河的嘴角一陣抽搐，彷彿被扎的正是他自己一樣。

「夢做到這裡還沒有完。隨後，他被那個小孩子扔進一個小桶裡。那個小桶裡裝滿了跟他遭遇一樣的泥鰍和黃鱔。嗆鼻的鮮血和滿身窟窿的同類令他不寒而慄。牠們都在窄小的空間裡掙扎哀嚎。他被其他泥鰍、黃鱔壓得呼吸困難，急忙鑽到最上面。又過了一會兒，他突然聽見了他妻子說話的聲音。他心頭一喜，忍住劇痛拼命呼喚妻子的名字，想讓他妻子來救他。可是妻子沒有聽到他的呼喚。他說他當時想，自己是條泥鰍，再怎麼叫他妻子也聽不懂他說的什麼話，頓時洩了氣。他靜下來一聽，原來他妻子正跟那個小孩子討價還價，似乎要將這桶泥鰍買走。他立即轉悲為喜。」

39

「果然，他妻子遞給小孩子一些錢，然後將桶提起，將頭靠近，滿意地看了看泥鰍。他急忙對著他妻子呼喊。他妻子笑了笑，但是顯然沒有聽見他的呼喊。然後，他妻子將桶傾斜，把滿桶的泥鰍倒進了另一個桶裡。他趁著自己還沒有溜進那個桶裡的時候看了看周圍。這裡不正是他經常來買泥鰍的菜市場嗎？周圍還有好幾個熟識的人呢！」舅舅道。

馬巨河笑道：「我小時候一般只出去賣泥鰍，但從不會買泥鰍吃的。」

舅舅繼續道：「他再看了看妻子身邊的桶，那是他親自做的木桶。他懂一點木匠技術。那個桶有點漏水，所以一般不用來提水，而用來給菜園潑水，或者裝菜，偶爾才用來裝泥鰍。

他拼命地用鰭趴住桶的壁，怕被泥鰍壓在最下面。可是那個小孩子用扎他的木棍敲了敲桶，他渾身一震，就隨之滑進了妻子的木桶裡。他摔得眼冒金星，立即又被上面的泥鰍壓得喘不過氣來。而背上扎破的窟窿還在汩汩地流著血。他感覺自己就快要死了。接下來，他感覺身子晃晃悠悠的，他拼命從底下鑽了上來。在鑽上來的過程中，他聽見同伴們不停地呻吟哀嘆。簡直比地獄裡還要陰森可怕。」

馬巨河打了個寒顫。

舅舅看了他一眼，笑道：「你提著一桶冒血的泥鰍不會覺得可怕，但是如果你身邊都是身上被扎了窟窿的人，那麼你就會覺得可怕了。他是這麼跟我說的。但是最可怕的還不是這些。他被他妻子提到家裡後，他妻子拿來一個盆，又將他和同類倒進盆裡，然後兜頭就是一勺涼井水。」

馬巨河插嘴道：「泥鰍都要用乾淨水沖洗的，水田裡溶有化肥農藥。」

舅舅點頭道：「不光要洗，最好還要在井水裡養幾天。這樣肚子裡的泥巴就能養乾淨了。他平時是這樣告訴妻子的。他妻子果然不立即動手，拋下他和其他泥鰍就走了。他總算過了一段舒服的日子，可是背上的劇痛一直刺激著他，可是他又翻不了身，只好忍著疼痛。好景不常，因為盆裡還有很多其他的泥鰍和黃鱔，井水很快就被弄得髒兮兮臭烘烘了。」

奶奶迫不及待地問道：「他妻子有沒有把他給吃了？」

舅舅道：「您聽我慢慢講來。當水變得特別髒的時候，他妻子就來換水了。將他和其他泥鰍和黃鱔倒進竹篩裡，把水漏掉。然後將他和其他同類倒進盆裡。他又一次被摔得頭暈眼花，接著又是一勺冷水潑了進來。這樣反覆了三、四遍，他就看見妻子拿著一個砧板、一根鐵釘和一把菜刀過來了。他頓時嚇得心驚肉跳。妻子首先撈起一條病懨懨的黃鱔，那條黃鱔還做最後的掙扎。妻子捏不住，讓黃鱔從指縫裡鑽走了。妻子不急不躁，又撈起一條黃鱔，然後放在砧板上，用鐵釘將黃鱔的頭釘在砧板上。只見她笨拙而又順利地將刀抵在黃鱔的肚上，順手一劃，將黃鱔的肚剖開了，深紅色的血立即浸染開來，嚇得他目瞪口呆。平時都是他殺黃鱔的，妻子只是偶爾幫幫忙。以前他從來沒有覺得這樣有多血腥，但是現在他嚇得渾身哆嗦。」

「他看著妻子殘忍得像個魔鬼，將他的同伴一個接一個地『凌遲處死』。幸好他是泥鰍，不用遭受這樣的苦難。但是他知道，隨後免不了跟這些屍體一起被扔進沸騰的鍋裡。」

「他妻子將盆裡的黃鱔都宰殺完事，然後果然在火灶裡燒起水來。黃鱔流出的血將盆裡的水弄髒了，妻子最後一次給牠們換了水。然後，妻子將手伸進水裡，來回攪動。他看見妻子的手數次從他面前經過。他心想，以前覺得溫暖柔軟的手，此刻怎麼感覺不一樣了呢？這同樣的手，在此時卻像死神召喚的手一般。」

「他聽見妻子說了聲『水開了』，然後端起盆，將他與其他泥鰍、黃鱔一起倒入鍋中。鍋裡的水實在太燙了，他忍不住使出最後的力量跳躍起來。直到這時，他才從夢中醒來。擦擦眼一看，已經是日上三竿了。廚房裡叮叮噹噹地響著。妻子已經在廚房裡忙活了。他想起剛才的夢，仍然心有餘悸。」

「他剛要起床，就聽見妻子在廚房裡喊了：『太陽都曬到屁股啦，快起來吧！我都出去買了菜又煮好了，你一個大男人卻還賴床不起！』他頓時心裡一驚，急忙穿好衣服，跑到廚房去。」

馬巨河問道：「他妻子正在煮泥鰍？」

舅舅點頭道：「對。他看見廚房裡還沒有洗沾滿血跡的砧板，釘在砧板上的釘子，還有那個木桶，都跟夢中所見的一模一樣。他忙問妻子剛才是不是去了菜市場，是不是在一個小孩子的手裡買來的泥鰍、黃鱔。」

「他的妻子很奇怪，問他是怎麼知道的。他說他不但知道這些，還知道那個賣泥鰍的小孩子額頭上有塊疤。妻子更加驚奇了。於是，他告訴妻子他做了一個怪夢。他夢中所見，正是跟他妻子的經歷一樣。他妻子頓時嚇得雙腿發軟，再也吃不下煮好的泥鰍、黃鱔了。自從那次以後，他自己再也不敢去菜市場買泥鰍了。」

奶奶感嘆道：「我聽人說過，這輩子殺了什麼畜生，下輩子那畜生就會變成人，而人就會變成被殺的動物。這叫做來世報應，看來你那位朋友是遇到了現世報。」

馬巨河連忙道：「我也聽人說過現世報分為現世善報和現世惡報。你朋友經歷的是現世惡報吧！不過幸好只是在夢裡。我還聽一個得道高僧說過，『能量守恆定律』是宇宙中的自然法則。人在行為上的好與壞同樣受其法則的影響，當人們在行惡之時，惡的能量釋放出去後，必然消耗自身的正面能量，待自身正面能量瓦解之時，現世惡報就會到來，善報則反之。」

40

奶奶縮了縮肩膀，嘖嘖道：「這樣說來，也不知道我這輩子吃了多少畜生的肉，來世豈不是要被牠們千刀萬剮？想想就覺得害怕。你們還是別講這些古怪的夢了。」她看了一眼馬巨河，淡淡地問道：「你媳婦的問題不是還沒有解決嗎？怎麼能這樣心平氣和地扯這些與夢相關的事情？」

馬巨河微微鞠躬道：「我還不是怕您老人家不讓岳爹去嗎？」奶奶臉上裝作仍然不高興，但心裡一樂，點頭道：「去吧去吧！我哪裡能管得住你岳爹那雙腳？他想去哪裡就去哪裡，又不能像牛一樣把韁繩牽在我手裡。」

馬巨河見奶奶鬆了口，高興得不得了，連忙上前拉住爺爺道：「走吧走吧！跟你們討論這麼久的夢，我早就等不及了。」

爺爺跟著馬巨河到他家的豬欄裡看了看。那隻黑色白斑的豬仔見了馬巨河和爺爺，將豬嘴抵在牆壁上直哼哼，前蹄在地上刨出兩個小土坑來。

豬欄裡還有另外兩隻小豬仔留下的血跡。但是這隻兇殘的豬仔也掛了彩，左邊的耳邊被咬去了一半，萎蔫地耷拉著，如一片被蟲噬壞的殘葉。

「你看那惡相。」爺爺笑道。

馬巨河道：「難道它就是恐嬰鬼？」

爺爺點頭道：「可能它是為了獨佔你媳婦償還的奶水，才將其他同欄的豬仔咬死的。對了，你媳婦既然生了，就應該有奶水了。它就是來討要奶水的。」

那隻豬仔立即附和似的哼哼兩聲，又將豬嘴對著牆壁拱了兩下。

馬巨河指著那隻醜陋的豬仔，露出一個難堪的笑，問道：「我媳婦的奶水不給我兒子吃，難道還要拿來餵養一隻豬仔？」他一把抓住了豬欄門，手抖得厲害，臉上泛出憤怒的紅色來。

爺爺嘆口氣，道：「當初答應了它，它當然就會來了。要是當初不答應它，你媳婦早就沒有命了。別說給你生兒子了，恐怕連自己都保不住。它也算退讓了你一步的，你可不能反悔哦。如果你不兌現諾言的話，它的怨氣會更大的。」

馬巨河怒道：「難道我還怕它不成？恐嬰鬼？它現在不過是個豬仔罷了。我拿把屠夫刀就可以捅穿它的喉嚨，放它的血！看它還敢不敢囂張！」馬巨河將拳頭狠狠地砸在豬欄門上，發出「哐」的一聲響。那隻豬仔慌忙後退了幾步，低下頭來對著馬巨河直哼哼，一副毫不畏懼的樣子。

馬巨河將拳頭舉過頭頂，作勢要打，道：「你還真囂張了你！你敢動我媳婦，我就把你的肉一塊一塊地卸下來做菜吃！」他跟豬仔隔著一道豬欄，他這樣揮手舞腳也只是嚇唬嚇唬豬仔而已。

未料那隻豬仔絲毫不給馬巨河面子，「嗷」的一聲衝到豬欄門前來，躍身就要咬馬巨河的手。雖然由於高度牠根本咬不到馬巨河的手，但是馬巨河被牠這突然的襲擊嚇得方寸大亂，急忙將手舉得更高了。

豬仔的身子撞在豬欄門上，被彈了回去。但牠在那裡搖頭晃腦，彷彿過年時候的舞獅，氣焰囂張得很。

爺爺道：「你看看牠的兇樣！你不善罷甘休，牠還會變本加厲呢！我勸你忍下這口氣算了，畢竟牠前世是因為沒有奶水才餓死的。善有善報，惡有惡報嘛！都是前世欠下的債，該還的終究還是要還的。」

馬巨河不說話，轉頭就走。爺爺跟著他出來。

隔壁的地坪裡冷不防地響起三三兩兩的鞭炮聲，剛走到堂屋裡的馬巨河被冷不防響起的鞭炮聲嚇了一跳，就氣急敗壞地朝隔壁地坪裡破口大罵。幾個手裡拿著香火的小孩子如同被驚動的野兔一般跑散了。

馬巨河挨著大門站住，跺了跺腳，努力抑制怒氣道：「岳爹，不是我小氣。您想想，我怎麼能讓我媳婦的奶水一碗一碗地端給一個豬崽子喝呢？讓我親生兒子乾張著嘴沒奶水喝？叫我自己的兒子喝稀飯、喝糊糊？您想想，我……我這能忍得下去嗎？」他的手緊緊扣住門框，胸口劇烈地起伏。

這時，躺在裡屋的馬巨河媳婦聽見他的話，唉聲嘆氣道：「巨河啊，我也不忍心看著我親生兒子餓著啊！要不這樣吧！我就不給牠奶水喝，看牠能把我怎樣！大不了再把這半截身子賠給牠算了！」她明顯說的是氣話，可是爺爺不知道她氣的是馬巨河不關心她，還是氣那恐嬰鬼的苦苦追討。

馬巨河抓住門框不說話。

他媳婦在裡屋又道：「你爹生了好幾個兒女，可是到頭來只剩下你這根獨苗。到你這一代呢，由於計畫生育還是只能生一個，這兒子就是你們馬家的獨苗了。你爹去世得早，臨終前叫你無論如何要生一個男孩傳宗接代。我怎麼可以不善待你家的獨苗呢？我怎麼可以把奶水餵豬……不給你家的獨苗吃呢？」他媳婦口口聲聲說是「你家的獨苗」，馬巨河臉上越來越痛苦。

那時的習俗就是這樣，很多人家還信奉「傳宗接代」的封建思想，尤其是老一輩。我的很多玩伴中，如果老大不是哥哥的話，那麼必定老么是弟弟。打個不好的比喻，這跟抽獎差不多：拆開一個，不是男孩，就接著再拆一個，還不是男孩……再拆開一個，哦，是男孩，立即住手。這就形成了「姐姐三、四個，弟弟只一個」的局面。

聽爺爺說，馬巨河的父親在世時，尤其信奉「傳宗接代」。可是馬巨河的母親「不爭氣」，接連生下三個女兒來。馬巨河的父親「迫不得已」使出殘忍的手段——再生下來的是女兒的話，立即將她溺死在水盆裡！

在馬巨河的父親那一輩，這樣做的人不在少數。

41

馬巨河媳婦的話，不管是為了孩子也好，還是為了賭氣也好，顯然都是為了刺激他。

「不行！」馬巨河咬著嘴唇道，「哪個男人願意看著他媳婦的奶水餵豬？我堅決不同意！我要殺了那隻豬仔！」

說完，馬巨河氣沖沖地走進廚房，彎下腰去碗櫃下面摸菜刀。

爺爺嘆氣道：「你可要想好了。如果這筆前世的債不還，那麼你媳婦的半截身子可就很難保住了。」

馬巨河愣了一愣，但還是將菜刀拿了出來，穿過堂屋要往後面的豬欄裡走。

「站住！你這個不孝子！」

馬巨河突然感覺到背後一聲嚴厲而熟悉的責罵聲！他頓時覺得後背一陣涼意！爺爺說他當時也感到一陣陰風掃面，如針刺扎。而躺在裡屋的馬巨河媳婦則失聲尖叫：「爹？是爹的聲音！」

馬巨河關節疼痛似的，緩緩轉過身來。那個聽了二十多年的嚴父的聲音再次在這間房子裡響起，他感覺時光倒流一般回到了父親在世的歲月。由於他是獨苗——幾個姐姐在他父親眼裡算不得是馬家的人，他父親對他十分溺愛，但是嚴厲的時候也是萬分的兇狠。

「爸？」馬巨河看見堂屋中間站著的熟悉的影子。在他回過頭的時候，剛好看見堂屋的牆壁上掛著父親的遺像。那個乾癟得像個發了皺的橘子一般的臉，刀刻一般的皺紋，還有那似笑非笑的表情，跟現在站在堂屋中間的那個「人」一模一樣。

爺爺站在堂屋的另一個角落，默默地看著這個小時候的玩伴，還有他的玩伴的兒子。

「爸？您怎麼來了？」馬巨河的嘴巴哆嗦著問道，「您在那邊過得還好嗎？是不是我哪裡做錯了，讓您在那邊擔心了？」相信絕大多數人，在看見逝去的父親重新出現時，在驚恐之後都會立即安靜下來，畢竟那不是惡魔厲鬼，而是小時候依靠的一座山。

「你這個不孝子！」堂屋中間的那個人罵道。馬巨河記得，他的父親每次生氣的時候都要罵他為「不孝子」，「我白白溺死了你幾個姐姐，讓你一根獨苗活下來了！」

「爸，您怎麼了？」馬巨河雙膝一軟，跪了下來。

我爸爸說他曾經夢到過爺爺（此處爺爺是指爸爸的父親）好多回。爺爺要嘛責怪爸爸不幫他掃地，要嘛責怪爸爸沒有給房樑打掃灰塵，要嘛抱怨門口都被水滲濕了。每次爸爸夢到爺爺這麼說之後，第二天早晨都會扛著鋤頭去爺爺的墳上看看。結果，要嘛是爺爺的墳頭長了很多荒草，要嘛是墓碑上落了許多灰塵，要嘛是別處水溝的水溢到墳前面來了。爸爸一邊給爺爺的墳鋤草，一邊忙不迭地跟爺爺道歉。

因為爸爸六歲的時候，爺爺就去世了，所以我的腦海裡沒有任何關於爺爺的印象。對我來說，爺爺是一個不可捉摸的無形之物。但是對爸爸來說，爺爺雖然已經不在人世，但是他無時無刻不在爸爸的身邊。

我想，如果爺爺突然出現在爸爸的面前，爸爸不會過於驚慌失措。

馬巨河的父親指著裡屋罵道：「你這個不孝子！我好難才留下你這根馬家的獨苗，連溺死自己的親身女兒的勇氣都拿出來了。你就不肯把你媳婦的一點奶水用來救救你的兒子？你怎麼能這麼笨呢？你媳婦死了，你兒子誰帶、誰養？」

馬巨河父親哆嗦著身子道：「你知道嗎？我溺死了你好幾個姐姐哪！我不心疼嗎？我不難受嗎？還不是為了給馬家傳宗接代？你要讓我的努力都泡湯，你要讓我馬家斷香火，我在那邊能安心嗎？」

馬巨河父親看了爺爺一眼，嘆道：「岳雲哪，謝謝你救了我家兒媳婦一次。」

爺爺點點頭，「嗯」了一聲，算是回答。

馬巨河父親轉身要離開，卻不向著大門走。馬巨河急忙上前拉住他父親，哽咽道：「爸，你多留一會兒，別急著走哇！」

可是他父親不再答理他，緩慢而筆直地往掛著遺像的那面牆壁撞去。馬巨河不肯鬆手，死死拉住他父親，欲要將他父親留下來。

爺爺在旁勸道：「馬巨河，你爹的時間到了，你就讓他走吧！」

「不！」馬巨河哀嚎道。可是他無法阻止父親的離去。他父親漸漸靠上了牆壁，一半身子融入到了牆壁裡面，只剩另一半露在牆壁之外。馬巨河一把抱住父親的手臂，擺出弓步來要將父親從牆壁中拉出來。

「巨河，你怎麼了？」裡屋的媳婦聽見丈夫的哀嚎，擔心地問道。接著就聽見裡屋嗒嗒的腳步聲，馬巨河媳婦穿著拖鞋趕了出來。

由於馬巨河的身子已經抵住了牆壁，他父親剩下的一部分身體不能進入牆壁。兩人就這樣僵持著。而在同時，裡屋的孩子突然發出「哇哇」的哭聲，聲音尖銳刺耳。

馬巨河媳婦被她丈夫和公公的一半身子嚇得呆住了。孩子的哭聲一響，她又回過神來，急忙返回裡屋。可是由於剛生下孩子不久，身子弱，馬巨河媳婦一腳抬得不夠高，絆上了門檻，摔倒在地。

爺爺急忙跑過去扶她。

馬巨河見媳婦跌倒，這才慌忙鬆了父親的手，跑向媳婦。馬巨河父親藉著這一點機會，倏忽一下就完全從牆壁上消失了。

「爸！」馬巨河剛扶起媳婦，又立即衝到他父親的遺像下面。伸手抓過去，刮下來一塊原本已經鼓起的石灰皮來。

42

「爸——」馬巨河兩個巴掌在牆上胡亂摸索著。

「你爸走了。」爺爺嘆了口氣道。

「不！不對！他沒有走！」馬巨河雙手按在牆上，眼睛直直地盯著剝落的石灰看。

「怎麼了？」爺爺奇怪地走過去，拍了拍馬巨河的肩膀問道。可是馬巨河仍癡癡地看著牆壁，一動也不動，像個雕塑似的。「別傷心了，你爸已經不是這個世上的人了，他不可能長久地留在這裡的。」

「不是，」馬巨河回頭對爺爺道，「岳爹，你看，這牆上還有我爸的痕跡呢！」馬巨河的話嚇了爺爺一跳。

「什麼？」爺爺不敢置信。

「岳爹，你過來看看。」馬巨河朝爺爺揮手道。看他的樣子不像是由於過於激動而瞬間變得癡呆。他用力地朝爺爺揮手，沒有半點開玩笑的意思。

爺爺狐疑地走了過去，問馬巨河道：「怎麼啦？要我看什麼？」

「看牆上。」馬巨河道。

「看牆上？」爺爺斜睨了眼睛看馬巨河，然後心不甘情不願地將視線轉移到掛著他父親的遺像的那面牆上。爺爺的目光本來是一掠而過，可是掠過之後定了定神，「嗯」了一聲，立即轉過頭，重新審視那面牆壁。

「你看，他還在這裡。」馬巨河無比焦急地看了爺爺兩眼，又將那焦灼的目光投向牆壁，用手指著一塊陰影，「岳爹，你看這裡，看到沒有？這個影子很淡很淡，但並不是沒有的。」馬巨河一邊說，一邊在牆壁上畫出彎彎曲曲的線條。

其實不用馬巨河多餘的指指點點，爺爺已經看出這面牆上的淡淡陰影，如同廚房裡挨著火灶的牆壁，被煙燻霧燎出一道若有若無的黑痕。這道黑痕雖然潦潦草草，但是大致呈一個人的形狀，很容易區分哪裡是頭、哪裡是腳。如果細細看去，甚至能看出哪裡是手指，還有手指上的紋路。

「這就是我父親的影子！以前這裡沒有的！」馬巨河蹲下來指著影子的手部，驚叫道，「岳爹，你看！這個影子的無名指彎得厲害，幾乎伸不直！那是他活著的時候修水車時被我捶壞的！」

爺爺立即蹲下身子察看影子的手，果不其然！

爺爺也記得，馬巨河的父親在世時跟他講過，他在帶著調皮的幼子修水車時，被幼子馬巨河用捶木鞘的鐵錘誤砸了手指，致使他的手指一直蜷縮如野生的蕨菜。直到他去世，爺爺跟其他幾個同齡的老人將他搬進棺材時，還見到了他那根像蕨菜一樣的無名指。

馬巨河激動不已，臉上的肌肉都顫抖了起來：「是我爸的影子！他走了，但是他的影子還留在家裡的牆壁上！他是捨不得離開我的！」

爺爺站起來，對著那個淡淡的影子搖搖頭，冷冷道：「他真是個固執得要命的老頭子！恐怕是不看到他的獨苗孫子好起來，他是不會走的了。現在都什麼年代了，還這麼重男輕女，真是不應該！」

不知道牆壁上的影子聽了爺爺的話會有什麼感想，如果那個影子能夠聽到的話。

爺爺瞟了一眼馬巨河，道：「你爹哪裡是捨不得你，完全是為了他馬家的香火。」

馬巨河愣了一愣，嘆了一口氣，看了看牆壁上的影子，又抬頭看了看正上方的父親的遺像，咬了咬嘴唇道：「爸，您就安心地走吧！不用守在這裡看護孫子了。我會按照您的意思做的。您就放心吧！」

那個影子一動也不動，彷彿是一個雕塑倒映下來。

爺爺也勸言道：「你這個死頑固，你管住你兒子就可以了，幹嘛人死了還得管著活人的事呢？兒女們的事情，就讓兒女們自己操心去吧！」爺爺雖然這麼說，但是媽媽在沒有出嫁之前，他也是死死地管住媽媽，當年還阻撓媽媽跟爸爸在一起。他甚至拿著一根挑柴的大棒攔在去常山村的路上，一心要做劃開牛郎和織女的「王母娘娘」。奇怪的是，自從我出生之後，他性情就大變了，完全不像是當年那樣的封建家庭的家長了。

馬巨河拉了拉爺爺的袖口道：「岳爹，勸他是勸不動的，倔強起來比水牛都難轉動脖子。我想通了，大丈夫能屈能伸。更何況我媳婦確實欠了恐嬰鬼前世的債，雖然說這樣對我不公平，但是不退讓的話對恐嬰鬼也不公平。您就直接教我應該怎麼做吧！您說什麼我聽什麼。」

說完，他面對著牆壁上的影子凝視了許久，似乎這話是專門說給他父親聽的。

爺爺點點頭，重重地呼出一口氣，道：「你拿個碗，接點你媳婦的奶水，然後送到豬欄裡去。」

馬巨河在原地站了半晌，然後嚅了嚅嘴，狠狠一跺腳，就去廚房拿碗去了。不一會兒，廚房裡傳來叮叮咚咚的瓷器碰撞聲。

他媳婦在裡屋聽見碰撞聲，壓抑著嗓子罵道：「你就不能輕一點？把櫃裡的碗打破了還不是要花錢重新買？」

豬欄就在屋後的單間茅草屋裡，基本上沒有什麼隔音效果。豬欄裡的豬仔似乎聽到了馬巨河媳婦的說話，立即幫腔作勢似的大聲哼哼，然後打出一個響亮的噴嚏。

馬巨河苦著臉從廚房出來，手裡拿著一個白瓷青花碗，然後走進裡屋，掩上門。

不一會兒，他捧著碗進了豬欄。豬欄裡立即響起噗哧噗哧的豬吃食的聲音。馬巨河別過臉看著外面的果園，一臉的不服氣。

這時，隔壁地坪裡又傳來孩子們的歡呼聲，緊接著就是鞭炮聲和沖天炮聲，啪啪地響。空氣中充滿了硫磺的氣味和喜慶的氣息。

43

由於鞭炮聲的吸引，爺爺不由自主地朝門外望了一望。恰巧一個奇怪的身影從不遠的前方走過。

「他怎麼來了？」爺爺一愣神，自言自語道。

這時，馬巨河已經拿著那個碗回到了堂屋裡，一臉的頹喪。聽見爺爺自言自語，他勉強打起精神來，問道：「岳爹，你說誰來了？」他從門口探出頭來左顧右盼，外面只有三三兩兩的放鞭炮的小孩童。他又向那幫小孩童斥罵了一番。

「我原來認識的一個朋友，他可是專門給人家唸咒驅鬼的。」爺爺道。

馬巨河呶嘴道：「很久沒有見過了嗎？說不定是因為快過年了，他來這裡聯繫一下親戚，說說過年的事哦！」

在這麼巴掌大的地方，過年的方式也不盡相同。有的人家除夕的那天早晨就算開始過年了，有的人家從那天中午開始，有的人家卻從晚上開始。所以各個親戚之間在這天走動頻繁，往往先在某個親戚家過了早年，然後到另一個親戚家去過中午年，親戚多的話，可能一天過三次年——晚上再去另外一家過。

比如，我家就是過早年，而相隔一個山頭的畫眉村則是過中午年。

馬巨河的意思是，爺爺的朋友可能是來畫眉村聯繫親戚，確定好先到誰家過年再到誰家過年的事情。

爺爺想了想，道：「我沒聽他說過這裡有什麼親戚呀！」

馬巨河甩了甩手裡的碗道：「可能是他沒有跟你提起過吧！」

爺爺道：「可能是我年紀上來了，記性不好了吧！呵呵，都已經三十多年沒有見過他的面了，就算說過也忘得一乾二淨了。」爺爺撓了撓後腦勺，然後掏出一根香菸來，找馬巨河要火。

馬巨河掏出打火機。爺爺擺了擺手，問道：「你家裡有洋火嗎？」

「洋火？現在人家都說火柴啦！我還是在父親在世的時候用過火柴的，現在誰還用？」

馬巨河瞥了一眼掛著他父親遺像的那面牆。隔著一段距離，他看不到那塊淡淡的影子，但是他心裡知道，父親還在那裡。也許父親正用耳朵偷偷聽著這個老屋裡的每一個聲音，也許父親正用眼睛偷偷看著這個老屋裡的每一件物雜。

裡屋的馬巨河媳婦聽到他們談話，搶言道：「巨河啊，我記得咱們家還有一打火柴的，是你父親在世時沒有用完的。我把它放在縫紉機上面了。」馬巨河家的縫紉機已經許多年不用了，他媳婦將上面的機器翻到底下，縫紉機就跟一般的桌子沒有多少差別了。我家也有一個一模一樣的「鳳凰」牌縫紉機。在我還沒有上學的時候，我媽媽經常坐在縫紉機旁邊縫縫補補，後來我不願意穿補過的褲子，媽媽的縫紉機就慢慢生了鏽。但是媽媽經常用機油擦拭，經常提起她那個年代結婚時必須的三大件、三小件。

馬巨河忙將碗放回廚房，然後給爺爺找那剩餘的火柴。

火柴找到了，可是已經不能使用了。火柴梗將火柴盒的磷面都劃壞了，一根也沒有劃燃。

「放潮了的火柴要烘乾才能用。」爺爺將火柴遞給馬巨河，「你這個放太久了，不能用了。」

馬巨河皺起眉頭道：「這個東西都快退出歷史舞臺啦！誰還花心思去烘乾它？不能用了就丟掉唄！」說完，他一揚手，火柴就被扔進了放在角落的簸箕裡。

爺爺臉上的笑不太自然了，嘆了口氣說：「我要回去啦！」

馬巨河急忙拉住爺爺道：「那我家那個恐嬰鬼就不管了？」

爺爺道：「你每天給牠餵奶水就可以了。」

馬巨河仍拉住爺爺，問道：「難道我要這樣一直餵下去嗎？這樣何時是個頭？」他的語氣裡充滿了憤怒，但是卻竭力壓制著聲調。

爺爺道：「這個很簡單。你看你孩子什麼時候斷奶，什麼時候就可以停止給恐嬰鬼餵奶了。」

馬巨河鬆開了手。

爺爺走到了地坪裡，馬巨河又朝他吆喝道：「岳爹，等前世的奶水債還完了，那隻豬仔怎麼處理？」

爺爺頭也不回，腳步也不停，揚起捏菸的手道：「送到附近的廟裡去，讓牠做個放生豬吧！」

後來聽奶奶說，馬巨河在孩子斷奶後，將那隻豬仔送到了大雲山的寺廟裡。他的妻子和孩子一直都平安無事。他妻子再也沒有被噩夢侵擾。只是頗令他們奇怪的是，馬巨河媳婦對漸漸長大的孩子越來越有一種似曾相識的感覺。她甚至能想到兒子長大後的模樣。在她模糊的印象裡，她的兒子臉上將來會有一道疤。

她的兒子三歲的時候，我已經讀大學了。一次偶然跟媽媽通話時，媽媽告訴我說，馬巨河孩子的臉不小心被破玻璃劃傷了，雖然沒有大礙，但是留下了一道難看的疤，醫生說傷得太深，恐怕以後長大了也不會完全消失。

爺爺沒有告訴馬巨河一件事情。那就是他早就注意到當年那隻豬仔的眼下有一道疤。當時爺爺預見了馬巨河的孩子以後會破相，但是爺爺沒有說出來。因為即使說出來，那道傷疤是無論如何也避免不了的，還會徒增馬巨河夫婦的擔心。

很顯然馬巨河的父親沒有預見到這一點。在馬巨河將那隻豬仔送到大雲山之後，牆上那個淡淡的影子就消失了，並且以後再也沒有出現過。

爺爺在告訴馬巨河以後要怎麼辦之後，悠閒地在畫眉村走了一圈，一無所得，然後慢悠悠地向家裡走。

他這樣走一圈其實是為了碰碰剛才看見的那個人。也許正如馬巨河說的那樣，那個人在畫眉村有親戚呢？

湖南同學停了下來。

一個雲南同學感慨道：「你這段故事中，我印象最深刻的是夢到自己是泥鰍被殺。我小時候也幹過這樣的事。我家鄉現在還有好多小孩子晚上出去用鋼針扎泥鰍。下次放假回去，我得給他們講講這個故事。」

半仙

44

鐘錶的三個指針疊在了一起。

「今晚我講個半仙的故事。」湖南同學道。

快走到家門口的時候，一個放鞭炮的小孩子舉著香火對爺爺道：「馬爺爺，馬爺爺，剛才有個神仙去了你家。」

爺爺彎下身來，慈祥地問道：「你看到神仙啦？」

那個小孩子認真地點了點頭，道：「真的是神仙呢！他穿的衣服就是神仙穿的衣服，戴的帽子也是神仙戴的帽子。」

爺爺笑道：「哦，那個神仙的鼻子上是不是長了一顆痣？那顆痣上是不是還長了一根白色的毛？」爺爺點了點鼻子，然後比量了一下長度。

小孩子嘟起小嘴，一副可愛的模樣問道：「馬爺爺，您認識天上的神仙啊？您怎麼知道神仙長什麼樣子的？」

爺爺摸了摸小孩子的臉，站直了身子，暗自尋思道：「他是來找我的？他怎麼會來找我呢？」爺爺後來告訴我說，當時他怎麼也想不到多年未見面的朋友會突然來找他，並且是在接近過年的時候。

那個小孩子仍不依不饒地拉扯著爺爺的衣角，問道：「馬爺爺，您怎麼認識天上的神仙啊？神仙吃飯嗎？睡覺嗎？」

爺爺暗自尋思道，如果要說他是神仙，那未免太誇張了。但是如果說他是個半仙，那還是名副其實的。他唸咒驅鬼的法術非常厲害，在他居住的那一塊地方，他有著跟爺爺一樣的名聲。不過爺爺是在農閒的時候才幫人做些事情的，而他是專職做這些事情的，並且要從求助者那裡收取一些費用。

他從多年賺取的錢中抽出一部分建了一個道觀，帶了兩個俗家弟子住在裡面，頗有出家人的架勢。而他自己更是身穿道袍，頭戴道巾，紙摺扇和鐵八卦時時不離身。而爺爺從來不拿人家一分錢，接兩根香菸都覺得不好意思。給人幫忙的時候從不講究穿什麼衣服，從水田裡上岸，一身泥濘都可以跟著去人家屋裡作法。道具則是桃樹枝或者紅棉布等等，偶爾借用別人家的桃木劍或者銅錢。

爺爺說，年輕的時候跟他見過幾次面，每次見面他都要嘲笑爺爺「不專業」，是個半吊子。但是他對姥爹卻畢恭畢敬，唯唯諾諾。那時，姥爹跟他的師父有些交情，經常互相走動。

自從姥爹去世之後，爺爺跟他之間也就漸漸斷了聯繫。不過爺爺經常聽到別人說起某某地方有一個某某道士，唸咒驅鬼厲害得很，找他幫忙的人經常在他道觀前面排起長長的隊。那兩個俗家弟子就是在他忙得不可開交的情況下收入道觀的。別人口中相傳的某某道士就是這個人。

「呵呵，孩子，神仙一樣要吃飯要睡覺的。」爺爺摸了摸小孩子的腦袋。

「那神仙要零用錢花嗎？」小孩子又問道。

爺爺沉默了一會兒，然後哈哈大笑：「神仙當然要零用錢花了。」

小孩子一般都有打破砂鍋問到底的習慣，爺爺急忙離開那個小孩子往家裡走。

才走到地坪裡，就聽見奶奶和那個人談話的聲音，以及不時奶奶發出的笑聲。既然來者是道行極高的道士，那麼就不會是來麻煩爺爺幫忙的人了，奶奶自然不會擺張臭臉給人家看。但是那個人言語甚少，一邊喝茶一邊往外面看。可能是他視力不怎麼好，爺爺已經走到地坪了，那人卻還在一邊敷衍著奶奶一邊朝外張望。那雙眼睛如老鼠眼一般滴溜溜地轉，瞳孔要比一般人小許多。這也許是他視力不好的原因。

爺爺的眼睛就要好多了，見他坐在門口，連忙揮手打招呼道：「哎呀，都好多年沒有見到你啦！今天是什麼風把你吹到我家來啦？」

奶奶見爺爺回來了，笑道：「他等你好久了。」

那人連忙站起身來，寒暄道：「不久不久，我剛來一會兒。」可是他那雙眼睛沒有固定的焦點，茫然地向門外胡亂掃視。等到爺爺跨過了門前的排水溝，他的眼珠才停止漫無目的的轉動，對著爺爺客客氣氣地笑。

奶奶跟我談起那位來訪的道士時，活靈活現地模仿著他尋找不遠處的爺爺的模樣。我心想道，視力都這樣差了，連人都分不清，怎麼分辨鬼類呢？

當然了，爺爺不會去考慮他的眼睛與分辨鬼類的問題，但是心裡也打了一個結：他來找我做什麼？

「請坐請坐。」爺爺見他站起身來，連忙叫他坐下。

那人拍了拍身上的七星道袍，又扶了扶頭上的逍遙巾，這才坐了下來。

「岳雲，最近身體還好？」他開口不談別的事，先問好爺爺的身體。這不是他以前的風格。爺爺心中更加生疑。

「當然比不得以前了，但是還算健旺。」既然他不主動開口，爺爺也不好意思單刀直入地詢問。爺爺想了一想，暗示道：「您呢？」

「哎……」那個人嘆了一口氣，悶頭喝茶。

奶奶見他嘆氣，連忙問道：「楊道長，您嘆什麼氣呢？我聽人說你比我們家岳雲厲害多啦！聽說還收了兩個徒弟？我們家岳雲都沒有人願意做他徒弟呢。」

楊道長擺擺手，仍不言語。

奶奶立即打住，迷惑不解地看了爺爺一眼。爺爺搖了搖頭，表示他也不知道楊道長為什麼來找他。奶奶識相地端起茶壺道：「家裡準備的開水不多了，我去後面廚房裡再燒一些，你們先聊吧！」

楊道長立即抬起頭來，「嗯」了一聲。

奶奶退到廚房裡去了，很快就傳來劈劈啪啪的燒柴聲。

爺爺在楊道長對面坐下，望了望楊道長的苦瓜臉，問道：「怎麼了？」

楊道長回頭看了看廚房，這才放心地對爺爺道：「沒想到我也會遇到陰溝裡翻船的事！我是來向你告別的，三天之後，我就不在這人世間了。」

45

爺爺吃驚不小，問道：「你的意思是，你已經預測到了自己三天後會去世？」

楊道長痛苦地搖了搖頭，道：「不是。」

「那是怎麼回事呢？」奶奶倒比爺爺更著急。

這是幾天前的事情了。在一個難得的豔陽天，楊道士在難得的寧靜裡享受著燦爛的陽光。他坐在道觀前的大地坪裡，瞇著眼睛，手裡的拂塵吊在中指上。陽光像溫暖的羊毛被一般覆蓋著他，將他身上的陰翳之氣蒸發。

逢七的日子是不接待任何來賓的，這是他在忙得喘不過氣時訂下的規定。錢已經賺得差不多了，他沒必要像以前那樣拼命。

他的兩個徒弟去附近的市集採購柴米油鹽等日用品去了。

楊道士躺在大竹椅上，竊竊地聽遠處的山林發出的沙沙聲。由於這個道觀離村子比較遠，所以沒有人聲狗吠的干擾，確實是個適合休憩的好去處。

他想起了已經去世的師父和畫眉村的馬辛桐師傅，想起他們一身本事卻藏藏掖掖，好像小偷偷的東西見不得人，隨著他們的生命結束，那一身的本事隨之入土為安。他再想想自己現在名利雙收，忍不住笑出聲來。他在人前人後很少笑，他認為那樣有損他神聖的模樣，會令人不信任，但是此刻周圍沒有一個人，他沒必要隱藏自己的真實感受。

他笑了一會兒，眼皮偷偷咧開一條縫，仍舊難免心虛地看看周圍是不是有人聽到。眼皮剛睜開一點點，就看見一個容貌妖冶、氣色慘白的婦女站在他的竹椅旁邊。

楊道士大吃一驚，急忙收住笑容，將拂塵立在胸前，一本正經地問道：「妳是誰？怎麼一聲不響地就到我這裡來了？」

那個婦女驚慌道：「我這不是怕打擾您休息嗎？」

楊道士打量了面前的婦女一番，問道：「妳來找我是驅鬼的吧？我看妳氣色不太好，一股冤孽之氣縈繞，一定是遇到了什麼不乾淨的東西。」

那個婦女連忙點頭稱是：「道長果然厲害！我以前只聽別人說道長如何如何了得，沒想到只稍看我一眼，就知道我遇到了什麼事。」婦女的一番海誇，令楊道長眉飛色舞，得意洋洋。

「我家男人死得早，孩子在他父親去世之後也夭折了，真是痛煞了我的心呀！」婦女哭訴道，「如今家裡只留下我和一個年老的母親。」

聽婦人這麼一說，楊道士頓時收起了喜慶之色，咳嗽了兩聲，端端正正坐好。

「那妳要救妳自己還是妳的老母親呢？」楊道士抬起眼皮問道，「不過我告訴妳，今天是我休息的日子，有什麼事情也只能明天再說。」楊道士看了看當空的暖陽，春天的陽光太懶，夏日的陽光太烈，只有這個時候的陽光曬起來最舒服，他可不想浪費了天公的美賜。

婦女道：「我老母親前些天還健健康康，還可以幫我做些輕微的家務活兒。沒想到昨天卻突然發病，到現在還躺在床上動不了，您幫我去看看吧，她是我唯一的親人了，我可不能再失去她了。」婦女淚水盈眶。

「嗯，我知道了。」楊道士又瞇上了眼睛。

「麻煩您去幫我看看我母親怎樣了，好嗎？求求您了！」婦女淚眼婆娑道。

「我說過了，什麼事情都要等到明天再說。」楊道士懶洋洋道，「妳還是先回去吧！」

「可是我明天還有別的事哦！您不能現在就動身嗎？」婦女央求道。

楊道士懶洋洋地搖了搖頭。

婦女哭道：「求求您通融一下吧！我明天真的有很重要的事情，不能再來請您了。如果您不去的話，我唯一的親人也就會沒了。求求您通通情吧！」

楊道士見她真情實意，並且確實可憐兮兮，便抬起拂塵指著道觀：「這樣吧，大堂裡有紙和筆，妳把地址寫下來，我明天按照妳留的地址找到妳家去。可以嗎？」

婦女為難道：「道長，我讀的書少，不會寫字。」

楊道士不耐煩道：「那這樣吧，妳幫我把大堂裡的紙和筆拿過來，我記下來。這樣可以了吧？」他一刻也捨不得離開這樣舒服的陽光。

婦女看了看楊道士身後的道觀，為難道：「我不敢進您的道觀。我從小就害怕這些神神秘秘的東西。我簡單說一下吧，您應該能記住的。我家住在離這十五里遠的李樹村，你到李樹村後問一問名叫李鐵樹的人，別人便會告訴你我家在哪個位置的。」

楊道士默唸道：「十五里……好遠咯……李樹村……李鐵樹……好了，我知道了。看妳可憐，我就答應妳這次。別人都是請我去的，我可是第一次主動去找人家的住址。」楊道士搖了搖頭，表示對這位喪父喪子的婦女格外開恩。

婦女對他的格外開恩並不領情，焦躁囑咐道：「您能記住嗎？明天可不要爽約啊！」

楊道士揮揮手道：「知道啦知道啦！妳回去吧！我明天到那個……」

「李樹村。」婦女提醒道。

「對，到李樹村後問名字叫李鐵樹的人，這樣就可以找到妳家了。是吧？」楊道士幾乎到了忍耐極限。如果面前是別人，而不是一個可憐兮兮又有幾分姿色的婦女的話，他肯定早就下逐客令了。

婦女點點頭，三步一回頭地離開了。

一會兒，楊道士的兩個徒弟背著一麻袋東西回來了。楊道士起身問道：「你們在回來的路上有沒有碰到一個婦女？」

他的徒弟都說沒有看到。

楊道士只料是兩個徒弟沒細心看，便沒將他們的話放在心上。

46

第二天，楊道士如約走了十多里路，終於找到了李樹村。

他詢問了好幾個李樹村的人，可是沒有一個人知道名叫李鐵樹的人。楊道士又問村裡是否有個喪夫又喪子的漂亮寡婦，寡婦的母親生病在床。村人說這裡沒有這樣的寡婦。

就連他的徒弟也懷疑了：「師父，既沒了丈夫，又沒了孩子拖累，再者像你說的那樣長得有幾分姿色，她為什麼不改嫁呢？您是不是記錯了？或者您昨天根本就是在竹椅上做了一個夢？」

「夢？不可能，我入道這麼多年了，自己是在夢中還是在現實中，難道還分不清楚嗎？不可能的。她說了就在十五里外的李樹村，她說問問名叫李鐵樹的人就可以找到了。」楊道士斬釘截鐵道。

「那麼，是不是我們走錯了方向？也許別的地方還有一個叫李樹村的莊子呢！」另一個徒弟替師父解圍道。

可是問了問村人，別說這附近了，就是方圓百里都沒有另外一個村子叫李樹村。

「您是不是記錯了呢？年紀上來了，難免會這樣。」被詢問的村人指著楊道士說道，把楊道士氣得吹鬍子瞪眼睛。兩個徒弟在一旁也哭笑不得。

楊道士氣咻咻地帶著兩個徒弟回到道觀，把一天的「生意」都耽擱了。到了吃晚飯的時候，楊道士還敲著筷子罵那個騙人的漂亮寡婦。

到了第二天，天還沒有亮，楊道士就聽見他的徒弟在敲門。

「什麼事啊？」楊道士迷迷糊糊地爬起來，問他的徒弟道。他連道巾和道服都沒有穿。

「外面一個女人來找您，說是昨天沒有見您到她家去。」他的徒弟告訴道，「我也跟她說，現在太早了，我師父還在睡覺。可是她就是不聽，說她母親已經快不行了，非得要您現在就過去。我攔不住，所以只好來找您了。」

楊道士一聽就火冒三丈：「是不是個子這麼高，長得還挺好看的一個女人？」楊道士比量了一個高度。

他徒弟點了點頭。

「她居然還有臉來找我？她母親就該病死！害得我昨天白白跑了一趟。耽誤了其他事情不說，我現在兩隻腳還痠痛痠痛的呢！我是好心才答應她的，沒想到被她耍了！這種人我救她幹什麼？」楊道士揮手趕走徒弟，返回屋裡睡覺。

他徒弟只好回到道觀前面去。

楊道士撫了撫胸口，正要閉上眼睛，未料聽到「哐噹」一聲，門被人撞開了。楊道士以為是徒弟魯莽撞入，捶著床沿罵道：「我不是叫你趕她走了嗎？你怎麼還跑回來？」側頭一看，來者不是徒弟，卻是前天見過的那個漂亮寡婦。

「我徒弟怎麼沒有攔住妳？我還沒有穿好衣服，妳就撞進來，叫別人看見了怎麼說？快出去。」楊道士慌亂抓起被子道。

那寡婦大大咧咧走近床前，一把搶去道士的被子，將搭在椅子上的道服扔到他身邊，大聲道：「我母親就快沒氣了，哪裡還管這些小事情？你快起來，快去看看我母親到底怎麼了？」她將被子扔在床邊的大木椅上，兩眼直直盯著楊道士。

因為擔心陽氣洩露，楊道士一生未曾碰過女人。現在被這有些姿色的女人盯住，他極不自然。他將衣服搭在肩膀上，怒道：「昨天被妳耍得好苦，今天我是不會再上妳的當了。」

那寡婦毫不畏懼道：「我母親實在不行了，你去也得去，不去也得去。」

楊道士嘴角拉出一個嘲笑的弧度，道：「從來都是人家請我去，生怕我拒絕。哪裡容得妳在這樣放肆？昨天我是看妳可憐，才上了妳的當，耽誤了其他人的事情。可笑的是妳，居然還有臉來找我！」

寡婦譏諷道：「生怕你拒絕？你說反了吧？應該是人家怕錢出少了，請不動您大駕。只要出得起價錢，哪家的事情你拒絕過？」

楊道士哽住了。

那寡婦問道：「昨天你既然已經到了李樹村，那就離我家已經不遠了。你為什麼不多問問呢？我家就在附近了。」

楊道士鼻子哼出一聲，道：「妳當我是三歲小孩？別說附近，就是再走一百多里，也見不到認識李鐵樹的人。妳回去吧！昨天的事情我就不追究了。」說完，楊道士伸長了脖子朝屋外大喊，「徒兒，快來把這個潑婦趕出去！」

寡婦被他激怒了，瞪圓了眼厲聲問道：「你當真不去？」

楊道士腦袋一歪，冷冷道：「真不去！誰出錢不是一樣？我幹嘛非得做妳這種惱人的事情？」然後楊道士仔細打量了寡婦一番，又低聲道：「看妳也不像是有錢人，我答應幫忙，妳還不一定出得起價錢呢！」

寡婦見楊道士不肯答應，居然躍上床來，抓住楊道士的胳膊，將他往床下拉。

楊道士哪裡見過這麼兇悍潑辣的女人！加上他年事已高，在力量上要遜色一籌，當下死死抱住床頭的橫杆，拼命叫喊徒弟的名字，可是卻遲遲不見徒弟進來幫忙，寡婦的指甲掐進了楊道士的肉裡，痛得楊道士哇哇大叫。

一時性急，楊道士狠命朝寡婦蹬出一腳。那寡婦的腰部被楊道士蹬到，跌倒在地。

楊道士氣喘吁吁道：「妳快走吧！妳別逼人太甚，不過逼我也沒有用。我再說一次，我絕對不會管妳的事情。」

那寡婦趴在地上，雙手捂住肚子，正揉捏被踢到的部位。長長的頭髮擋住了她的臉，楊道士看不到她的表情。

楊道士眼見情形不對，慌忙爬下來，在離寡婦兩三步遠的地方站住，雙手不知道放在哪裡好：「妳……妳怎麼了？」

那時，他還沒有想過要用枕頭下的短刀對付她。

47

說來也是奇怪，一個年老的道士，平時又不殺生，作法也用不上金屬刀具，為什麼要藏一把短刀在枕頭底下呢？

後來經楊道士解釋，在別人看來，道士本身就是鬼的對敵，如果說鬼是邪氣的代表的話，道士就是正氣的代表。可是楊道士自認為殺鬼太多，心裡有著常人察覺不到的恐懼，他怕那些被他逼走驅逐的鬼趁他睡覺的時候聚集在床邊，想懸掛一把劍在床邊。因為染過血的劍會發出鬼類害怕的劍氣。

可是他不只害怕那些鬼，自從給人驅鬼收來不少錢財之後，他更害怕附近的小偷到道觀裡來偷錢。

這樣就引出了要不要在床頭懸掛長劍的問題。按照楊道士的推理，如果家裡沒有長劍，即使小偷與他正面交鋒，不論結果如何，都不會鬧出人命來。倘若家裡有了長劍，免不了小偷或者他搶先拿到長劍做威脅，這樣就難免刺傷人甚至殺死人。

殺鬼他從來不眨一眼，可是想到殺人，他就兩股顫慄。

後來他徒弟知道楊道士的心思，便建議他在枕頭下面藏一把短刀。多數鬼害怕鋒利的刀刃，而即使有小偷闖進道觀來，也不會發現短刀，這樣就一舉兩得了。

自從枕頭下藏了刀以後，除了偶爾幾個噩夢嚇得他從夢中驚醒來，立即從枕頭下抽出短刀，見了地上如霜雪一般的月光又舒緩過來之外，他從來沒有有意識地去摸過那把短刀。特別是道觀裡來了人時，他連瞟都不瞟一眼那個枕頭，生怕別人從他的目光裡發現了枕頭的異常，進而發現這個道貌岸然的道士居然害怕夢中的鬼。

在寡婦與他拉拉扯扯之中，他有意腳踩住枕頭，生怕枕頭下面的短刀暴露出來。如果這個寡婦傳出去說楊道士枕頭下面藏著一把短刀，那麼肯定會被周圍人笑話，從此便沒人再來找這個在夢中害怕鬼的道士作法了。

在那個寡婦被他踹倒的瞬間，他還在擔心枕頭會不會挪動位置。

「妳……妳怎麼了？」楊道士在這樣問的時候，還偷偷瞥了一眼床頭的枕頭。寡婦是背對著他的，所以不會發現他的眼神不對。

那個寡婦痛苦地哼哼著，楊道士從她背後只能看見她的身體隨著呼吸一起一伏，彷彿一隻夏天午後懶洋洋曬太陽的貓。而楊道士感覺自己就是一隻想要挑釁這隻貓的老鼠。他輕輕地走過去，小心翼翼地拍拍她的肩膀。

雖然這個寡婦騙人很可惡，但是楊道士自覺剛才一腳發力過大，多半是踢痛她了。萬一踢傷了一個婦女，讓別人知道了說他堂堂一個道行高深的道士竟然對弱女人下重手，那楊道士臉上還真掛不住。

令人意想不到的是，那個寡婦迅速抓住楊道士伸出的手，用力將楊道士拽倒在地。楊道士感覺一塊冰貼在了手背上，忍不住打了個寒顫！只見一個青綠青綠的如苔蘚一般的東西壓在他的手上。還沒等他看清那東西是什麼，只覺一股力量拽得他失去平衡，猛地撲向前方。

楊道士像青蛙一樣趴在地上，手關節和腳關節痛得厲害。他從寡婦的背後甩到了她前面。楊道士轉過頭來正要罵人，卻立即噤住了嘴。

面前這個人哪裡是有姿色的女人！她的額頭突出了許多，如壽星的額頭。額頭上面的頭髮迅速朝後退去，只有鬚鬚幾根留在原地，一如清朝人的髮飾。而牙齒增大了許多，兩顆門牙伸長到嘴唇外邊來。光潔的皮膚立即生出許多皺摺，皺摺中間是黑漆漆的髒污。

再看她那雙手，青綠青綠，指甲變得細而尖，如同雞爪。原來苔蘚一般的東西正是她的手！楊道士慌忙抬起自己的手看了看手背，被她抓到的地方染上了些許綠色，如同穿了褪色的劣質衣服。

楊道士方寸大亂，驚問道：「你是哪個來頭？我以前可沒有得罪過你吧？為什麼要來害我呢？」

那怪物並不答話，伸長了脖子「嗷」的叫了一聲，迅速向楊道士撲過來。

楊道士一時間忘記了手腳上的疼痛，立即爬起來就跑，一邊跑一邊呼喊徒弟的名字。可是仍然不見徒弟的蹤影。

他正要奪門逃跑，可是門像猜透了他的心思似的，自動「嘭」地關上了。門閂的橫杠自己衝進了鎖洞裡。楊道士抓住門閂，想將橫槓拔出來。可是橫槓紋絲不動，像焊死了一般。

那怪物狂嘯著撲了過來。

楊道士急忙跑向相反的方向，這時他想到了枕頭下面的短刀。

怪物縮不回往前撲的趨勢，一下子將睡房的門撞得稀爛。它轉過身來，用身子堵住門口，兩隻貓瞳一樣的眼睛盯著驚魂落魄的楊道士。而楊道士已經將短刀抽了出來，兩手握住，慌亂地看了看怪物，然後閉上眼睛，刀尖向前朝怪物衝過來。

楊道士回憶當時的情形時說，當時他驚慌失措，根本來不及想面前的怪物是什麼種類的鬼，要用什麼靈效的方法對付它。他孤注一擲，把所有的希望都寄託在那把短刀上。說到這裡的時候，楊道士仍心有餘悸，一大口接一大口地喝水。奶奶泡了三茶缸水都被他「咕咚咕咚」灌下了。奶奶只好去廚房支起木柴再燒水。

「你刺中它了嗎？」爺爺問道。

此時楊道士兩眼發愣，木木地不回答爺爺的問題。「水，水，給我水喝。」楊道士晃晃手裡空空的茶杯道。

48

爺爺握住他的手，安慰道：「不要緊張，事情都已經過去了。水等燒開了再幫你添。」爺爺的聲音低沉而緩慢，楊道士聽後平靜了許多。他深深地吸了一口氣，用那雙陡然之間變得無比怠倦的眼神看了看爺爺，道：「我從來沒有驚魂失魄到這個程度，真是讓您見笑了。」

爺爺溫和地笑道：「不要這麼說，誰遇到這種情況都會驚慌失措的。」

楊道士嘆氣道：「都怪我造孽太多，此報是命中註定的。」

爺爺驚訝地問道：「您怎麼這麼說呢？您替周圍村民驅鬼除害，做的事情都是積德除怨的好事啊！怎麼能說是造孽呢？」

楊道士連連搖頭嘆氣。

「你殺了那個怪物嗎？」爺爺輕聲問道。

未料爺爺這一問，楊道士的嘴角又開始抽搐起來，兩眼如先前那樣發愣，手拼命地抖，彷彿楊道士的心中某處有一個敏感的開關，只要別人的言語稍微觸及，他便會變成這副可憐模樣。此時再看他身上道貌岸然的道服，不再有敬畏之感，卻有幾分木偶戲的滑稽。

爺爺見他狀態不佳，連忙擺手道：「不用急，不用急，我不問就是了。您先在這歇一會兒，等我老伴燒好了水，您再喝點茶。」

兩人相對無言地坐了好一會兒，奶奶提著咻咻作響的水壺過來了。「咻溜」一聲，銀亮亮的水線拋向茶壺，很快就添滿了。壺底的茶葉被翻騰上來，旋轉不停。

奶奶再次將楊道士的茶杯添上水。

楊道士迫不及待地俯下頭，嘴巴湊到茶杯上用力地吸水，嘩啦啦的如老牛在池塘邊喝水一般。

一口氣將茶杯中的茶水喝完，他的臉色明顯好了許多。他抿了抿嘴，抹了抹嘴巴的殘餘水滴，然後神定氣閒道：「雖然我不願再多回憶一次那天的經歷，但是在你面前，我應該毫無保留地告訴你當時的情況。」

爺爺雖然不知道他為什麼要毫無保留地告訴自己這些事，但是既然老朋友都這麼說了，自己也不好意思說不愛聽。

而在一旁的奶奶急不可耐地問道：「你倒是說呀！」

她心想楊道士的名氣比爺爺大得多，他總不至於像別人一樣在年頭上請爺爺去做些雜事，所以她絲毫沒有要抑制自己的好奇心的意思。如果是別人，聽到這裡她就會對爺爺使眼色了。

楊道士說，在衝向怪物的時候，他一直閉著眼睛，所以不知道怪物會不會躲開。但是隨後他聽見了肉體撕裂的鈍聲，分明是刺中了目標，他心中一陣狂喜。

「師父……」那個怪物沒有哀嚎叫喊，卻悶悶地喊他叫「師父」。

楊道士的狂喜立即灰飛煙滅，聽那聲音，可不是自己的徒兒？

他睜開眼來，果然發現面前站著的不是別人，正是自己的大徒弟。而他手上的短刀，不偏不倚地正刺在大徒弟的胸口，鮮紅的血液正從他的胸口咕嘟咕嘟地冒出來。楊道士感覺自己的手頓時變得熱乎乎的。

直到這個時候，楊道士才知道自己受了鬼類的魅惑，失手殺了自己的徒弟，當時就嚇得抖抖瑟瑟，幾欲奪門而逃。可是轉念一想，逃得了和尚跑不了廟，自己這一把年紀了，能跑多遠，能跑多久呢？

他慌忙朝外叫喊小徒弟的名字。小徒弟沒有回答。他猜想是小徒弟出門挑水去了，一時回不來。這裡除了他之外，再也沒有第二個人知道這件事情，於是，他一不做二不休，迅速找了一塊乾布將大徒弟的屍體包裹起來，埋在了道觀後面的一棵小桃樹旁邊。

幸虧那棵桃樹是小徒弟前兩天從別處移植過來的，土壤還很鬆軟。楊道士沒有費多少力氣就挖了一個足以埋下大徒弟的淺坑。

在小徒弟吃力地挑著一擔井水回來的時候，楊道士不但已經將大徒弟的屍體埋好，並且將睡房裡的血跡也擦拭得乾乾淨淨。

小徒弟見大師兄不在道觀，便詢問師父。楊道士推說大徒弟剛才接到家裡捎來的口信，說是他的父親病重，他急匆匆回家照顧父親去了。小徒弟並未生疑。

話說這大徒弟的家在離道觀三十多里的一個偏僻小村莊，父母都是老實巴交的農民。因為那個小村莊田不肥地不沃，忙了春夏秋冬卻飽不了早餐晚餐，那對老實巴交的農民才將兒子送到道觀裡做道士的徒弟。不望他學些什麼方術異術，只求家裡少一張吃飯的嘴。

因為臨近過年，家家戶戶殺豬宰羊，準備過年的吃食。楊道士的大徒弟家也不例外。就在楊道士失手殺死大徒弟的那天，大徒弟的父親正在屋前的地坪裡殺豬，母親正在屋內燒泡豬用的開水。

這時，一個身穿黑衣的陌生人走了過來，直往屋裡闖。大徒弟的父親心下生疑，大聲喝問來者是誰。

那個身穿黑衣的人連頭都不回，直接走到火灶旁邊，伏在燒火的女人耳邊悄悄道：「妳家兒子被他師父殺害啦！屍體就埋在道觀後面的小桃樹旁。」

話說完，那人轉身就走。

大徒弟的父親手裡拿著殺豬刀，卻不敢攔住那黑衣人。黑衣人看了看那把沾滿血腥氣的殺豬刀，繞了一大圈後離去了。

大徒弟的父親跑進屋裡，問妻子道：「那個人是誰？跟妳說了什麼話？」

他妻子扔下手中的火鉗，臉色蒼白如紙。「我也不知道那個人是誰，聽那聲音連是男是女都分不清楚。那人對我說，我們的兒子遇害了！」

大徒弟的父親愣了一下，而後哈哈大笑道：「怎麼可能！我兒子跟楊道士學的是捉鬼、驅鬼，都是給人做好事，不可能得罪別人的，哪裡會有人要謀害我兒子呢？」

49

他妻子嘴角勉強抽出一個笑意，道：「說是這樣說，可是我心裡不踏實。要不，我們去道觀看看兒子，好不好？如果親眼看到我們兒子還健健康康的，我才能放心。」

大徒弟的父親大手一揮：「妳們女人就是心裡掛不得一點雞毛蒜皮的東西。那個黑衣人只是開個玩笑嘛！妳哪裡能當真？」說完，他提著殺豬刀就要往外走。地坪裡的豬肉還等著他去切割成一條一條的，然後用細草繩掛起來。

他妻子跟隨著從殺豬刀上滴下的血跡走到門口，嘴裡依然唸叨著她的兒子。

大徒弟的父親後來對楊道士說，當時他根本沒有想過孩子的師父會殺害徒弟，孩子的師父是遠近聞名的驅鬼道士，沒有可能也沒有必要殺人。他手腳麻利地將案板上的豬肉條條分開，然後將早已擰好的細草繩穿進豬肉裡。

「來，別在那裡站著。做點事吧！越想心裡會越亂的。」他朝門口唸唸叨叨的妻子招手道，沉重的豬肉使他的鼻尖冒出一層細密的汗珠。

他妻子嘴巴不停唸叨，沒有想動的意思。

這時一陣微風吹了過來，輕輕地掠過他的鼻子，絲絲涼意侵蝕著他的鼻尖。

他突然發現，自己的雙臂沒有力氣抬起案板上的豬肉。原來他嘴上雖說沒事，但是心裡早就起了一個疙瘩。鼻尖上的涼意似乎要告訴他一些不為人知的事情。他頓時改變了主意，朝門口的妻子看了一眼，點頭道：「好吧！我們去道觀看看兒子。快過年了，我們順便去問問楊道士，能不能讓我們的兒子回家過了初一再走。」

見丈夫答應了她的請求，他妻子立即回屋裡收拾東西，稍微整理一下頭髮。大徒弟的父親將豬肉和案板一起拖進屋裡，然後兩人一起趕往三十多里外的道觀。

當趕到道觀的時候，他們就發現情況有些不對頭。道觀外面站了許多的人，在議論紛紛。他們夫婦倆面面相覷，頓時心頭一涼。

「楊道士怎麼啦？」大徒弟的父親湊近人群，嗓子有些失真地問道。

「楊道士今天不給任何一家人作法，這不像是他的作風啊。他從來都是爽爽快快的，今天不知是怎麼了？」其中一人回答道。

另外一人道：「可不是生病了吧？」

先前那人立即擺手道：「不可能的，我今天早上還見到他出來買菜呢！健旺得很！他的小徒弟也是好好的，出來挑水的時候還跟我打了招呼呢！」

大徒弟的父親急問道：「您是住在附近吧？那您有沒有看見他的大徒弟呢？」

那人搖搖頭：「我沒有碰到他。」

大徒弟的父親心中一沉。他妻子在身後一把抓住他的胳膊，他能感覺到妻子的緊張。回頭一看，妻子的臉幾乎扭曲變形。他結結巴巴地勸慰道：「妳……不要……不要緊張。也許是兒子……生病了，他們……他們想留在道觀照顧我們的兒子……」

旁邊那人問道：「你們就是楊道士的大徒弟的父母親呀？哎喲，不說還好，一說我這才發覺楊道士的大徒弟長得和你們有幾分相像呢！」

大徒弟的母親急忙問道：「對，我們就是他的父母，我想問問您，這幾天您見過我兒子沒有？他是不是生病了？還是出了什麼其他的事？」她急不可耐，一把抓住那人的手，問題像連珠炮似的。

那人見她如此緊張，情緒立即被她感染，緊張兮兮道：「我昨天還見過楊道士的大徒弟，一般出來買菜的都是他的大徒弟。今天見楊道士親自出來買菜，我還猜想他的大徒弟是不是生病了呢！」

那人旁邊的人笑了起來：「原來我猜得準，楊道士沒有生病，但是他的大徒弟生病了。難怪今天他不做法事！」

他們夫婦倆卻不能跟著笑出來，當下相互攙扶著走進道觀。

剛剛跨進道觀，他們迎面就撞上了同在楊道士門下的小徒弟。那個小徒弟跟著師兄去過他們家幾次，所以認得師兄的父母親。他見師兄的父母親相互攙扶著進來，奇怪道：「莫不是師兄家裡又出了什麼鬼怪吧？今天怎麼找到道觀來了？」

大徒弟的母親擺手道：「我們家裡沒遭遇鬼怪事情，我們這次來就是……」

大徒弟的父親急忙打斷她的話：「對，對，我們這次來就是為了看看兒子，叫他記得至少初一回家一趟，給村裡的長輩拜拜年。」

大徒弟的母親會意地看了一眼丈夫，把後面差點脫口而出的話變成了簡單的「嘿嘿」笑聲，並順著丈夫的話連連點頭。

小徒弟兩彎眉毛往中一擠，迷惑不解道：「師父今天早上說，師兄家裡有急事，匆匆忙忙回了家呢！你們怎麼會找到這裡來呢？難道師兄沒有回家？」小徒弟看了看師兄的父親，又道：「師父說大伯您得了重病，師兄收到家中的口信才一大早就離去的呢！看您的樣子，不像是得了重病呀？」

大徒弟的母親渾身一顫，幾乎癱倒。大徒弟的父親連忙攙扶住她，在耳邊小聲道：「別急別急，也許是我們跟兒子離開的時間錯開了，現在他剛到家，我們卻跑到道觀來了。是不是？妳別急，待我把事情問清楚。」

大徒弟的母親雙眼噙著淚水問道：「那麼，那個黑衣人是誰呢？」

大徒弟的父親焦躁道：「我哪裡知道！」

他們倆的對話聲音雖小，但是小徒弟耳尖，將他們說的話一一收進耳朵。小徒弟搖頭道：「你們不可能錯開的。師父告訴我師兄離去的時候，天才濛濛亮，算到現在足夠從你家走到道觀兩個來回了。對了，你們說的黑衣人是誰？」

50

「我沒來得及看清楚。」大徒弟的母親回答道。

大徒弟的父親急得直跺腳，低聲吼道：「到這個時候了，你們還談什麼黑衣人！小師父，你快告訴我們，你師兄離開這裡之前有沒有異常的表現？或者……有沒有跟你師父發生什麼爭執？」

小徒弟搖搖頭：「沒有啊！我沒發現師兄有什麼異常啊！師父跟師兄從來沒有什麼過節，怎麼會有爭執呢？」

大徒弟的母親則直接問道：「那麼，你發現師父最近有什麼不正常嗎？」

小徒弟又搖搖頭。

大徒弟的母親又問道：「那為什麼你們今天不給人家做法事呢？是不是師父生病了？」大徒弟的父親在旁連連點頭，渾身怕冷似的縮成一團，雙腳用力地跺地。

小徒弟皺了皺眉頭，道：「也沒有哇！我心裡也奇怪呢！師父為什麼不答應給人家做法事了呢？即使師兄不在這裡，他一個人也做得過來呀！」

大徒弟的母親暗叫一聲「壞了」，立即往道觀深處走。大徒弟的父親一把拉住精神有些失常的妻子，焦躁道：「妳急什麼呢！妳知道楊道士住在哪個房間嗎？」大徒弟的母親雙眼有些空洞，雖被她丈夫拉住，但是腳還不停地抬起放下，繼續往前「走」。

小徒弟見他們這樣，便主動請纓道：「我知道師父在哪個房間，我帶你們過去吧！」說完，他引著這對夫婦往另一個方向走去。

走到楊道士的房間時，楊道士正捧著一本《三十九章經》唸誦：「……太初天中有華景之宮。宮有自然九素之氣。氣煙亂生，雕雲九色。入其煙中者易貌，居其煙中者百變。又有慶液之河，號為吉人之津。又有流汨之池，池廣千里，中有玉樹。飲此流汨之水，則五臟明徹，面生紫雲。……」

小徒弟當然能聽清楚師父唸的正是《三十九章經》中的第二十二章。可是這對夫婦哪裡聽得進道士唸經，大徒弟的母親毫不避諱，開門見山問道：「楊師父，打擾您唸經了。請問我的兒子在哪裡？」

楊道士唸經的時候是閉著眼睛的，手裡拿的經書不過是個擺設，所以並沒發現進門的正是被他殺害的大徒弟的父母親。他只聽見了進門的腳步聲，正要問小徒弟怎麼把客人引到他唸經的房間裡來了。未料他還未開口，卻聽得一個略帶顫音的詢問。他的故作寧靜如透明而脆弱的玻璃，立即被這個壓抑著更深一層情感的聲音打破。

他嚇得扔掉了手中的經書，雙目圓睜：「你們怎麼找來了？」他哆哆嗦嗦地指著大徒弟的父母親，臉上的表情已經將他所有的隱藏出賣。

見這對夫婦目光兇狠如老虎一般緊緊盯住他，他慌忙收回目光，轉而詢問小徒弟：「他們怎麼找到道觀裡來了？」

小徒弟如實回答道：「您今天早晨說師兄回家了，但是他們沒有見到師兄，所以找到這裡來詢問。」

楊道士心中一個嘀咕，乾嚥了一口，努力保持最初的寧靜，可是欲蓋彌彰。他舔了舔嘴邊，奇怪地問道：「你們怎麼這麼快就找來了？誰告訴你們的？」

大徒弟的父親見楊道士這番模樣，一陣不祥的預感襲來，他提高聲調問道：「楊師父，我們沒有別的意思，就是來看看我們的兒子。您說我兒子回家了，可是我們沒有碰到他。請您告訴我，我兒子是不是……」

大徒弟的母親卻不跟這個道士繞彎子，情緒激動地問道：「我兒子是不是被你殺了？」

楊道士對爺爺說，他聽到這一句話的時候，剎那間並沒有罪行被人揭露的害怕，心裡只有一個聲音在不停地問自己：「是誰告訴他們的？」

小徒弟聽見師兄的母親說出那句話來，急忙幫師父辯解：「您不要著急，我師父怎麼會殺害師兄呢？師兄只是暫時找不到而已，但是他會回來的。」他見師兄的母親如狂風中的弱柳搖搖欲倒，急忙上前去扶她。

可是師兄的母親橫手扒開小徒弟，直接謪到楊道士面前，吼道：「你這個臭道士！衣冠禽獸的畜生！你為什麼要殺了我兒子？我們無冤無仇，你為什麼要這樣對待我兒子呀？」幸虧她丈夫還算清醒，硬生生拉住了她。要不然這個發了瘋一般的女人肯定會如一頭母獅子撲到老鼠一般的楊道士身上撕咬。

楊道士對爺爺說，當時他已經感覺到事情敗露了，但是出於本能還要做最後的抵抗：「妳憑什麼說我殺了妳兒子？也許妳兒子在回家的途中臨時改變主意去了別的地方呢？」

大徒弟的父親也低聲對妻子道：「妳別亂來，或許兒子有別的事。不一定就是他殺了我們的兒子。」

大徒弟的母親完全控制不住自己了，狂吼道：「你騙人！我兒子就是被你殺了！他的屍體就被你埋在道觀後面的小桃樹旁邊！」

站在一旁的小徒弟驚訝不已：「那是我前些天移植過來的，妳好久沒有來過道觀，妳是怎麼知道那棵小桃樹的？妳可不要冤枉了我師父，肯定是有人在造謠生事。」

大徒弟的母親咬著嘴唇點頭道：「好，如果你師父帶我們去那裡挖挖看，如果我兒子不是被掩埋在那裡，我就向你師父道歉！」

楊道士此時已經不再想怎麼去掩飾了，既然她不但知道她兒子死了，還知道她兒子的屍體藏在哪裡，再怎麼掩飾也是多餘。楊道士腦子裡盤旋著一個問題：是誰要這樣害我？害我的那個物件有什麼目的？

51

所謂當局者迷，旁觀者清。只要聽了楊道士講述的人，自然而然會知道那個黑衣人跟之前找他給老母親治病的姿色婦女肯定有聯繫。如果再要問下去，黑衣人是不是那個婦女的什麼親人，那個黑衣人是怎麼跟婦女溝通的，那就不得而知了。

大徒弟的母親不等楊道士反應過來，便拉著小徒弟去了道觀後面。

如果不是心中已經有了懷疑，誰也看不出那棵小桃樹周圍的鬆土有什麼異常。但是大徒弟的母親是得了消息才找來的，她一眼就看出了其中一塊地方的泥土顏色比周圍要重那麼一點點。

小徒弟還愣愣地站在那裡時，大徒弟的母親就已衝到了小桃樹旁邊，撲倒在地，兩隻手如覓食的老母雞一般在泥土上扒撥。才扒去兩三層泥土，一條褲腰帶便從泥土下面露了出來。大徒弟的母親頓時嚎哭了起來。

此時，大徒弟的父親完全相信了妻子的話，不，應該說是相信了那個黑衣人的話。他也情緒失控，撲倒在他兒子被埋葬的地方。

由於楊道士處理屍體的時間極短，所以沒來得及把大徒弟的屍體埋得深一些。大徒弟的父母很快就將變得僵硬的兒子搬出了坑。大徒弟的母親拼命地給兒子擦拭眼睛，一邊擦拭一邊哭嚎道：「兒啊！你眼睛裡進了泥土呀！會不會眼睛痛呢？媽媽幫你吹出來啊！我兒乖，媽媽就把泥土弄出來啊！」

她兒子的眼睛還是睜開的，可是眼眶裡已經被濕軟的泥土填滿，還有嘴巴和鼻孔。那樣子已經不像是一個人，而是像一個剛剛捏好的泥娃娃。

小徒弟見此情景，嚇得張大了嘴巴，卻怎麼也叫不出聲來。

楊道士從房間裡走到道觀後面來，看著那對可憐的夫婦抱著已經變冷的兒子拼命搖晃，心裡又悲痛又氣憤。

楊道士講到這裡的時候，已經哽咽不能成聲。當時我沒有在爺爺家，後來聽奶奶說，楊道士講到大徒弟的屍體被發掘出來，拳頭攥得嘎嘎響，臉色煞白煞白，幾次幾乎暈厥過去。奶奶連忙拿一條蘸了熱水的毛巾敷在楊道士的額頭上。楊道士這才緩過氣來，給爺爺奶奶講述後面的事情。

在爺爺和奶奶給我複述當時的情形時，我也幾乎窒息。不是因為恐懼那個婦女，而是實在急著知道是誰要這樣陷害楊道士。楊道士是專門給人家唸咒驅鬼的，爺爺雖然是一個典型的傳統的農民，但是他也經常做楊道士給人做的事。

如果有人刻意要這樣謀害楊道士的話，難保下一個被陷害的不會是爺爺。

那時，我甚至將《百術驅》的遺失，還有那個討要月季的乞丐，和楊道士這件事聯繫在一起。

巧的是，奶奶跟我的想法一樣，她也急著知道楊道士後面的事情。如果時間能夠倒流，我們倒該擔憂奶奶的身體健康了。那次年剛過完，奶奶就遭遇了一場劫難。那次劫難在很大程度上影響了爺爺。當然，那都是後話，等合適的時候再一一說明。

大徒弟的父母親挖掘到他們兒子的屍體之後，憤怒難當地將楊道士告上公堂。

楊道士沒有對自己做任何辯護，對失手殺死大徒弟而後偷偷掩埋的罪行一一供認不諱，也願意一命抵一命。他唯一的要求就是寬限他七天時間，由於他沒有子嗣，他用這七天時間來跟舊朋老友道別，並且安排好身後的事情。由於他的認罪態度很好，他的要求得到了允許。

他在即將過年的時候來爺爺家，就是要跟爺爺道別的，並且向爺爺道歉。因為他原來一直認為爺爺和姥爹都將一身的本事浪費了，一直從心底看不起爺爺和姥爹這樣的「懦弱無能」的人。而他在眾人的追捧中飄飄然，以為自己就是救世濟民的「神仙」，的確也有人開始叫他「楊半仙」了。可是沒有想到這樣的「神仙」卻被一個婦女不明不白地弄得身敗名裂。

「我不該這樣炫耀自己的。」楊道士痛苦地說道。

爺爺連忙道：「快別這麼說。蘿蔔青菜，各有所愛。我喜歡的生活方式只是跟你的不一樣而已。沒有對與不對，錯與不錯。」

楊道士連連嘆氣。

奶奶不服氣道：「楊道長，我說幾句不中聽的話，請你不要在意。」

楊道士語氣低沉道：「妳說吧！我以前疏遠了岳雲，是我的不對。我哪裡還能在意你們怎麼說我呢？」

奶奶搖頭道：「我不是要說你壞話。我的意思是，難道你就這樣等著七天結束？然後等待死刑執行？這件事這麼奇怪，而你自己是做這行的，為什麼不把事情弄清楚呢？難道你就讓那個婦女得逞嗎？」爺爺聽了奶奶的話，點頭不迭。

楊道士為難道：「我到哪裡去找她呢？既然她的奸計已經得逞，肯定不會再出現了。就算要出現，也是等我魂歸九泉以後了。唉……」楊道士無可奈何地搖頭。

爺爺摸了摸下巴，嗞嗞地吸氣，在屋裡來回踱步。

奶奶看了一眼爺爺，問道：「楊道長說得沒錯，她已經成功地陷害了楊道長。恐怕這段時間是不會再出現了。你來來回回地走什麼？難道你能想出什麼好辦法？」

爺爺側頭看了看門外，彷彿那邊有個什麼人走來似的。奶奶和楊道士都伸長了脖子朝相同方向望去，可是什麼都沒有看到。奶奶問道：「老伴，你看什麼呢？」

爺爺道：「我在想，如果我得罪了一個人，而那個人想要報復我，我不可能站在門口望著他來家裡給我一個道歉的機會。」

楊道士似有所悟，問道：「你的意思是她不會主動再來找我，我應該去找她。是嗎？」

奶奶立即搶言道：「都說了她不會再出現，找也不是白找嗎？」楊道士跟著點頭。

爺爺從口袋裡摸出一根菸來，捋了捋，道：「她不是說過她住在哪裡嗎？」

52

不待楊道士自己辯解，奶奶早已耐不住脾氣道：「你沒聽楊道士說嗎？那個婦女原本就是騙他的。李樹村那裡根本就沒這個人。你怎麼去找她？」

爺爺將菸放到鼻子前面嗅了嗅，道：「那個婦女不是也說了嗎？她說楊道長既然已經到了李樹村，那就離她家已經不遠了。她還問楊道長為什麼不多問問，她的家就在附近。」

爺爺看了看楊道士，又看了看手中的香菸，遲緩地將香菸放回兜裡。

自爺爺將香菸掏出來開始，奶奶的眼睛就沒有離開過那根香菸。奶奶見爺爺收回了菸，這才側頭看了看楊道士。

楊道士見爺爺和奶奶都看著他，攤開雙手道：「我問過許多人了，誰也沒有聽說過叫李鐵樹的人。其實也不用問許多人，如果村裡有這個人，住在那裡的人難道會不知道嗎？你們說是不是？」

奶奶點點頭，爺爺則皺起了眉頭。

楊道士嘆氣道：「算了吧！雖然心裡不服，但是我不得不認栽了。」

爺爺立即打斷他的喪氣話，怒道：「楊道長，您這說的什麼話呢？有些鬼類，如果你放任它害人，它害了一個還會接著害下一個。你幫人家唸咒驅鬼這麼多年，難道連這個道理也不懂嗎？別人遇到了不好的事，請你去幫忙。如今你自己遇到了，怎麼反而沒了主意呢？可不是因為自己給自己辦事沒有錢收嗎？」爺爺說的最後一句可謂是他生平中說得最狠、最挖苦的話了。即使與對手鬼類說話，他也是罵則罵罷了，撫慰則撫慰罷了，幾乎不用挖苦的話。爺爺的平緩性格使他很難用心去挖苦別人。

而此時爺爺將「自己給自己辦事沒有錢收」的話說了出來，連我也分不清爺爺是為了對楊道士使用激將法，還是真的生氣了。

楊道士聽了爺爺的話，如被針刺了似的一驚。奶奶也是瞪圓了雙眼看著爺爺，彷彿面前這個人不是她跟著過了半輩子的老伴。

「既然它是一害，我們要嘛消除它的怨恨，要嘛將這一害除去。不可袖手不管。」爺爺揮著手道。

楊道士縮了縮身子，好像害怕爺爺似的，怯怯地說道：「我現在是泥菩薩過江，自身難保。哪裡還有能力去管別人呢？我知道那個怪物害人，但是不管怎樣，大徒弟確實是我親手殺死的，我負有不可推卸的責任。」

爺爺不滿地看了一眼身穿道袍、頭戴道巾的楊道士，冷冷道：「哦？你自己反正幾天之後逃不了死罪，所以你就放棄了？」

楊道士渾身一抖，聲音低得像蚊子嗡嗡道：「不是，不是這樣的……」

「那個婦女既然說出了李鐵樹這個人名，肯定有她的意思。我們不妨再去一趟李樹村。你覺得呢？」爺爺問楊道士道。爺爺的話剛說出口，奶奶的臉色便已經出現了不如意的表情，但她只是咂咂嘴，沒有把心裡的話說出來。

楊道士淡然一笑，笑得有些悲苦：「岳雲，謝謝你的好意了。我看我還是抓緊時間去跟老朋友道別，然後準備自己的棺材比較好。」

奶奶見楊道士自己都不願意，連忙幫腔道：「是啊！你就別插手了。人家自己都已經認了，你又何必從中作梗呢？」見楊道士的杯子裡沒有水了，奶奶急忙給楊道士添茶加水，殷勤得不得了。

爺爺道：「老伴，妳不知道。他說的李樹村離我們這裡其實不遠。在楊道長口裡，李樹村離他的道觀有三十多里路，但是李樹村的位置在他的道觀和我們這裡的中間，所以，李樹村離我們畫眉還算挺近的。」

說到李樹村的位置，我還是比較熟悉的。李樹村在楊道士的道觀和畫眉村之間，而我們常山村又在李樹村和畫眉村之間。因此，我家離李樹村的距離更近。

可是對奶奶來說，她的腳步到過的最北邊的地方就是我家，到過的最南邊的地方就是她的娘家洪家段。所以她不知道李樹村在哪裡是情理之中的事情。

奶奶極不情願地「哦」了一聲，把最後一線希望寄託在了楊道士身上。

楊道士拿起奶奶倒好的茶水，細細地喝了一口，偷偷覷了爺爺一眼，只見爺爺臉色滿是焦急之色，頓時心生感激道：「那好吧！我看是沒有希望了。不過既然你這麼熱心，我就帶你去一趟吧！」

在奶奶跟我講起這段事的時候，她又是生氣又是好笑地說：「本來是楊道士要來求你爺爺的，現在倒像是爺爺求著楊道士，楊道士擺架子極不情願才答應。平常就算你爺爺花了精力幫了別人，至少別人是求著拖著他去的。可是在楊道士這件事情上，情況怎麼就變成這樣了呢？亮仔，你說我心裡能不氣嗎？」

我只好勸慰了奶奶一番，道：「事情都已經這樣了，換了是我，我也會像楊道士那樣消極呢！」

奶奶點頭道：「你爺爺和那個楊道士又是故友，我在旁不好發脾氣。他們一起出門時，我還不能攔。」

由於奶奶不好意思阻攔，爺爺和楊道士順利地出了門，趕往李樹村。

由於他們兩人都上了年紀，走路已經不像年輕人那樣快，而爺爺不但遭受反噬作用的折磨，在楊道士來之前還幫馬巨河忙了一陣，身體已經有些吃不消了。他們倆直到太陽落山才趕到李樹村。

53

他們看見路人便問附近有沒有名叫「李鐵樹」的人家。結果可想而知。那個婦女本來就是為了騙我的，怎麼會說一個真名字呢？

楊道士攤開雙手道：「你看，這裡真的沒有叫李鐵樹的人。」

爺爺環顧四周，見一位老農扛著一把鋤頭正從水田裡上岸，忙走過去詢問道：「您好，我想問問，你們這裡有沒有一個名叫李鐵樹的人？或者……這裡曾經有沒有過一個這樣的人？」楊道士見爺爺去問別人，只好怏怏無力地跟在後面。

那位老農將被水浸成薑黃色的腿從水田裡拔出來，一邊捏著被凍得麻木的腳趾，一邊回答道：「我在這裡生活了六十多年，從來沒聽說過李鐵樹這個人。」

爺爺給老農遞上一根菸，摸了摸口袋，沒有帶火柴，便笑道：「您看看我這記性，帶了菸忘了帶火。」

老農笑了笑，正準備將香菸夾到耳朵上。楊道士走上來，從腰間掏出一個黃紙，然後將黃紙捲成一卷，用中指在黃紙卷上彈了三下。「哧」的一聲，黃紙卷的頂端竄出了暗紅色的火苗。楊道士將黃紙卷遞給老農。

老農眼前一亮，驚喜道：「您是道士？是不是畫眉村的那個道士？」

楊道士尷尬道：「我是道士，但是我不是畫眉村的。畫眉村的道士是給你菸的這位。」

爺爺連忙擺手道：「這位才是道士，我是畫眉村的，但不是什麼道士。」

老農點燃了嘴上的香菸，道：「你們倆這樣說來說去，說得我更加糊塗了。不過我見你能隨身帶著符咒，我就肯定你是道士了。哎呀，我的眼睛有些白內障的毛病，看人看不清楚。等你走到我面前了，我才發現您身上穿的是道士服呢！」

老農一把拉住楊道士，手有些顫抖，激動道：「您來了就好了。我正想去找您呢！我想問問您，一個女人如果沒有跟男人做過那種苟且的事情，她會不會懷孕？」

楊道士啞然。一是因為他本來是詢問別人的，沒想到別人反而來問他問題；二是這位老農的問題十分古怪。

爺爺笑道：「您問這個做什麼呢？誰都知道，男女之間如果沒有那個事的話，是不能繁衍後代的。您連這個都不知道嗎？還非得找個道士來問？」

老農擺擺手中的菸道：「咳，我知道我問別人，別人都會這麼說。所以我想找個道士來問問。沒想到你們也是這樣回答。」一從菸頭冒出的煙霧隨著老農的擺動在空氣中畫出一個問號來。

楊道士竊竊拉住爺爺的袖子，輕聲道：「我們問的這個人恐怕是個精神不正常的人吧？走，我們還是回去吧！看樣子是問不出什麼來了。」

爺爺卻不理會楊道士，仍舊滿臉堆笑問道：「您既然知道別人都會這樣回答，那您為什麼還非得找我們問呢？您是不是遇到什麼事了？」

那位老農長長地嘆了一口氣道：「我那個孫女不聽話，做了丟臉的事……」

他的話一說出，爺爺和楊道士就知道這位老農煩的是什麼事情了。

那位老農又道：「我不相信我的乖孫女會做這樣的事情，她十八歲都不到哇，怎麼會變壞呢？我就問她，是不是受了什麼人的誘惑，或者是自己犯了錯。她堅持說沒有。可是她精神恍惚，動不動就想吐，越來越喜歡吃原來碰都不碰一筷子的酸菜。眼看著她的肚子也漸漸大了起來，原來的衣服穿著都有些緊了。現在只有我們自家人知道，但是過了年，那肚子肯定就藏不住、掖不住了。所以我想找個道士問問，一個女人有沒有可能不跟男人那個的情況下也懷上孕。你們既是外來人，又是助人為樂的高深道士，我就不妨說給你們聽聽。」

爺爺點點頭，對老農的信任表示感謝，然後道：「也許是你孫女不想將那個男人說出來吧？」

那位老農一愣，道：「難不成我孫女喜歡上的是一個有婦之夫？」

爺爺勸道：「您不要胡思亂想。您多給您的孫女勸說，也許她就肯說了。」

未等爺爺將勸人的話說完，那位老農彈了彈菸灰，底氣十足道：「不會的，我孫女前段時間還問我，男人和女人為什麼非得結婚。她連這個都不懂，怎麼會做那些苟且的事呢？我相信我孫女沒有跟人做過那些事。」

楊道士聽了老農的話，忍不住笑出聲來，暫且忘了自己的心頭事。楊道士悄悄對爺爺道：「還相信呢！肚子都已經大了，能不是跟別的什麼人做過那事嗎？」

老農一本正經道：「真的，我孫女不是那種人。」

爺爺對那位老農道：「您這事我們暫時幫不上什麼忙。時候不早了，我們還要去找李鐵樹，您也早些回家吧！回家了多勸勸您孫女。」

因為還是沒有得到任何有用的消息，爺爺和楊道士打算就此打住，各自回家算了。

他們走到村頭分岔的地方，正要分道揚鑣，未料剛才那位老農從後面追了上來，雖然距離只有五十多米，但是他仍大聲嚷道：「前面兩位是不是剛才的兩位道士？」

可見他的視力確實差到了一定的程度。

爺爺後來回憶道，那位老農快撞到楊道士的鼻子時，才將他們認出來。

「幸虧你們還沒有走遠。」老農拉住楊道士的道袍，喘氣不已。

楊道士不耐煩道：「您是不是還要問您孫女的事情？」

老農搖頭，指著爺爺道：「剛才他說要找一個名叫李鐵樹的人，我確實不認識。但是他臨走前說你們還要去找李鐵樹，我馬上就想起來了。」

楊道士又好氣又好笑：「您的意思是，李鐵樹那個人你不認識，但是你知道李鐵樹？」

54

老農一本正經地點頭道：「對呀！叫李鐵樹的人我確實不認識，但是李鐵樹我還是知道的。我們村裡有一棵鐵樹，在那邊山底下。」老農反過身來指著不遠處的一座高山。

「哦？」爺爺眼前一亮。

老農又說：「奇怪的是，挨著那棵鐵樹還長著一棵李樹。李樹和鐵樹之間的間隙還不夠插進一個手掌。我從來沒有見過兩棵樹長得這麼近。有的人就戲稱那兩棵樹叫做李鐵樹。所以你們問人家一個名叫李鐵樹的人，別人當然不知道了。」

「原來這樣！」楊道士驚叫道，「難怪那個婦女說我已經走到了她家附近呢！」

「哪個婦女？既然她家在附近，為什麼不直接告訴你呢？」老農不解道。

楊道士擺擺手道：「沒……沒什麼事。謝謝您了！」

老農又道：「奇怪的是，今年那鐵樹居然開了花。村裡人都說奇怪呢！因為自從發現這棵樹後，還沒有人見過它開花呢！我記得陳毅將軍在《贛南游擊詞》裡說過，大軍抗日渡金沙，鐵樹要開花。沒想到我還能看見鐵樹開花。」後來我知道這個老農參加過紅軍，爬雪山，過草地，他都參與過。所以他能記得陳毅將軍的詩詞並不奇怪。

楊道士急忙道：「您能不能帶我們過去看看？」

爺爺卻打斷楊道士的話，道：「您告訴我們怎麼去那裡就可以了。您眼睛不好，還是早點回家吧！晚了容易摔跤。」

那位老農給爺爺和楊道士指明了道路，便巍巍顛顛地離開了。

楊道士埋怨道：「你何不讓他帶我們去呢？我們自己去找豈不是很麻煩？」

爺爺道：「首先，他眼睛不好，晚回去家裡人免不了擔心。其次，對那個害你的婦女來說，他是個陌生人，如果他也去了，說不定那個婦女不想見你。所以，還不如我們倆自己過去的好。」

楊道士訕笑道：「還是你考慮得周全。」

走過了十多條田埂，躍過了十多條水溝，經過一塊荒草地，繞過三、四個饅頭墳包，爺爺和楊道士終於找到了那棵「李鐵樹」。

爺爺一邊走一邊嘆氣。

楊道士禁不住問爺爺道：「您怎麼老嘆氣呢？有什麼鬱結的事嗎？」

爺爺抬頭看了看周圍的環境，道：「我是在為這塊風水寶地嘆氣呢！」

楊道士經爺爺一提醒，也看了看周圍的山和水，草和木。然後他點點頭道：「不仔細看還不知道，細細一看，發現這裡真是一塊風水寶地呢！」話說完，楊道士看了看剛剛走過的幾個墳墓，讚揚道，「這幾家選墳地的人挺有眼光的。」

楊道士停下腳步，按了按太陽穴，瞟了一眼爺爺，狐疑地問道：「既然是塊風水寶地，你嘆什麼氣呢？是不是嘆息畫眉村那裡找不到這樣好的風水寶地？」像爺爺這一輩的人，互相之間討論將來的後事已經毫不忌諱了。所以楊道士說的話並無不敬。

爺爺笑道：「你只看這附近的地形，當然就會以為這真是一塊風水寶地了。但是你看看我們走過來的那條路。」爺爺扶住楊道士的肩膀，指著他們倆走來的方向。

楊道士看了看，問道：「我們走來的路怎麼了？」

爺爺道：「這山被四周的水田困住，唯有一條出路就是我們走過來的那條田埂。可是田埂又細又窄，攔路的水溝就有十多條。你說，這塊風水寶地可不是浪費了嗎？」

楊道士狠狠地拍了一下後腦勺，恍然大悟：「果然！哎，我只看了這山上樹木茂盛，臨水擋風，地勢不錯。沒想到這條出路卻將聚集起來的『氣』堵住了。『氣』不通，就如捂住人的口鼻，過猶不及了！哎，真是浪費了！這樣的風水寶地非但不能成為有用之地，物極必反，反而會變成晦氣之地。」

爺爺笑道：「正是。」

這時，一陣風吹了過來。山上的樹沙沙作響。可是爺爺和楊道士的臉上卻感覺不到半點風，連衣褲都未曾抖動半分。再看看地上，從他們繞過的那幾座墳地起，後面的草都靜靜的，絲毫不動。而墳地前的草卻翩翩起舞。

楊道士望了爺爺一眼，臉色極為難看。

爺爺寬慰地拍拍他的肩膀，道：「所有的好都有可能變成壞，但是所有的壞也有可能變成好。它既然用了心來害你，肯定是對你有什麼怨念。你不用害怕，解開這個怨結或許就好了。」爺爺將楊道士護在身後，腳步輕輕地靠近「李鐵樹」。

從爺爺的這個角度看過去，那兩棵樹果然長得很奇怪。一棵李樹跟一棵鐵樹挨得極近。由於李樹的主幹不明顯，分枝特別多，而鐵樹主幹雖然明顯，但是葉片寬大，所以兩棵樹以極其糾結的姿勢靠在一起。看上去就如兩個相互懷著敵意的人，卻偽裝著善意，以非常生硬的姿勢擁抱在一起。這樣靠在一起的兩棵樹，人只要看一眼就會覺得渾身難受。

楊道士第一眼看見這棵「李鐵樹」的時候，忍不住打了寒顫。爺爺也愣了一愣。

後來據楊道士回憶，他說他一時間彷彿看到那棵「李鐵樹」變成了那個早晨的怪物，作勢要向他撲來。而爺爺說，他當時想起了姥爹保存已久的許多古書被火焰吞噬的情景，臉上頓時感覺一陣火辣，彷彿姥爹在他臉上摑了耳光。

天色更加暗了，天際已經出現了寥寥幾顆星星。不遠處的李樹村裡響起了一個母親呼喚貪玩的孩子回家的聲音。那個聲音清脆而悠長，浸潤著這個傍晚的空氣，給清冷的傍晚增添了一點點溫暖的意味。

55

楊道士戰戰兢兢地圍著「李鐵樹」走了兩圈，神情不太自然地問爺爺道：「這個……莫非就是那位老農說的『李鐵樹』？」他伸出手來，猶豫不定地摸了摸李樹，又摸了摸鐵樹。驚訝之情溢於言表。

爺爺知道楊道士因為緊張才明知故問，便不答理他，默默地從上到下看了一遍這兩棵挨在一起的樹。

楊道士收回手，眨了眨眼，問爺爺道：「我們已經找到李鐵樹了，可是如果那個婦女不出來，我們不還是白忙了嗎？」

爺爺揉著眼角，彷彿剛才打量這兩棵樹是十分費力的事情。聽了楊道士的疑問，爺爺放下手來，輕輕嘆了口氣，側了頭看了楊道士半晌。

楊道士不知道爺爺為何用那種說不清意味的眼神看著他，頓時有些手足無措，心慌意亂。他鼓起勇氣問道：「你看我幹什麼？我有什麼好看的？」他一邊說一邊不自覺地往後退步，似乎害怕爺爺突然猛撲過去。他的擔心不無道理，因為那個倒楣的早晨，那個婦女就是突然之間變臉，朝他猛撲過去的。此時此地，他沒有理由不多個心眼。

爺爺收回目光，微笑道：「你找到了人家的房子，但是不敲門，人家怎麼知道你來了呢？」

「敲門？」楊道士一愣，「這裡就兩棵樹，哪裡來的門？」

爺爺笑道：「既然沒有門，那叫兩聲人家的名字總可以吧？這樣就可以把屋裡的人叫出來了。你試試。」

楊道士狐疑地看了爺爺半天，不可置信道：「你是不是……是不是出了點問題？這裡屋都沒有，怎麼叫屋裡的人？」他慢慢地走到爺爺身前，伸手作勢要摸爺爺的額頭，兩條腿還是戰戰兢兢的，如篩糠一般。

爺爺拿開楊道士的手，正色道：「我沒有問題，只是看了這樹心裡莫名其妙地忐忑不安，一顆心像懸起來了一樣。感覺有什麼不好的事情要發生，但是我猜不到會發生什麼事情。難不成我老伴在家裡不舒服了？」

「不會的，我們出來的時候她還好好的。就算感冒發燒，也要吹涼風淋冷雨嘛！不要多心。」楊道士嘴上勸著爺爺，眼睛卻往兩棵樹身上瞟。

爺爺點頭道：「也許吧！你叫一下那個婦女。或許她就在這裡等著你呢！」

楊道士撓撓頭，道：「我還不知道她的名字呢！」

爺爺咂咂嘴，道：「你叫李鐵樹就可以了。」

楊道士還是半信半疑，但是他細聲細語地叫起了「李鐵樹」，一連叫了三聲。叫完，他回過頭來看爺爺，道：「你看，這不是沒有效果嗎？你就別耍我了。我們還是回去吧！」

他的話剛說完，他們倆就聽見樹後一個女人的聲音傳來：「這麼晚了，是誰在叫我家男人的名字呢？」

爺爺和楊道士立即面面相覷。

楊道士平時驅鬼唸咒毫無懼色，但是聽到這個聲音後立即嚇得渾身一軟，拉住爺爺的手道：「就是她！就是她！就是這個聲音！」他的手立時變得冰涼，如同死人一樣。爺爺的手如同捂住了一塊散發寒氣的冰。

許多事情都是這樣，發生在別人的身上時，自己可以毫無懼色。但是一旦事情降臨在自己的頭上，立即就會嚇得兩腿發軟。楊道士正是這樣的人。而爺爺幾乎沒怎麼考慮那個女人的聲音，心裡一陣陣的難受，不是反胃那種難受，而是好像失去了什麼似的那種難受。

在向我複述楊道士的事情時，爺爺還是沒有弄清楚當時他為什麼那樣難受，知道奶奶出事後，他最終明白了那是一種不好的預示。而在當時，他怎麼也猜不透其中的意味。

楊道士見爺爺一副心不在焉的模樣，更是失了主意，大叫一聲：「馬岳雲，你倒是替我出主意呀！」

在我們那個地方，如果晚上遇見熟人，是不宜連名帶姓直呼別人的，那樣容易將人的魂魄叫離身體。

奇怪的事情果然發生了！楊道士看見另外一個「馬岳雲」從爺爺身體裡走了出來。而爺爺硬生生地站在原地，保持一副思考的模樣，也許他還在揣摩心裡那個奇怪的感受。從爺爺身體裡走出來的「馬岳雲」朝楊道士笑了笑，但是立即抬起手來擋住眼睛。一股強烈的光芒照在了「馬岳雲」的身上。

楊道士一驚，立刻明白是自己一時口誤，將馬岳雲的魂魄叫了出來。而「馬岳雲」擋住眼睛，是因為他的道袍上有個八卦。他連忙低頭去解開衣裳，將八卦拆開來。

可是對面的「馬岳雲」還擋著眼睛，楊道士這才發現那道光芒不是從自己身上發出來的。他心中一慌，急忙循著光芒看去，只見另外一個人站在「李鐵樹」旁邊，嘴巴微張，也是一動也不動。他原以為他看見的那個人會是一個女人，是他先前見過的那個女人。

如果真如他所料的話，他會驚得渾身一麻，而後立即恢復知覺。因為那個女人出來得雖然突然，但是也是出於意料之中的事。可是當看清那個人的模樣後，楊道士驚得嘴巴張成了標準的圓形，身體堅硬如石頭，連根手指頭都動不了。

那個站在「李鐵樹」旁邊的人根本不是一個女人！而是一個男人！那個男人，沒有誰比楊道士更為熟悉！

56

那個人，就是他自己！

而照在「馬岳雲」身上的那道光芒，正是從那個人的道袍上發射出來的。

原來不只是馬岳雲，他自己也早在不知不覺中離開了自己的身體，也許就在對「李鐵樹」叫名字的時候發生的。

還不等楊道士從驚異中走出來，那個女人的聲音再次響起：「是你嗎？你終於還是來找我了？」緊接著，那個曾經找過楊道士的婦女從樹後走了出來，嘴角掛著一絲冷冷的笑，腳步輕盈。

爺爺用手擋住那道強烈的光芒，瞇著眼睛去看那個婦女。婦女也發現了還有一個人在場，笑道：「原來畫眉村的馬師傅也來了呀！前陣子我還見過你父親呢！哦，不對，應該是幾年前的事情了。」

奇怪的是她不怕楊道士身上發出的光芒，絲毫沒有躲避的意思，從容不迫。風從山頭上颳過，這棵樹的周圍仍然安安靜靜。

楊道士結結巴巴道：「原來……原來你們兩個認識？」

爺爺怕他亂想，慌忙解釋道：「她認識我，但是我不認識她。」

楊道士急忙問那個婦女道：「我跟妳無冤無仇，妳為什麼要逼我到這個地步？妳知道嗎？幾天之後我就要一命抵一命啦！我哪裡得罪過妳？妳叫我來李樹村，我也來過了。找不到妳不是我的錯，我和這位馬師傅也是問了許多人才偶然知道妳在這裡的。這事不能怨我啊！」楊道士攤開雙手，做出一副無辜的模樣。

婦女朝一副可憐相的楊道士看了看，從鼻子裡哼出一聲。

楊道士緊緊相逼道：「我一輩子就為人唸咒驅鬼，從來沒有做過虧心事，我問心無愧。妳為什麼要害我呢？」

婦女怒喝道：「你不就是為了錢嗎？如果人家不給你錢，你願意給人唸咒驅鬼嗎？哼，說得好聽。問心無愧？我想你該有愧才是！我的丈夫和兒子都被你弄死了，你知道嗎？」婦女的兩隻眼睛幾乎要跳出眼眶，砸到楊道士身上去。

楊道士到底是底氣不足，連連後退好幾步。

婦女更加湊近楊道士，怒不可遏道：「你口口聲聲說是為了幫別人，你到底還是為了錢吧？你就是為了錢才將我丈夫和兒子殺死的！你這個可惡的道士，你現在的下場是應該的，還有臉來找我？」

楊道士著急道：「妳……妳……」

婦女毫不退讓，叉著腰道：「我怎麼啦？我丈夫侵犯了你們，你們可以害死他；現在你侵犯了我的家人，我為什麼不可以害死你？我就是要讓你痛苦！要讓你知道被整的滋味！」

楊道士乾噍一口，說不過這個婦女，忙將求救的目光投向一旁的爺爺。

婦女一眼就看出了楊道士的心思，厲聲道：「你不要求他，他知道善有善報，惡有惡報。他前陣子還幫畫眉村裡人治過恐嬰鬼，前世做的壞事，今生還要乖乖地還債。他是不會幫你的。」看來她不但非常瞭解楊道士，還很瞭解爺爺的事情。

婦女又罵道：「人家口口聲聲叫你半仙，你算什麼半仙？你夠資格嗎？如果你是真心誠意幫別人的忙，那我沒有抱怨的話講。我丈夫和兒子那是應得的下場，可是你整死他們，只是為了幾袋米錢。我的丈夫和兒子是罪有應得，那你也應該一樣罪有應得！為什麼偏偏我丈夫和兒子受了報應，你卻活得逍遙自在？」

「所以你就要陷害楊道士？」爺爺終於插進一句話來。

見爺爺突然發話，婦女愣了愣。

「這有什麼不對嗎？」婦女問道。

爺爺嚅了嚅嘴，緩慢地說道：「那麼，楊道士的徒弟被你害死了，我是不是應該讓妳罪有應得呢？」

婦女呆了一呆。

爺爺又道：「當然，我知道，妳是因為心裡不服氣才這樣做的，情有可原。但是妳有沒有想過，楊道士的徒弟被妳整死應不應該？冤冤相報，何時是個盡頭？」

她顯然沒有想到這一點，聽了爺爺的話，啞口無言，神情也由憤怒變得黯然。楊道士慌忙躲到爺爺的身後。又是一陣風吹來，爺爺腳底下的荒草搖曳不定，爺爺也感覺到臉上有絲絲縷縷的涼意掠過。頓時，爺爺感覺心中那種難受的感覺似乎沒有先前那麼明顯了。爺爺抬起頭來，發現李樹和鐵樹也隨風顫動。樹梢上不知何時出現了一彎明月。

婦女低頭沉吟了片刻，有氣無力道：「其實我沒有害死他的徒弟。他的徒弟還活著，就躺在他的床底下。」

楊道士驚訝不已，急問道：「他沒有死？那我埋掉的是誰？他父母抬走的又是誰？」楊道士的大徒弟挖出來後，被他父母領回去埋了。雖然當時他的腦袋裡混亂如一鍋粥，但是他清楚地看見大徒弟蒼白的手在擔架上來回蕩悠，如一條死去的蛇。而被他捅傷的地方，還有殷紅的液體不斷滲出來。

爺爺反手打了楊道士一下，示意他不要這麼急躁。楊道士立即停住了詢問，兩眼發直地看著那個婦女。

婦女似乎有些累了，低聲道：「反正我沒有害死你徒弟。你回道觀裡的床底下看看就知道了。」說完，她也不多看爺爺和楊道士一眼，兀自走到「李鐵樹」後面去了。

楊道士著急了，從爺爺身後跳了出來，卻又不敢跟著那個婦女走到後面去，只是聒噪不已：「喂，我好不容易找到妳，妳怎麼能走呢？萬一床底下沒找到我徒弟，那我怎麼辦？」

57

爺爺勸道：「她既然能害你到這個地步，又何必多花心思來騙你，我們還是走吧！」

楊道士「咦」了一聲，見樹後再無動靜，便躡手躡腳地走了過去。可是樹後已經空無一物，那個婦女也不知道到哪裡去了。

爺爺和楊道士又等了許久，再也不見那個婦女出來。他們便回到李樹村前的岔路上，然後分道揚鑣。

兩人分開之後，楊道士急匆匆地往自己的道觀方向奔跑。而爺爺朝相反的方向走了不遠，就著影影綽綽的月光，發現前方站了一個人。那個人在爺爺的歸途當中來回徘徊，似乎正等著某個人的到來。

楊道士回到道觀後，果然在床底下找到了他的大徒弟。可是他的大徒弟卻變得傻傻的，見了楊道士也不知道叫一聲「師父」，只是頗有興致地玩弄著自己的幾根手指頭。

大徒弟的父母得知消息，急忙趕到道觀來。雖然他們的兒子已經傻了，但是他們已經無法叫楊道士抵命。

大徒弟的父母挖開之前的墳墓，發現棺材裡擺著一截乾枯的桃樹枝。

自此之後，楊道士再也不為人唸咒驅鬼，全心撫養大徒弟，潛心唸誦經書。過了年之後，楊道士託人將他的道服和七星劍等物件送到了爺爺家。爺爺接受了，但是一直存放在樓角上，從未動用過。

直到我上了大學之後，聽說了楊道士仙去的消息，而媽媽告訴我說，爺爺將那些道袍和七星劍等送回了道觀，那些東西也跟楊道士一起入土為安。

爺爺和楊道士最後一次見面的那個夜晚，爺爺在回家的路上又碰到了告訴他們「李鐵樹」的老農。

爺爺說，他別了楊道士之後，就腳步匆匆地往我家的方向走。他明白，當時時間已經很晚了，最好在我家住一晚。如果趕回去，難免半夜吵醒奶奶的睡眠。而反噬作用讓他的身體極其容易疲憊，他自知身體如一臺使用過久的機器，各個部位已開始老化。

爺爺就是經常這樣跟我說的：「你爺爺的關節和骨頭都開始老化啦！就算是玉石，年代久了還是會變成黯淡無光的塵土，何況是你爺爺我呢？」爺爺這樣說的時候語氣輕快，沒有半點消極的情緒。他對衰老、死亡的超然態度很讓我驚訝。

而我爸爸的母親，我真正要叫做「奶奶」的人，她在離世的時候痛苦不已，再三請求老天給她三年時間。媽媽說，奶奶想把我帶大了再離去。可是最後老天沒有讓奶奶如願。

所以，雖然我的腦海裡根本沒有奶奶的印象，但是每想到此，就會感嘆神傷，許多消極的念頭湧上心頭。雖然爺爺現在還在世，我也希望他長生不老，但是隨著人的長大，親人的離去總是不可避免的，就像時間要流逝那樣不可阻擋。假設爺爺離世之後，我想我在以後想到他的時候，至少沒有想到奶奶那樣的黯然神傷。

兩個人對待生死的不同態度，給後人的影響也是不同的。當然了，任他們怎樣持著自己的態度，他們都沒有錯。錯都只在我們後輩人，沒有多多用一些時間陪伴他們，沒有多用一些心思去理解他們。

爺爺當然不會知道我的這些想法。在他給我講述楊道士的事情，還有後來的老農的孫女無緣無故懷孕的事情時，已經離除夕只有一兩天的時間了。

那時我剛剛放假從學校回來了。媽媽叫我提了幾塊臘肉、一隻燻雞到畫眉村送年禮。送年禮是我們那個地方的一種習俗。出嫁的女兒每到除夕之前，都要送一些過年用得著的東西給娘家。有的送臘肉，有的送年貨，有的則直接送些錢。

我一到爺爺家，就纏著爺爺給我講我沒有參與的關於楊道士的事情。爺爺給我複述的過程中自然無法避免提到那個老農。於是，我又強迫爺爺給我講老農的事情。

爺爺說：「你總得讓我先把你送來的禮物掛到房樑上去吧！」

爺爺說的房樑，是正對著火灶的一根橫樑。火灶裡冒出的稻草煙，已經將那根橫樑燻得黝黑黝黑。新鮮的豬肉掛在那根橫樑上，經過經日曆月的煙燻，慢慢變黃變乾，像翻過的舊日曆一樣。等到過年之前的幾日或者更早，那些新鮮的肉就變成又香又爽口的臘肉了。

爺爺家的房樑上綁了許多貓骨刺。那是防止老鼠偷吃臘肉的方法之一。貓骨刺的刺尖尖銳而堅硬。在跟著爺爺對付剋孢鬼的時候，我曾被刺過。小時候幫爺爺放牛，我也曾被它刺過。被那種刺刺過之後，不但有刺痛的感覺，還有瘐脹的感覺，滋味十分難受。

爺爺說，老鼠被它刺過之後，一般都會很長記性。

我家的房樑上沒有綁貓骨刺。爸爸用一個簸箕（在講簸箕鬼的時候提到過，這裡就不再解釋啦）扣住懸掛著的臘肉，藉以阻擋老鼠的偷食，可是簸箕往往會被老鼠咬壞。

爸爸也知道爺爺家用的是貓骨刺，可是爸爸不敢去後山上砍貓骨刺，怕被那種堅硬的刺刺到。爺爺每年燻臘肉之前都去山上砍貓骨刺，除了特別不小心之外，從來沒有被刺到過。

爺爺搭了一個小凳子，蹬了上去，一邊掛臘肉一邊對我說：「亮仔，那些鬼跟這些貓骨刺一樣，如果你跟它來硬碰硬，即使你贏了，你也會被刺得不行。做什麼事情都要講究方法，掌握了訣竅，你不但不會被刺到，它還可能幫你的忙。」

我不知道爺爺這麼說是暗示著楊道士，還是寓意著即將給我講述的老農，抑或是老農的孫女。

湖南同學伸了一個懶腰，道：「今晚的故事，就到這裡吧！」

一位同學道：「現在有些醫生跟你說的楊道士一樣，雖然醫術高明，也算是『救死扶傷』，但是見錢眼開，利慾薰心，藥不選最好的卻選最貴的，手術不做最合適的卻做最賺錢的，吃回扣、拿紅包等現象已經司空見慣了，這些人也應該得到懲治。」

另一同學搖頭道：「哎，都是金錢惹的禍啊！」

湖南同學笑道：「金錢本無辜，若一味過貪，就會百孽叢生。」

58

鐘錶的指針又重疊在一起了。此時是午夜零點。

湖南同學盤腿坐在床上，看了看本宿舍和從別的宿舍過來的同學們，詢問道：「你們之中有誰知道『典妻』嗎？典是字典的典，妻是妻子的妻。」

「是鬼的妻子吧？」一個同學想當然地回答道。

湖南同學笑著搖頭道：「當然不是。『典妻』是古代的一種陋俗。典妻往往可分為兩種：一種是典妻，另一種是租妻。按一般的分法以時間長短來分，時間長的為典妻，時間短的為租妻。這是一種臨時性的婚媾形式，長的也不過兩三年的時間。而時間的長短又往往與孩子生育的情況聯繫在一起，因為大多數典妻者的目的在於要生兒繼嗣，所以典妻又稱為『借肚皮』或『租肚子』。」

「說起來，這與現代社會『借腹生子』有著不少相似之處。」那個搶答的同學說道。

「嗯。今天晚上的故事，也跟典妻有著相似之處……」

爺爺掛好了臘肉，坐回到椅子上，給我講之前來找他的那位老農的事情。

爺爺說，事情很簡單，那位老農的孫女還未出閨，但是經常出現噁心、乾嘔和想吃酸東西的症狀。這分明是懷孕的徵兆。家裡人詢問她是不是跟別的男人有過什麼，可是他的孫女矢口否認。她的父母不相信女兒的話，將堂屋裡鋪滿了貓骨刺，然後關上大門側門，將女兒的衣服脫得只剩薄薄一層，摁倒在地，讓她在堂屋裡的貓骨刺上滾來滾去，越滾越痛，越痛越滾。

即使這樣，老農的孫女仍然沒有說出他們臆想中的缺德男人。

這位老農對爺爺說，孫女小的時候，她父母都在外打工，根本沒有時間照顧她。孫女是老農一手撫養長大的，他比孫女的父母更瞭解孫女的性格。他認為孫女不可能做出這樣見不得人的事，即使做了，也不會這樣守口如瓶。他覺得這其中另有隱情。

他在告訴了楊道士和爺爺「李鐵樹」的所在之後，就一直在村頭的岔路上等他們回來。這位老農視力不好，加上那時天色已暗，他不管爺爺回來的時候是一個人還是兩個人，衝過去就問：「道士，道士，我在這裡等你好久了。」

爺爺再三解釋那個真正的道士已經從另外一條路回去了，可是老農死死拉住爺爺的衣袖，非得要爺爺幫忙。

我問爺爺：「那你是怎麼辦的呢？」

爺爺聳肩道：「我能有什麼辦法？我只好告訴他，天地交合，才會有花草樹木。人不交合，絕對不可能有孕氣。他的孫女肯定是跟人有染，而他孫女要嘛是為了維護那個男人，要嘛是羞於啟齒。那個老農其實也只是出於僥倖心理才追問我的，其實他自己也不相信女人不跟男人結合就可以懷孕。我跟他說清楚之後，他就怏怏地走了。我倒是很想幫他，可是當時天色已經很晚了，我急著到你家去落腳歇息。並且，我真的很疲倦了，眼皮開始打架了。」

奶奶在旁笑道：「幸虧你眼皮不爭氣呢！要不然，你哪裡管自己的死活？肯定當下就跟著人家去了。」

後面的事情自然不用多問了，爺爺擺脫老農的糾纏後，拖著步子去了我家，在我家歇息了一晚，第二天才回到畫眉村。

我感覺到那個老農遲早還要找上門來，不過由於奶奶也在場，我沒有把這個想法說出來。也許奶奶早就有了這個預感，只是她也不說出來罷了。甚至爺爺自己也預感到了，但是爺爺也不會說出來。我們三個人就這樣各自明了，但是隱諱不語，保持會心會意卻假裝毫無知覺的默契。

正在說話間，一個村裡人走了進來。爺爺一看，原來是村裡承包水田最多的馬中田。馬中田原名叫馬中天。後來他父親聽當時在世的姥爹說馬中天的八字比較弱，取「中天」這樣的大名怕他承受不了，所以他父親將「中天」改成了「中田」。

沒想到碰巧馬中田長大後對什麼也不感興趣，唯獨愛好種田。「中田」剛好諧音「種田」，不知道是不是冥冥之中的註定。

馬中田種田可得了爺爺不少好處。他每年都會給爺爺送些吃的、用的，表示感激。爺爺自然不接，可是馬中田執拗得要命，爺爺退了他就送來，再退了再送。爺爺只好接受。馬中田自從承包了村裡的水田之後就年年給爺爺送東西。他這次就是提著一個紅色塑膠袋來的。從塑膠袋的形狀來看，裡面裝的肯定是一些必須的年貨。

自然，這些年貨也不是白給，看馬中田那副諂笑討好的樣子就知道。不過爺爺受了人家東西，總會覺得自己做得再多也是欠人家的。爺爺見他來了，忙招呼奶奶去泡茶。

馬中田連忙跨進門來勸止，放下塑膠袋，笑呵呵道：「我是晚輩，哪裡能讓您來忙呢？」他先於奶奶趕到水壺旁邊，給爺爺、奶奶還有我每人倒上一杯茶，然後自己倒了一杯。他捏著杯子笑眯眯走過來，俯身問爺爺道：「我就不多打擾您的時間了。我想問問明年的雨水多還是少，田好種不好種。」

奶奶打趣道：「你等到種田的時候不就知道了嗎？」

馬中田知道年年來這裡奶奶都會打趣他，但是奶奶每年都不會為難他。所以他毫不擔心道：「看您說的，等到那時不就晚了嗎？我來這裡又不是找馬爹捉鬼，不費力氣不費時間的。比起一般的人，我的問題算簡單得多了，是不是？」

奶奶聽他這麼一說，嘆氣道：「要是別人都只問問他雨水什麼的，他倒是要輕鬆多了。我這個外孫也跟著他爺爺瘋，影響了讀書那就不好了。」

馬中田連忙說：「是呀是呀！您外孫跟他爺爺學學天文地理知識，肯定要比現在的課本知識豐富多啦！您真該叫馬爹教教外孫，順便也教點口訣給我。呵呵。」

爺爺道：「現在的考試又不考這些，學了也是白學啊！你先回去吧！到了時候我會告訴你的。你放心吧！」

馬中田見爺爺答應了他，高興地吹了聲口哨，離開了。

我問爺爺道：「他說得也對呀，你為什麼不把口訣教一些給他，讓他自己去琢磨啊？」

爺爺笑道：「說容易，哪裡有幾個簡單口訣就可以解決問題的？」當時我不明白爺爺為什麼這麼說，後來我跟爺爺學了掐算之後才明白，爺爺的口訣很多是我們這代人都理解不了的，更別提掌握了。

「不過算雨水有個最基本的方法，這個倒不難。」爺爺又道，「過了正月就知道了。」

「什麼方法？」我驚喜地問道。

「那就是看幾龍治水和幾牛耕田囉！」爺爺漫不經心道。

「幾龍治水？幾牛耕田？」我迷惑不解。

爺爺點點頭，道：「聽起來好像很玄奧，其實道理很簡單。這是根據每年正月第一個辰日在第幾日決定的。辰日就是龍日。如果龍日在正月初五，就叫五龍治水；在初六，就叫六龍治水。以此類推，幾牛耕田就是根據每年正月第一個丑日在第幾日決定的。」

我自作聰明地問道：「龍越多降雨就越多，是吧？」

爺爺笑道：「龍多主旱。龍多了就會遭遇大旱，龍太少了則會遭遇洪水災害。你想想啊，龍是治水的，不是來吐水的。龍越多，證明水越難治理，那就是乾旱的意思囉！」

「那麼幾牛耕田又是怎麼回事呢？」我不敢胡亂猜測了，小心翼翼地問道。

「幾牛耕田也是一樣，牛少一點的好。一牛耕田的話，說明牛費的力氣少，那麼這年的田就好種。牛多了，說明土地瓷實，莊稼很難生長。」爺爺道。

「哦，原來是這樣！」我點頭道。

爺爺說：「但是好多人都以為龍越多，水就越多，或者牛越多，田就好種。對比了龍日和牛日一看，原來不是這樣，進而就懷疑這樣的推算不準，最後就不相信了。當然了，也不能僅僅靠推算龍日和牛日來預測雨水，這只是一個規律。」

聊完這些，我又跟爺爺聊了《百術驅》遺失的事情。爺爺還是沒有找到任何線索，不知道《百術驅》到了什麼人手裡，或者是被我的哪位同學當作垃圾給清理出去了。

奶奶倒是想得開，對我和爺爺道：「這些越是古老的東西，越得講究緣分。既然現在不見了，也許就是緣分到盡頭了。你爺爺和你，以後都不要再碰觸這些東西了。你爺爺呢，好好地養著身子，歇一歇；你呢，好好地讀書，別耽誤了正事。」

然後我們又討論月季。最近她到我的夢裡來的次數更少了，我不知道這是為什麼。爺爺也不加解釋。

爺爺突然問起我關於歪道士的事情。

我搖頭表示最近沒有關注。我的母校很多熟悉的老師已經調到別的地方任教了，因此上高中後回來時很少去母校看一看。其間偶然原因去過一兩次，也只遠遠地看見過那個白髮女人從樓上下來。

只是那個破廟更加頹廢破敗，周圍的荒草更深更密了。如果不是看到一頭白髮、兩彎白眉的女人，過往的人肯定會以為這個房子裡早就沒人居住了。如果遇上懶惰的放牛娃，貪吃的牛肯定會闖進破廟裡大快朵頤。

那次我看見白髮女人從樓上下來，就是來趕一頭莽撞地闖進破廟裡的大牯牛。那頭大牯牛還在破廟門口拉了一堆牛糞。白髮女人怯怯地吆喝驅趕那頭大牯牛，而自始至終我沒有看見歪道士露面。

當看著那個白髮女人戰戰兢兢地驅趕大牯牛的時候，我忽然恍惚看見那個破廟就是爺爺住的老房子。

其實，這樣的幻象已不是第一次出現了。

爺爺說，他聽別人說歪道士早就死了。討債鬼一直在冥界追討它，讓它的靈魂得不到安寧。那個白髮女人則是去唱孝歌安撫歪道士的靈魂的。

我對爺爺說的話表示驚訝。不過自從那次之後，我再也沒有見過歪道士的面，所以也不知道爺爺說的是真是假。那次過年之後，我進入了更加繁忙的高考備考之中，而考上大學之後，我到了遙遠的東北，每年只有寒假回家一趟，更談不上去母校看一看了。

最後，我也不知道歪道士的破廟裡那些搜集回來的孤魂野鬼到哪裡去了。不過，我猜想要嘛是歪道士臨死之前將它們都渡化了，要嘛就是歪道士死後由那位白髮女人渡化了。

時間過得飛快。轉眼之間，家家戶戶的鞭炮聲都響了起來。門上的對聯、屋簷下的紅燈籠，都肆意地渲染著春節的氣氛。

在我們歡歡喜喜過年的時候，李樹村那位老農家發生了一些事情。當時我在爺爺家過年，老農在他自己家過年。他那裡發生了什麼事情，我這裡一概不知。但是為了敘述的方便，我將老農以及他孫女複述的放到同一個時間來講。

當時正是初一的清晨，星星還沒有完全消失，滿天還是朦朦朧朧一片。但是早起的人們已經迫不及待地將鞭炮點燃了。「劈劈啪啪」的爆炸聲響徹各個角落，硝煙硫黃味也瀰漫在空氣中。

因為大年初一的第一餐非常豐盛，所以大人要在半夜就開始準備。放完迎年的鞭炮，吃完新年的第一頓飯，大人們有的回到床上再睡一覺，有的聚在一塊兒玩撲克牌。孩子們的興奮勁正是高漲的時候，自然不會再回去睡覺，也沒有玩牌的嗜好，就三個一群，四個一夥，在地坪裡放鞭炮或者玩遊戲。

那位老農的孫女十八歲不到，玩心還重著呢！她拿著幾根點完鞭炮的香火，到地坪裡去插香。

正當她蹴身將香扎進鬆軟的泥土裡時，一個白衣飄飄的英俊男子向她走了過來。

這位少女一驚，呆呆地站了起來，手裡的香火一明一滅的。

那個英俊的男子面帶微笑，輕輕拉過她的手。她不知所措，茫然地讓他拉起了自己的手。她的手裡還捏著香。

那個男子將頭俯下，對著香火輕輕地吹了一口氣。香火的蒙灰隨著他的氣息掉落，露出灼熱到幾乎透明的紅點。這位少女就愣愣地傻傻地看著手中的那點紅色，彷彿靈魂出了竅一般。

60

「尋春須是先春早，看花莫待花枝老。縹色玉柔擎，醅浮盞面清。何須頻笑粲，禁苑春歸晚。同醉與閒評，詩隨羯故成。」隨後，那個英俊男子發出一連串的笑聲。笑聲清脆而悠長，如古寺的鐘聲。

少女聽不懂他說的什麼意思，但是卻被他的笑聲吸引，目光遲遲不能從他的臉龐上移開。那個男子的眼眸裡發出星星般的光芒，彷彿離她很遙遠，卻又近在眼前。

「蓬萊院閉天臺女，畫堂晝寢無人語。拋枕翠雲光，繡衣聞異香。潛來珠鎖動，恨覺銀屏夢。臉慢笑盈盈，相看無限情。」那個奇怪的男子又唸出一連串她聽不懂的話，聽得她渾渾噩噩，只覺得耳朵裡鑽進了一隻蒼蠅，嗡嗡嗡的讓人不舒服。

不遠的地方不時有零星的鞭炮聲傳來，可是此時聽來也是模模糊糊，響聲比之前似乎要小了許多。

相反，那個男人的聲音漸漸增大，如村裡的喇叭一般在耳邊聒噪。這聲音從她的耳朵鑽入她的體內，迫使她的心臟「撲通撲通」地跳動，如一頭野蠻而不失柔情的小野獸撞進了懷裡，令她情不自禁雙手護在胸前。

「花明月黯籠輕霧，今宵好向郎邊去！衩襪步香階，手提金縷鞋。畫堂南畔見，一向偎人顫。奴為出來難，教君恣意憐。」那個男子進一步靠近她。她似乎想起了他說的話曾幾何時聽過。可是要想起來是什麼時候聽過的，卻又不能。

「奴為出來難，教君恣意憐。……奴為出來難，教君恣意憐。」她嘴裡跟著複述這一句。這一句給她的印象最深，可是還是想不起到底在什麼時候、什麼地方聽到過。

那個男子拉起了她的另一隻手。

香火從她的手中滑落，暗紅的香火頭扎在潮濕的地面，如將死的螢火蟲一般漸漸失去了光芒，輕悄悄地融入了無邊的昏暗之中。

她看見男子身後跑過了幾個鄰居的孩子。他們歡呼雀躍，欣喜地揮舞著手裡的香火和散裝鞭炮。紅色的香火頭在空氣中畫出奇形怪狀的符號。可是他們似乎根本沒有發現這裡多了一個陌生的男子。如果在平時，這群貪玩的孩子至少會駐足側頭看看這個陌生人。

可是他們沒有。

她驚訝地看著那幾個鄰居的孩子漸行漸遠，又轉回頭來看牽著她的手的男人。那個男人正用一雙熱情似火的眼睛盯著她，彷彿她是一張空白的紙，從上看到下，從左看到右。她不自覺地縮手，可是被那個男子死死拉住。

「晚妝初過。沉檀輕注些兒個，向人微露丁香顆。一曲清歌，暫引櫻桃破。羅袖殘殷色可。杯深旋被香醪洸，繡床斜憑嬌無那。爛嚼紅絨，笑向檀郎唾。」那個男子不緊不慢又唸起了一連串的詩詞。

「沉檀輕注些兒個，向人微露丁香顆。」她又覺得這句話很熟悉，她將詢問的目光投向對面的男子，希望他給出一個解釋。那個男子微笑不語。她兩邊臉頰忽然火燒火燎，心跳也更加急速了。

有什麼事情就直接來吧！何必這樣拐彎抹角。她心裡焦躁道。

這個想法一出，她不禁一驚。我為什麼會這麼想？我和他會有什麼事情？我怎麼會這樣心急？

就在剎那之間，她想起了許許多多已經忘記的事情。她想起了不久前的某個晚上，也是這個男子，也是說這幾句聽不懂的話。

一想起那些，她的臉就更紅更熱了！

「難怪我父母問我有沒有跟別的男人做過那事，原來……」她質問對面的男子，可是心裡的一團火已經熊熊燃燒起來，本來心中有無限怨恨無限責備，話說出來卻全變了味。聽起來倒像是責備這位男子來得太慢，怨恨他們許久沒有見面沒有親密。

耳邊的鞭炮聲越來越模糊，周圍的景物也漸漸退到了夜幕的背面。

「你怎麼能這樣？」她嬌聲問道。她的腦袋裡已經全是二人糾纏在一起的景象。那些景象是她平時羞於啟齒的，平時在雜書中看到都會急忙翻過去的。可是那些景象現在如一臺停止不了的播放機，在她的腦海裡不斷地播映。

那個男子將她摟進懷裡，問道：「尋春須是先春早，看花莫待花枝老。怎麼了？妳不願意嗎？」

她點了點頭，又急忙搖頭。

男子的嘴角勾勒出一個曖昧的笑意，引領著她往地坪外面走。

「我們要到哪裡去？」她有些膽怯地問道。父母氣憤的面容，爺爺的那張哭臉，像秋天的落葉般從她眼前飄過。她一驚，抗拒道：「不行的，我不能去……」

她剛要停住腳步，那個男子摸了摸她的腦袋，她腳下的那股阻止的力量便消失殆盡，不由自主地跟著男子往更深的黑暗裡走去。

不知道走了多久，也許是半個小時，也許只有一分鐘，他們來到了一個她從未見過的地方。四周都是樹，樹與樹靠得緊密。她環視一周，都不知道自己是從哪個方向走進來的。待了一會兒，她又覺得以前來過這個地方。

「這是哪裡？」她忐忑不安地問道。

那個男子終於放開了她的手，道：「妳每來這裡一次，都要重新問一遍。」

她愣了愣，心中尋思道，莫非我以前經常來這裡？可是為什麼我記憶模糊呢？她又想起了自己被父母關在堂屋裡，以及自己在鋪滿地的毛骨刺上滾動的情形，頓時覺得渾身瘦脹疼痛。

「不行。」她心急道。她想抬腳離去，雖然她還沒有弄清楚自己是從哪個方向進來的。

「妳走不了啦！妳看看腳下。」那個男子露出一絲邪惡的笑，先前的溫文爾雅不見了。

61

她朝腳下看去，驚奇地發現自己的五根腳趾頭居然撐破了鞋，如破土而出的竹筍一般。她的腳趾如有了生命的蚯蚓，兀自蜿蜒爬動，然後鑽入潮濕的土地。她想要抬起腳，可是已經不能了。腳趾如老樹盤根一般，生生地拉住了她。

「你……」她急得不得了，心裡直後悔跟了他過來，如果當時吆喝一嗓子，也許屋裡的家人就會衝出來，將她救出魔掌。如今在這荒山野嶺，加上四周都是高大樹木包圍，大概再怎麼吆喝也沒有人聽得見。

那個英俊而邪惡的男子慢悠悠地圍著她走了一圈，彷彿得手的獵人正在欣賞臥地待斃的獵物。

她不禁心慌意亂。但是身體內的一股衝動激流暗湧，如一頭按捺不住的水牛的角，拱著她的心臟，挑起她的慾念。她不知道自己是怎麼了，腦袋裡急著要逃離這裡，心裡卻想像著下一步這個男人會對她怎麼樣，隱隱約約之中似乎還有一絲期待。

男人似乎看出了她矛盾的心理，撫掌大笑道：「妳不要急，我都不急，妳急什麼呢？」

她頓時恨不得找個地縫鑽進去。她轉過臉，狠狠地看著那個男子，道：「你到底要幹什麼？」其實她心裡早就知道他要做什麼了，周圍環境令她回憶起了無數曾經遺忘的畫面。她知道自己的肚子為什麼漸漸鼓脹了。她以為自己沒有經歷過那些事，但是事實上她已經經歷過了，並且不只一兩次。

她這樣問男子，只是為了掩飾而已，可是這個掩飾如窗紙一般脆弱而透明，被這個邪惡的男人輕易捅破了。

「我要幹什麼？」男人故意自問道，然後將身上的白衣脫下來，掛在旁邊的一個樹枝上。

她看見了男人健壯如牛的肌肉。

「我要在妳的身體內播下種子。」男人自答道，然後雙手攏在腰間，去解開白色的褲帶。

她兩眼盯著死蛇一般的褲帶，納悶他為什麼不繫皮帶，卻要用布條。在李樹村，除了練南拳的李拳師之外，其餘人早都告別了繫布條的習慣。就算她的年老的爺爺，至少也用土紅色的軍皮帶勒住褲子。

「播種？」她嘴巴微張，陸增幾分媚態。她恨自己在這個時候還不急躁還不害怕，心中卻有幾分寧靜。像一件她從來不敢嘗試的事情，她會戰戰兢兢，如履薄冰。但是現在她突然發現那件她從來不敢嘗試的事情實際上已經嘗試過無數次了，甚至有了習以為常的平淡。她驚異於自己的突然轉變。

男人雙手麻利地將白色的褲子也掛在了樹枝上，走上前來，笑道：「是的。」

男人摟住了她，摟得她骨頭發痛。

然後，她在那根翹起的樹枝上發現了自己的衣服……

那年我是在爺爺家過的大年初一，現在我還記得爺爺家爐火的溫度，以及飯鍋上一掛紅色塑膠紙包裝的鞭炮。爺爺說，鞭炮在火上烘乾之後，才能放得更響亮。

可是我總擔心竄起的火苗將鞭炮的藥引點燃，然後在火灶裡炸得一團糟，坐在火灶邊烤火都不安心。

而奶奶卻告訴我和弟弟，大年初一的早晨如果在大門的角落裡或者地坪邊上碰到一個矮矮胖胖的老頭，千萬不要問他的名字，也不要丟引燃的鞭炮嚇他。可是奶奶又不說清楚那個人的來頭。所以我初一早晨不敢太早出門。

放完鞭炮，回到桌上吃飯時，我也是小心翼翼，因為桌上要多擺幾雙筷子和幾個碗，並且在那些碗筷旁邊端端正正地擺上椅子。那是留給故去的先人坐的，讓他們跟我們一起吃飯過年。我伸筷子夾菜的時候很怕搶了先人要夾的菜。

對我來說，初一有很多很多的禁忌。我是萬萬不敢跟一個陌生人走到一個昏暗的地方去的。

爺爺家前有一棵年歲已久的棗樹。每年的春天，在它周圍總會冒出幾棵新芽。爺爺說，棗樹是一種有靈性的樹，所以他從來不將那些新芽砍掉，而是挖出來送給其他想種棗樹的人，或者移植到山上去。

那位老農的家門前原來也有一棵棗樹，年歲跟爺爺家前的差不多。不過，在這年的大年初一，那棵棗樹的枝幹已經在熊熊的火灶裡化為灰燼了。樹根則晾在樓板上，等曬乾了再做他用。

我問爺爺，棗樹為什麼是有靈性的樹。

爺爺說，因為棗樹的名字是黃帝取的。相傳，一個中秋時節，黃帝帶領大臣、侍衛到野外狩獵。走到一個山谷的時候，又渴又飢又疲勞。突然，有個大臣發現半山上有幾棵大樹，樹上結著誘人的果實。大家連忙奔過去，搶先去採摘，吃起來酸中帶甜，分外解渴，疲勞頓解。大家連聲說好，但都不知其名，就請黃帝賜名。黃帝說，此果解了我們的飢勞之困，一路找來不容易，就叫它「找」吧！

後來倉頡造字時，根據該樹有刺的特點，用刺的偏旁疊起來，創造了「棗」字。

在爺爺烘烤鞭炮的時候，那位老農正在燒水。老農的兒子瞄了一眼樓板上的棗樹根，那根曲折盤桓，如一棵倒立起來的樹。爺爺曾對我說，樹根其實也是一棵倒立的樹，以地面為分界，在空氣中延伸生長的樹屬於陽，在泥土裡鑽伸生長的「樹」屬於陰。對於樹，從一定程度上說，地面以上的樹是它的身體，地面以下的「樹」就是它的靈魂。

62

突然「劈啪」一聲，通紅的棗木炭火爆裂，火灶裡濺出無數火星。坐在火灶旁邊的老農躲閃不及，手上臉上沾了好些火星。不過幸好火星落到他身上時已經不怎麼燙了。

老農的兒子和兒媳吃驚不小，連忙走上前詢問老農灼傷哪裡沒有。

就在這時，老農的孫女從外面走了進來，衣裳上沾了些草葉，頭髮和衣服稍顯淩亂，兩眼空洞無神。她像是沒有看見她爺爺和父母親似的，呆呆地直往她的閨房裡走。她的父母親斜睨了她的肚子一眼，輕輕嘆了口氣。

老農拍了拍由火星變成灰燼的髒處，起身問孫女幹什麼去了。由於他知道孫女兒最近情緒不太穩定，所以詢問的時候輕聲細語，生怕引起她強烈的反應。

他的孫女連看都不看他一眼，走進房間並且摔上了門，像是生著誰的氣。

老農的兒子追上去，用力地捶門，叫女兒開門。

老農的兒媳怏怏道：「你就隨她去吧！現在是過年，你讓她過兩天安生日子。」說著說著，她的眼淚就盈滿了眼眶，抬起袖子去蹭眼角。老農見了，也不知道該怎麼勸兒媳和兒子才好，只拿了火鉗在火堆裡一頓亂攪，嘴裡罵道：「叫你濺出火星來燙我！叫你濺出火星來燙我！」

這個時候，天已經有些亮了。路上的小孩子漸漸多了起來，每人手裡提著一個布袋或者書包。他們是出來拜年的。

在這裡，要說說我們那塊地方特有的拜年習慣。山東人拜年是要認認真真、恭恭敬敬地磕頭，廣東人拜年的口頭禪是「恭喜發財，紅包拿來」。但是我們那裡拜年既不給人磕頭，也不要紅包。

大人之間拜年，也就拱拱手簡單道聲「拜年」罷了。講究客套的人會多說幾句恭維祝福的話，遞兩根白沙菸。

小孩子則不同。小孩子吃過早飯，三個一群，五個一夥，一起去村裡挨家挨戶拜年。走到別人家的門口大喊一聲：「拜年啦！」然後將隨身攜帶的布袋或者書包張開，等著這戶人家的主人分發糖果或者點心。

等那戶人家將糖果或者點心分到他們手裡，他們便跑到下一家大喊「拜年」，同時又將布袋或者書包張開。如此半天下來，每個小孩子的包包裡都會被各種好吃的裝得滿滿的。

當然了，去別人家拜年前，必須看看人家的門楣上貼的是紅對聯還是黃對聯。如果是紅對聯，大聲喊「拜年」就是了；如果是黃對聯，則要悄悄溜過。因為黃對聯代表這戶人家去年有親人去世，今年的新年要哀悼掛念故人，不能喜慶。

我和弟弟小時候就是這樣拜年的，大年初一拜年得來的糖果夠我們吃到十五元宵節，一直到成年才被剝奪這種特權。成年的人再挨家挨戶去要糖果就不好意思了。滿了十八歲之後，到人家家拜年頂多留下喝杯茶，人家往兜裡塞水果還要假裝說「不要、不要」。

其實現在每次過年回家，我還很想像小時候那樣滿村子跑，滿村子討要喜糖，不是為了能吃壞牙齒的糖果，而是為了那種童趣和懷念。可惜已經不能了。

那年大年初一，我沒有出去討要糖果。我吃完早飯從爺爺家回來，轉換身分，成為坐在一桌糖果面前等待村裡的小孩子前來拜年的人。

李樹村的那位老農一家也坐在一桌糖果旁邊，給每一個前來拜年的小孩子分發糖果。老農叫孫女跟著同齡人出去拜年。像老農的孫女那種歲數，在成年與未成年的模糊階段，去拜年要糖果也可以，不去也行。

老農並不是想孫女多得些糖果吃，而是為了讓她走動走動，散散心。

他的孫女不答話，還是關著閨房門。他的好話說了一籮筐，房間裡也沒見一點動靜。他只好無精打采地回到火灶旁邊，等待一批一批的小孩子。

後來老農說，他是在撥弄了一番火灶裡半死不活的炭火之後才發現屋裡多了一個人的。那個人站在屋中間，既不叫聲「拜年」，也不討要糖果，只是彎了一對眼睛朝他笑，笑得他渾身不自在。

老農的兒子和兒媳都在裡屋。

老農將悄無聲息進來的男子打量一番，問道：「你不是這個村裡的人吧？我沒有見過你。不過如果你是誰家的親戚，那你進門了也得先拜個年。過年嘛，講個吉利！」

那男子撣了撣白衣上的灰塵，左顧右盼，不答理老農。

老農不高興道：「大過年的，為什麼要穿一身白？走到人家的家裡，人家還會忌諱呢！」

老農雖不喜歡這個男子，但是既然是過年，來者都要好好對待。他走到桌子旁，抓了一把糖果往男子懷裡塞，然後急忙將男子往門外推。「好了，該給的糖果也給了，你去下一家吧！」

「下一家？」那個男子終於說話了，「哦，不，不，我不是來討要糖果的，我是來給你東西的。」他露出一絲淺淺的笑，不過臉色灰灰的，讓人提不起精神來。

老農重新將他打量了一番，斜了眼珠子道：「不是來拜年的？還是來給我東西的？」

男子點點頭，很認真的樣子。

老農嘲弄地笑了笑，道：「你都還沒告訴我你是我們村裡哪家人的親戚呢！大年初一只有討喜糖的，哪裡有主動送上門的？你要我玩的吧？」

男子不說話，緊攥了拳頭送到老農的胸前，兩眼定定地看著老農。

老農看了看他的眼睛，又看了看他的拳頭，遲疑地將一雙手捧在他的拳頭下面，像是等著乾涸的水龍頭滴下一滴水來。

63

男子笑了笑，鬆開手，幾顆糖果一般的東西掉了下來，落在老農的手裡。老農連忙接住，由於視力不好，他幾乎將臉埋進了巴掌裡。

原來不是糖果，卻是幾顆乾癟的棗子，皺得像老人頭。

「幹嘛給我棗子？」老農抬起頭來，那個男子卻已經不見了。老農屋前屋後找了一遍，也沒有發現那個奇怪的男子，於是回到桌子旁邊，順手將幾顆棗子放在桌子上，繼續給前來拜年的孩子們分糖果。

等到天色漸漸明朗，老農的兒子、兒媳從裡屋出來，發現桌上多了幾顆棗子，驚訝道：「爹，這幾顆爛棗子是哪裡來的呀？怎麼不把它丟了？」

老農將前因後果講給兒子、兒媳聽。

「棗子棗子，早生貴子。恐怕是預示我們家女兒要生孩子了吧！」兒子失色道，「他是誰？怎麼知道我們家女兒的事？」

老農不以為然道：「大過年的，有誰故意去別人家裡搗亂？不會是你多想了吧？」話雖這麼說，他回頭想想那個男子，確實有幾分詭異，於是心裡也亂得像打鼓似的。他拉了兒子的手，道：「要不，我們去請個道士來？前不久我遇到了楊半仙，我們去他道觀裡求一求，請他做個法事？」

老農的兒子跺腳道：「爹，你不知道楊半仙被一個鬼整得差點賠上命嗎？以前只要出得起錢，他定然是不會拒絕我們的。可是過年前他就像隻烏龜一樣縮在道觀裡不出來，並對外宣稱不再給人驅鬼唸咒了。」

老農想了想，又問道：「那我們去找歪道士吧！雖然我沒有接觸過他，但是聽傳言說，那個道士也是挺厲害的人物，經常去外面收孤魂野鬼。我們提點禮物過去，請他把我們家作祟的髒東西也收了去。怎樣？」

老農的兒媳搖頭道：「爹，那個初中旁邊的歪道士從來不主動捉鬼驅鬼的，他像個苦行僧一樣，走到哪裡就收哪裡的孤魂野鬼，從來沒聽說他收了誰的錢財去誰家幫忙的呢！」

老農的兒子更是強烈反對：「歪道士能稱得上苦行僧嗎？我看是假行僧。」

老農被兒子和兒媳一來二去的話弄得頭暈，他探長了脖子問道：「什麼是苦行僧？什麼是假行僧？」

兒媳搶先道：「破了色戒的僧人就叫假行僧！那個歪道士不是跟著一個白髮女人住一起了嗎？他就是典型的假行僧！」

老農的兒子撇了撇手，解釋道：「不完全是這樣的。苦行僧就是在外面苦苦行走的和尚，他們靠這個雲遊修行，走到哪裡就是哪裡，沒有固定的目的，也沒有固定的方向。假行僧嘛，破了色戒的也算是一種，但是吃肉喝酒的和尚也是假行僧。假行僧嘛，就是假的僧人咯！」

老農的兒子說得其實不對，不過他爹哪裡知道這些？當下點頭不迭。老農的兒子還頗有底氣地斜了他媳婦一眼，他媳婦立即低垂了眉頭做無知的羞愧狀。

苦行僧，是指早期印度一些宗教中以「苦行」為修行手段的僧人，後來漸漸傳入其他國度。「苦行」一詞，梵文原意為「熱」，因為印度氣候炎熱，宗教徒便把受熱做為苦行的主要手段。苦行僧是頭陀的一種，凡是修習頭陀苦行的人，在日常生活中必須嚴守如下十二種修行規定：要選擇空閒的地方、要過托缽的生活、要飲食節量、要一日一食、要乞食不擇貧富、中後不得飲漿、要守三衣具、要穿著糞掃衣、要常坐樹下思維、要常露地靜坐、要住於墳墓之處、要常坐不臥。修學頭陀苦行者的生活，就要過這樣簡單的生活，也是清淨的生活。

假行僧，簡而言之就是指在修行過程中破了戒的僧人。

「那怎麼辦嗎？」老農攤開雙手問道，將那雙迷茫的眼睛看向兒子、兒媳。

三個人都沉默了。女兒的閨房從女兒進門之後就一直保持著安靜。沉默了好一會兒，兒媳才像剛出洞的老鼠一般看了看丈夫和公公，怯怯道：「要不我們去找找畫眉村的馬師傅吧！」說完，她忙收回了目光，重新低下睫毛。

老農驚訝道：「妳是說去找那個畫眉村的道士？我遇見過他。他前一陣子來過我們村，還問了李鐵樹怎麼走。」

他兒媳笑道：「爹，您見過他？他不是道士，是種田打土的人，跟您沒什麼差別。」

他兒子不滿道：「既然也是爹這樣的人，那叫他來幫什麼忙？我們農田裡又不缺少勞力。妳真是糊塗！」說完，他彈出一根菸點上，腿抽筋似的抖動，擺出一副家庭主人的模樣。

老農的兒媳害怕似的道：「我還在家做姑娘的時候，就聽說畫眉村有個厲害的人物，平時只在家裡種田打土，但是有人請他幫忙做法事，他是從來不會拒絕的。他從來不收人錢財，你給他他還不好意思要呢！」

老農的兒子皺眉道：「妳說大話不怕閃了舌頭？現在有這樣的人嗎？誰不是扼住了別人的脖子找人要錢？」

老農插話道：「這樣吧！不管他是不是要錢的人，我們都去試一試。我就相信咱孫女不可能做出那種醜事來。就算他要錢，只要價格合理，我們也不是出不起。」隨後，他看著兒子道：「你說對不對？」

老農的兒子抽下嘴邊的菸，狠狠地扔在地上，像是要下一個很大的決心似的將腳踩在菸頭上：「對！」

老農的兒媳喜色剛上臉，老農的兒子又怯怯問道：「現在過年，求人驅鬼消災會不會不好？」

64

老農的孫女在裡屋迷迷糊糊聽見爺爺在跟一個什麼人說話，那個人的聲音似曾相識，卻又不甚清楚。

她低頭看見身上沾了幾根枯草，心想道，我不過是去地坪裡插了幾炷香，怎麼會弄一身草呢？

正這麼想著，她聽見爺爺的腳步聲繞著房子走了一圈，像是要去尋找什麼東西。爺爺的腳步她太熟悉了，縱使其間夾雜著鞭炮聲、小孩子的吆喝聲，還有貓狗雞鴨偶爾發出的鳴叫聲，但是爺爺的腳步聲如一塊石頭不溶於渾水一般在她的耳朵裡清晰可見。

她感覺身下某個部位有些不舒服，濕濕的，黏黏的，如同撒了胡椒一般。那裡面還隱隱作痛，彷彿被貓骨刺劃過，又彷彿是抹了辣椒。總之，那種感覺讓她渾身不自在。

細細一想，插香之後幹了些什麼，卻又想不起來。好像插完香就回來了，又好像還做了其他的什麼事。

她越想，腦袋就越重，如同灌滿了醬糊。腦袋一晃，那裡面的醬糊就跟著咕嘟咕嘟響。真是奇怪了，我怎麼會這樣呢？

她感覺有些睏了，於是瞇上眼睛，靠著床沿休息。

「妳很累嗎？」忽然一個聲音飄到耳邊，正是剛才跟爺爺說話的那個聲音。她仍然想不起來還在什麼地方聽到過這種聲音。不過她一點也不緊張。

她微微睜開眼，一個白衣飄飄的男子站在她的床邊，臉上的笑如一朵花，有些美，還有些枯萎。讓她看了心裡涼涼的。

「我爺爺在幹什麼？他不給來拜年的小孩子分糖果了嗎？」她像詢問親人一樣詢問著這個陌生男子。她擔心地朝窗口望了望，想站起身來，可是覺得連站起來的力氣都沒有。

她嘆了一口氣，懶懶地依靠在床邊的木欄杆上，懶懶地看著面前的男子。

男子道：「他在找我呢！」

「找你？找你幹什麼？」她懶洋洋地問道。

男子詭秘地一笑，緩緩道：「我給了他幾顆棗子，所以他就要找我囉！」說完，他伸出手來，在她的臉上輕輕撫摸。

她沒有躲避，輕聲道：「你的手好乾。小時候一定做過很多苦力，手掌上很多老繭呢！」再後來她清醒了，記得很多事情了，她仍然對爺爺說，那個男子手上肯定長著厚厚的繭，粗糙得如同磨砂紙。

男子淡然一笑，臉上像落了一層灰似的，道：「因為我失水呀！妳看那些樹上的蘋果，晶瑩剔透，飽滿可愛，但是離開樹枝一段時間後，就容易失水，變得皺皺巴巴，嚼起來都沒勁道。」他的手離開了她的臉，到達了她的下巴。

她「哦」了一聲，又問道：「離開樹的蘋果會失水，離開根的樹會失水，但是沒有聽說過人的手也可以失水哦！」她感覺到那乾枯的手順著下巴到了脖子上，她感覺它還要滑下去，不禁微微有些緊張，呼吸有些急促。她暗暗希望爺爺會找到她的房間裡來，又隱隱害怕爺爺找到這裡來。

男子答道：「不怕不怕，我不怕失水。因為我在妳的身體裡播下了種子。我的種子會滋潤起來，生長起來的。」

「我的身體內？」她順著他的胳膊往下看，看到他游移的手掌，又看見了她自己的肚子。此時，她的肚子彷彿被男子施了魔法，漸漸鼓脹起來，比昨天要明顯地凸出許多了。很快，她覺得肚子裡有一股脹氣，如果說她的肚皮是波瀾不驚的湖面，那麼那股脹氣就是湖面下的暗流急湧。

「我的肚子裡是什麼東西？」她將目光由肚皮移到男子的臉上。

男子目光柔柔的，道：「是棗子。」

「棗子？」她渾身一顫，「我的肚子裡為什麼會有棗子？是你放進去的嗎？什麼時候放進去的？」

男子笑笑，並不回答。

「你為什麼要放棗子到我肚子裡？」她問道。

男子答道：「因為我要死了。」

「你要死了？」她心裡「咯噔」一下，那顆脆弱的心臟幾乎要從嗓子眼裡跳出來，「你生病了嗎？怎麼要死了呢？」她害怕這個男子突然從眼前消失，將她肚子裡的棗子置之不理，讓她獨自去面對父母，去面對關愛她、相信她的爺爺。

「是你的父母，你的爺爺，」他眼神黯然，「是他們要將我逼死的。」

「是因為他們知道了我們之間的事情嗎？」她天真地問道，「他們真的很生氣呢！我爸媽用貓骨刺扎我，我渾身被扎得又痛又脹。但是我爺爺相信我，為我求情。」

男子搖頭道：「他們還不知道我，就妳知道。但是我走之後，妳會不記得我了。」

「不會的，我記得你。」她急急道。

「妳不會的。我在妳家門前站了那麼多年，妳都從來不認識我，不記得我。」他的目光躍過窗戶，看著外面空曠的地坪。

她記得，以前的每次過年，她都會看見一個剪影一般的棗樹，張牙舞爪地撲在她的紗窗上。不僅僅是過年，每個月華如雪的晚上，那棵棗樹的影子也會抵達她的床邊。但是現在，外面好像突然之間空曠了。

她不說話了，低頭去看自己的肚子。她用手輕輕拍打，發出「嘭嘭」的聲音，如同敲打一面緊繃的牛皮鼓。她在某個葬禮上偷偷敲打過那種鼓。

「太陽就要出山了，我也要走了。」男子收起了手，轉過身去。

她剛要叫住他，問他什麼時候再來，可是眼前的男子早已消失了。房子裡空空的，門上的木栓是拴著的。

堂屋裡響起了爺爺跟父母親討論的聲音。他們好像是為要請一個什麼人來爭執不休。

65

她側耳傾聽，只聽到「畫眉」兩個字。

畫眉？他們說的是畫眉鳥嗎？他們幾個人別的不談，為什麼突然談起鳥來了？要知道，她的父母都是不喜歡鳥類的人，屋簷下和堂屋裡原本有兩個燕子窩的，都被她父母用晾衣竿捅了。爺爺勸說燕子進屋是好事，可是她父母討厭燕子唧唧喳喳。

畫眉她是知道的。牠是一種羽毛高雅、個頭適中、外形美觀、具有美好歌喉、能鳴善鬥的鳥類。畫眉身體修長，略呈兩頭尖中間大的梭子形，具有流線型的外廓。畫眉一般上體羽毛呈橄欖色，下腹羽毛呈綠褐色或黃褐色，下腹部中心小部分羽毛呈灰白色，沒有斑紋；頭、胸、頸部的羽毛和尾羽顏色較深，並有玄色條紋或橫紋。牠的眼圈為白色，眼邊各有一條白眉，勻稱地由前向後延伸，並多呈蛾眉狀，十分好看，故得此名。

她還知道一個關於「畫眉」名字的由來。相傳在春秋時期，吳國滅亡後，范蠡和西施為了避免被越王勾踐殺害，化名隱居在德清縣蠡山下的一座石橋附近。每天清晨和傍晚，愛美的西施都要到附近的一座石橋上，以水當鏡，照鏡畫眉，把兩條眉毛畫得彎彎的，格外好看。一天，有一群黃褐色的小鳥飛過石橋，來到她身邊不停地歡唱著。牠們見西施在畫眉，越畫越好看，便互相用尖喙畫對方的眉毛。不多時，牠們居然也「畫」出眉來了。

范蠡見西施畫眉時總有一群小鳥在陪伴著她，好生奇怪，便問西施：「這群小鳥，長得這樣好看，叫得這樣好聽，似乎和妳結下了不解之緣，不知叫什麼鳥？」西施笑答：「你沒有看見嗎？我畫眉，牠們也畫眉，就叫牠們『畫眉』吧！」就這樣，「畫眉」這個美稱就自此世代相傳，並一直沿襲至今。

而我弄不清爺爺的村子為什麼叫畫眉村。像我家常山村，是因為村中有一座最高的山叫做常山；像洪家段，是因為那裡的人都姓洪。

我沒有問過爺爺，只問過奶奶。奶奶說：「馬家的一輩又一輩人都這麼叫，自有他的道理。就這麼叫著唄！」

老農的孫女拉開門，正要詢問，她的爺爺見孫女的門開了，連忙問道：「孫女，妳怎麼啦？臉色這麼難看？」

「臉色難看？」他的孫女摸摸自己的臉，茫然道。

她的爺爺心疼地走了過來，探了探她的額頭，關心道：「妳出來幹嘛？既然不舒服，就到屋裡多休息一會兒，大過年的，別把身子弄壞了。」說完，他要將孫女往屋裡推。

他孫女急忙拽緊門把，道：「爺爺，我有事要問你呢！」

老農「哦」了一聲，說道：「好吧！妳要問什麼？」她的爺爺一雙蒼老而溫和的眼睛盯著她，比陽春三月的陽光還要溫馨暖和。而相較之下，她們父母卻沒有這樣的親近親切。

「我……」她以手護額，想了半天。

「妳不是有問題要問嗎？妳快說，說完了去休息。」爺爺催促道。

「我……我……我想問……」她結結巴巴道。一時之間，她竟然忘記了自己要問什麼了。她努力地思索剛才的情形，卻找不到一點頭緒。我要做什麼呢？剛剛在屋裡做了什麼？是什麼東西促使我走到門口來跟爺爺說話？她的腦子裡一片空白，如同電影播映前的幕布，只有星星點點跳躍的黑點，沒有任何成形的圖像。

「妳怎麼了啦？」她的爺爺狐疑地看著表現不正常的她，雙手要抓住什麼似的握成空心的爪狀。

她抬起疲憊的眼皮，幽怨道：「爺爺，我記不起我要問什麼了。剛剛我還清清楚楚的，怎麼一下子什麼想法都沒有了呢？」

老農連忙扶住孫女，安慰道：「哦，那好。妳先安心休息吧。什麼時候想起來了就什麼時候問我。」

她無可奈何地搖了搖頭，看見她的父母冷冰冰的目光，急忙縮回到屋裡。

老農輕輕關上門，返身對兒子、兒媳道：「你們兩個看看，你們的女兒被折磨成啥樣子了！」

他的兒子指著裡屋狠狠地說道：「誰叫她背著我們……」

「好了！」老農不耐煩地揮了揮那雙皮膚粗糙的手，制止兒子繼續說下去。他那雙眉毛擠到一起，拱出一個溝溝壑壑的地形來，像極了他生活了一輩子的山地。他的步子第一次顯出蒼老的資訊，蹣跚得如同行走在齊膝的草地裡，腳下的草根絆住了他的腳。

老農的兒子被噎住，說不出話來。

老農深深地吸了一口氣，緩緩吐出，道：「今天是大年初一，無論如何不能因為自己的事情就去打擾人家。」

「那明天去？」老農的兒子急問道。

「初二也不行。初二一般嫁出去的女兒會回娘家一趟。別打擾了他的親人們的興致。」

老農思忖道。

「那什麼時候去嗎？初三？」老農的兒子急躁道。

老農想了想，伸出一個巴掌來，說道：「初五去找他老人家吧！正月初五又稱『破五』。破五前許多的禁忌此日都可破。所以這天去請人家幫忙是最好不過的了。」

兒子兒媳點頭稱是。

老農抬頭看了看樓板上的棗樹根，吩咐兒子道：「你得了空閒，記得把那個樹根劈開來。這樣晾著也不知道要多久才能乾。」

他兒子連忙放下一副家長的虛假架子，點頭稱是。

66

初五剛好我也在爺爺家。因為親戚在過年的時候喜歡「逢雙」接客，所以我每年在初二、初六、初八、初十、十二這幾天忙著走親戚家，其餘時候則顯得清閒。趁著清閒的時候，我經常去爺爺家，往往是一大早去，傍晚回。

初五那天，我早早地吃完飯，迎著霧水走到了爺爺家。我剛剛跨進爺爺家門，就聽見奶奶說她昨晚做了一個什麼夢，爺爺解釋說：「這個夢預示著今天有客來！」

前面奶奶說的夢的內容我沒有聽清楚，恰巧在爺爺說「有客來」的時候，我剛好跨進門來，喊了一聲：「爺爺，奶奶，我又來啦！」

奶奶大笑道：「哎喲，我的乖外孫來啦！你爺爺測夢還真準呢！剛剛說到有客來，你就來了。快，快，進屋裡烤烤火。你頭髮上都是霧氣。」

爺爺奶奶還沒有吃飯，他們年紀大了，起太早怕冷。

我便坐在火灶旁邊烤火，他們開始擺碗筷吃飯。奶奶一不小心，將擱在桌子上的筷子碰掉了。「刷啦」一聲，筷子撒在了地上。奶奶一邊笑稱外孫來了太高興，做事都不小心了，一邊彎腰去撿筷子。

正蹲在鐵鍋旁邊盛菜的爺爺轉身一看，急忙喝住奶奶：「別動！我看那筷子的陣勢有些不一樣呢！」

爺爺這樣一說，我跟奶奶都一愣神，定定地看著地面上的筷子。

「你是怎麼回事?筷子落在地上還有什麼不一樣呢？」奶奶頗為不滿地對爺爺說道，

從定格中緩過神來，手繼續朝筷子伸去。

爺爺急忙放下手中之物，攔下奶奶的手，輕聲道：「妳再看看。」

我看了看地上的筷子，確實有些不一樣。筷子有兩雙，分兩支與兩支基本平行，疊成一個「井」字模樣。可是那個「井」字歪斜得厲害，像個剛上學的小孩子生硬畫成。不過，撒在地上的筷子擺成這樣也沒有什麼特別值得人注意的。我抬起頭來，向爺爺尋找答案。

奶奶低頭看了一會兒，說：「撒筷子也不是一回兩回的事了，我也沒有見這次有什麼特別啊！」

爺爺道：「從這個卦象來看，今天不只是我們的外孫要來我們家裡，還會有其他客人要來。」

奶奶不以為然，一把抓起地上的筷子，道：「這是筷子，一不是卦板，二不是銅錢，你怎麼從裡面看出卦象來啊？我看你還是快點把菜盛起來吧！待會兒可就涼囉！」然後，奶奶側頭問我道：「亮仔，你說是不是？」

我只好配合奶奶，連連稱是。當時我並沒有猜到爺爺說的「有客來」指的是李樹村的那個老農會來，所以對爺爺的猜測也並不在意。

爺爺卻爭辯道：「卦象不是只能從卦板和銅錢等物上看出來的。世上的一切東西都可以起卦，隨便一個數字、一個聲音、一個漢字……」

「哦？這又怎麼說？」我好奇地問道。只要是我問的問題，奶奶即使不感興趣也不會干涉，她甚至會裝作很感興趣的樣子。

奶奶立時改了口氣，緊接著問爺爺道：「對呀，為什麼這些東西都可成卦象呢？你不是騙我們外孫玩的吧？你說給我們聽聽。」

爺爺笑道：「我怎麼會騙你們呢？你們想聽，那我就從最簡單的數字說起吧。第一種是直接以數起卦，它是一種簡便而準確率極高的起卦方法。當有人求測某事時，可以讓來人隨意說出兩個數，第一個數取為上卦，第二個數取為下卦，兩數之和除以六，餘數為動爻，或者可以隨便借用其他能得到兩數的辦法起卦，比如說翻書或者翻日曆等。第二種是端法後天起卦，它是以物或人所取之象為上卦，以其所在後天八卦方位之卦為下卦，以上下卦數加時數除以六，餘數取動爻。端法後天起卦法是以『八卦萬物屬數為上卦，以後天八卦方位下卦』。這種方法我自己經常使用。第三種是按聲音起卦。凡是能聽到的聲音，數了聲數取作上卦，加時數配作下卦。如動物鳴叫聲、叩門聲、別人說話聲都可起卦。如果聽到的聲音中有一間隔，可以把間隔前聲數取作上卦，把間隔後聲數取作下卦，以上下卦數加時辰數取動爻。第四種嘛，按字的筆劃數或字數起卦，字少時按筆劃數，字多時，可用字數起卦。方法一樣。第五種是以丈尺寸起卦，凡是數字的都可起卦，丈尺、尺寸都是數，也可起卦。所以，我才說世上所有的東西都可以成為卦象，只是平日裡絕大多數的卦像是普普通通的，花了心思看沒有意義。剛才的筷子擺成的是地風升卦，地風升卦的『升』字有登階的意義，互卦中出現了震兌卦，有東席西席的區別，卦中兌的卦象為口，坤的卦象為腹，做為口腹的事情，所以我說今天有客人要來吃飯。」原來我錯將「升」字看成了「井」字。

聽完爺爺的講解，我似有所懂，又似乎一竅不通。

奶奶乾脆將手一撇，搖頭道：「這個太麻煩了，不是專門鑽研這個的人根本聽不懂。照你這樣說來，所有的事情你都能根據現在的卦象預測到？」奶奶在說「現在的卦象」時，用手將屋裡的所有物件指了個遍。

奶奶的動作給我造成一種前所未有的感覺——我們一直都活在卦象之中，這些卦象都向耳聰目明的我們展示著未來的景象，而我們中的大多數人都將這些展示視若無睹，只有極少數人能洞穿其中的奧秘。可惜的是，由於人在一生的日子裡平淡的時間要大大地多過特殊的時間，所以這極少數人也不願無時無刻關注這些卦象，以致於這些卦象便形同虛設。

爺爺見我若有所思，怕我聽不明白，於是又解釋道：「我打個比方吧！你的臉，天上的雲，都是隱含著卦象的。」

「臉也是卦象？」我驚奇不已。活了這麼多年了，沒想到我的臉上居然擺著一副玄奧的卦象。我曾經無數次面對鏡子，卻從來沒有發現過自己的臉還預示著什麼。

爺爺笑道：「不說別的，就說伏羲六十四卦中的乾卦吧。乾卦取龍象，可理解為人的臉部骨骼較為凸顯，稜角分明，目光炯炯或眼光清澈。這部分人臉長。」

「連相貌都可以知道？」我更加驚訝了。

爺爺點頭，繼續道：「長這種卦象的人士多適合進入政界，步入仕途。往往又多適於中層級銜的職務，在此類崗位如魚得水，掌管實權，也會有相對的高層關照提攜。但一般不會成就封疆之位。太平歲月，大抵如此。但是逢群雄並起的亂世，在群雄無首之時，倒又多一分作為的可能性，在短暫之中為一時之先，暫居魁首。乾卦之人為官之道宜有清廉之德，否則無道之財易生災禍。在經濟上不貪是其立身之本。這些特徵乃緣於『乾』和『錢』相通。此卦人士，百折不撓，頗具堅韌精神，雖然其間可能遭波折重創，大多都能再做運籌，力圖再舉，身體力行，再次獲得成功。其體貌無論粗陋還是文質彬彬，都多有行伍的性格。『乾卦』又通『牽掛』，在家庭、親友上總有牽掛惦念。」

我感覺兩隻耳朵都不夠用，來不及全部記下爺爺所說的話，以後碰到長有乾卦的人時，好在他面前滔滔不絕地展示一番。

爺爺又道：「這種卦象的人士，在人生運行軌跡認識上多有靈性，對自己人生經歷的發展規律有所認識，能感知到控制、指導自身發展的命運存在，即所謂知天命。因而多有主見，基本不顧忌他人的言語態度，獨為其事，獨行其道。身邊人文環境中、人際關係中一定有『小人』潛伏。宜於動中、亂中舉事、行事。是四象中的青龍。四象你知道吧，國文教科書上應該說過的，四象就是青龍、白虎、朱雀、玄武。」

我再一次垂眉低首，有氣無力道：「爺爺，我們教科書裡沒有這些知識，要我說多少遍你才相信？」

爺爺笑道：「這個不難，即使教科書上沒有，你們老師也應該教的。很簡單的，比如說，夬卦就是四象中的朱雀。」

「這個卦象的人又怎樣？」我好奇地問道。

「這個卦象的人士性格古怪，做事方式、行為、風格與常人迥異，經常為某件事情不停地醞釀，一旦孕育成熟，行動往往果敢、果斷。如果猶豫不決，當斷不斷，必受其患。夬卦的人，健康上容易有皮膚疾病，爻辭『臀無膚』，指下身的皮膚問題，也指凡事好動，坐不住，還指事業上不可以坐享其成。另一方面，如遇坐享其成的事情，則事情上多無善終。在人體上，對應嘴部、喉嚨。言語表達上也指能說會道。穴位上指人頭頂上的囟門，暗指其人終其一生心性也不成熟。在人際關係上，宜散財於身邊地位低的小人物或者女人。否則，容易因不滿足小人物和女人而被開罪甚至招致訴訟是非。」爺爺說起這些古文化，其風度真不亞於大學教堂上的教授，真是滔滔不絕，口若懸河。

我如小雞啄米般點頭不迭。

爺爺道：「對於夬卦之人，說的就是本該每日言論不斷、嘖嘖不休的人。要是這種人變得比較沉默寡言，他的事業邊緣化和失敗也就開始了。」

奶奶終於忍不住打斷了爺爺的話：「你這個老頭子也真是的，一下子說這麼多，亮仔怎麼能記得住？再說了，他是要考學堂的人，學好數、理、化就可以了，學你這些雜七雜八的東西反而會讓他分心。」

爺爺連忙向奶奶告饒。

走到門口，爺爺見奶奶去忙別的事情了，一時剛剛收起的興致又抑制不住了。他指著外面的天空，拉拉我的衣袖道：「亮仔，你看。」

我朝爺爺指的地方看去，沒有看到任何能引我注目的東西。

爺爺道：「高空出現了魚尾形狀的雲彩，但是你看看近地處沒有一點風。這是小畜卦動了的跡象。」

「小畜卦？」我摸了摸後腦勺，問道。

「小畜卦的卦像是指小孩、男女幼兒、小型動物，也指情人。」爺爺回答道。

「還指情人？」雖然我知道《詩經》中多處描寫男歡女愛之類的「不健康」內容，但是奧秘的卦象裡也出現情人之類的事物，還是讓我吃驚不小。

「不僅如此，它還指女性子宮部位。這種卦象的人士的婚戀夥伴宜與對方有三歲以上的差距。表現為年齡差距較大的異性親密關係。當雙方年齡差距不足三歲時，婚戀關係不穩定。在健康上呢，很少有疾病，身體較為健壯。在事業上，指在幕後者或不在正位上的偏職副職形式的發展。在財富成就上，適合於幕後，隱於顯赫人物之後獲取財富。求財心態尺度有限，處事謹慎。在宗教上，本屬小禽、小畜之仙，但喜論菩薩，親近佛教，多欲修道。在性情上，有喜歡隱匿自己行為與思想的心理特徵，不願意袒露自己的真實想法與行為，不願意以自己的原本面目在社會上出現。」我剛要問為什麼這個卦象還與女性子宮有關係，爺爺緊接著說：「我剛才不是說會有客來嗎？這個來客，肯定是問小畜卦的事情。」

「問與女性子宮或者情人有關的事情？」我的眼睛睜得圓到不能再圓。而在快吃午飯的時候，爺爺所說的每一句話、每一個字，都真真實實完完全全地應驗在我的眼前。

68

中午的時候，奶奶剛將碗筷擺上桌，李樹村的老農就來了。視力不好的他看見正在擺碗筷的奶奶就喊：「馬師傅，馬師傅，我是上次在李樹村給您指路的那個人，您還記得嗎？」他在衣服上蹭了蹭手，就要跟奶奶握。

奶奶一愣，慌忙擺手道：「您老人家弄錯了，我不是馬師傅。」

老農「嗯」了一聲，左顧右盼一番，問道：「我也是才問到馬師傅的住址的，難道找錯地方了？」

奶奶禁不住笑道：「您沒有找錯。我不是馬師傅，我是馬師傅的老伴。我沒有見過您，您來找我家老伴幹什麼啊？」

老農這才看清前面的人是誰，連忙討好地笑道：「您是馬師傅的老伴呀，呵呵，真不好意思，我這眼睛不太好使。請問一下，馬師傅在家嗎？」

奶奶警覺地打量老農一番，問道：「您老人家找他有什麼事嗎？」還沒有等老農回答，奶奶又加上一句：「有事的話，也請您老人家選好時間，現在可是過年，不是什麼事都可以做的。」然後，奶奶繞過他，去火灶提煮了大塊臘肉的鍋，明顯擺出不歡迎突然來客的樣子。

爺爺就站在門口，可是老農一直往裡屋偷瞄，就是沒有發現近旁的人。

爺爺拍了拍老農的肩膀，溫和道：「老人家，我就在您背後呢！找我有什麼事啊？」

老農急忙回過身來，盯著爺爺的臉看了好一陣，喜笑顏開，搓著手掌道：「哎呀，果然是我那天晚上遇到的人！原來在這邊哪！」

爺爺點點頭，詢問道：「我知道，您就是李樹村的那位。今天來找我，恐怕為的就是您的孫女吧？」

老農聽了爺爺的話，愣了一下，降低聲調問道：「我今天是特意查了日子的，初五又叫『破五』，以前的所有忌諱，今天都可以破除，是不是？」他明顯比剛才要謹慎得多了，像個臨考前討好考官的學生。

爺爺偷瞥了角落裡的奶奶，輕聲道：「倒是這樣的。」

聽到爺爺這麼說，老農立即收起剛才的謹慎，哈哈大笑道：「那就好，那就好。我雖然知道初五是破五，但是還不太確定。聽您這麼一說，我心裡踏實多了。我來就是要找您幫忙的。您沒有猜錯，要您幫忙的事就是我孫女懷孕的事。我大年初一的時候碰到了一件怪事，一個白衣男子無緣無故給了我幾顆乾癟的棗子……」

一旁的奶奶終於忍不住了，大喊道：「我說這位鄉親，您老人家是不是犯糊塗了？現在是過年，我不管什麼破五不破五的，您老人家不能讓我們連年都過不好吧？有什麼事，請您在過完年之後再來。難道非得現在來找我們？」

老農噎住了。

爺爺為了緩和一下氣氛，請老農挨著桌子坐下，笑問道：「您老人家從李樹村一路走來，恐怕還沒有吃午飯吧？要不，您就在我們這裡將就將就？我們這裡菜不好，可是飯管飽。」一說完，爺爺連忙給我使眼色。

我急忙將桌上的碗拿去添飯。

奶奶窩著一肚子的氣，憤憤地坐在桌邊。

爺爺慌忙去盛還沒有盛起來的菜。

老農坐在桌邊，急忙擺手道：「我不吃飯，我是來麻煩你們的，怎麼可以還在這裡吃飯呢？我還是趕回去吃飯比較好。」他也是個厚道人，見女主人臉色不對，便要起身離去，臉上擠滿了歉意的笑，眼角的魚尾紋更加顯眼。這時我才發現他的眼睛裡佈滿了細密的血絲，如同一張紅線網遮住了眼球。

奶奶也發現了這一點，口氣緩和下來，道：「這位老人家，您就不要客氣了，吃了飯再走吧！我看您眼睛裡血絲比較多，昨晚肯定沒有睡好吧？」

老農見女主人態度有些緩和，連忙彎身道：「何只是昨晚沒有睡呀，從初一遇到那件事之後，我這幾個晚上都睡不著覺。一個是擔心我孫女，還有一個，就是擔心過年來了打擾你們，怕你們不答應。」

奶奶聽見他提起孫女，口氣更是柔和了許多，輕聲問道：「哦？您的孫女出了什麼事？大過年的，出點麻煩會很揪心哦！」

老農嘆口氣，道：「是啊！不過這事不是過年後出的，早就有了。」

奶奶挪動身子，趨向老農，問道：「哦？早就有了？什麼事啊？」

老農搖搖頭，啟齒道：「說出來還真是丟臉。不過既然來找馬師傅幫忙，就不怕你們知道了。我孫女無緣無故懷了孕，但是她說她沒有跟別的男人做過那事。我兒子、兒媳不相信，但是我相信孫女說的話。兒子、兒媳長年在外做事，哪裡清楚他們女兒的底細哦！是我把她拉拔大的，我還能不瞭解？」

奶奶嘆口氣道：「可不是嘛！我這個外孫就是在我家長大的。」奶奶指了指我。看來他們有了共同的話題。

老農瞟了我一眼，微笑示意。

奶奶又道：「可是，如果一個女的沒有跟男的做那事，怎麼可能懷上孕呢？」

老農拍著巴掌道：「我也這麼想。這不，初一拜年的時候我們家就來了一個怪人。我給他糖果他不要，他卻偏偏給了我幾顆棗子。等我回過神來，他卻不見了。我圍著屋子找了好幾圈都沒有找到他。我心想這不對勁，所以來這裡請馬師傅給看看。」

奶奶轉頭去看爺爺，問道：「你看這事有什麼蹊蹺？」

爺爺搖了搖頭道：「暫時我還不能下定論，要去看了才能知道。」

奶奶略一思尋，說道：「今天既然是破五，你們吃了午飯就去看看吧。」末了，奶奶又對我說：「亮仔，你去跟著你爺爺，別讓他在那裡待太久了，盡量在太陽下山前回來吃晚飯。」

我歡天喜地地點頭應諾。

69

奶奶又道：「這位老人家一路從李樹村趕來，確實不易。您得在我們這裡吃了飯再走。不然我是不會答應我老伴和外孫跟你走的。」

老農聽奶奶這麼一說，喜得雙手顫抖，拱著手朝奶奶作揖：「真是謝謝您了。」

奶奶擺手道：「別說這麼多啦！快吃飯吧！吃飽了才有力氣做事呢！」說完，奶奶將滿滿一碗飯推到老農面前。

我們迅速吃完飯，然後由老農領著我們趕往李樹村。

經過文天村，穿過常山村，然後翻過幾座不高不低的山，繞過一兩個大水庫，就到了李樹村。我滿心希望到達老農的家裡之前，有機會經過「李鐵樹」的地方。可是爺爺告訴我說，那個地方沒在我們的行程上。

到了老農家，老農的兒子、兒媳十分熱情，又是敬菸又是遞茶。他們的女兒待在閨房裡，沒有出來。老農說，他的孫女越發沉悶了，像極了古代足不出戶的繡花小姐。

爺爺端起滾燙的茶水，邁著步子繞老農的房子走了一圈。老農和他的兒子、兒媳恭恭敬敬地跟在後面，笑容可掬。我雖然看不懂爺爺的意圖，但也跟著走來走去，偶爾答上幾句寒暄話。老農怕打擾了爺爺，所以總問我一些在哪讀書、成績怎樣等枯燥的問題，然後又說他們李樹村有誰誰誰也在那個高中讀書，又說他們李樹村有誰誰誰從那個高中考上了某某重點大學。

我有一句沒一句地答著老農的話，眼睛卻死死跟蹤爺爺的目光。爺爺看哪裡，我就急忙跟著看哪裡。明知自己肯定看不懂，但是心裡卻隱隱覺得自己也許可以學到些什麼。

走到了老農的屋後，爺爺將杯中的茶水稍稍傾倒一些出來。

老農連忙叫道：「馬師傅小心！別讓茶水燙著了手。」

爺爺回頭笑道：「我是故意的。」

老農的兒子不解道：「您為什麼要故意將茶水倒出來啊？這種茶您不喜歡喝？」

爺爺啜了一口，搖頭道：「你們知道茶這個名字是怎麼來的嗎？」

我們都搖頭表示不知。我家有自己種的茶樹，經常餐前餐後喝些茶水解渴潤喉，但是從來沒有想過「茶」這個名字是怎麼來的。

爺爺眼望遠處道：「傳說神農的肚子像水晶一樣透明，由外就可看見食物在胃腸中蠕動的情形。神農嚐百草，這個典故你們都知道的。有一次當他嚐茶時，發現茶在肚內到處流動，查來查去，把腸胃洗滌得乾乾淨淨，因此神農稱這種植物為『查』，後來轉變成『茶』

字，而成為茶的起源。」

在我第一次聽爺爺解說「魚」字跟「牛」字的區別之後，還將他說的話僅僅當作玩笑。可是後面接著聽爺爺解說「棗」字和「茶」字等之後，我才心服口服地承認沒有進過學堂的爺爺對字的瞭解比讀到高中的我要深得多。

爺爺看了看腳下被茶水打濕的地方，道：「我剛才將茶水倒一些出來，就是想查一下這裡到底出了什麼怪事。」

「那您看出什麼問題沒有？」老農的兒子急忙問道。

爺爺看了老農的兒子一眼，表情凝重道：「我在來這裡之前看了看天象，是小畜卦象，那時就預示了現在的推測。」

「您來之前就知道了？」老農的兒子有些驚訝。

爺爺俯身將茶水放在地上，然後回答道：「那時我還不太確定。剛才我繞著你家房子走了一圈，沒有發現特別的地方。但是我將茶水倒了一些在地上之後，發現地面有一陣一陣的孕氣。」

老農的兒媳沒有聽清楚，驚問道：「馬師傅，既然我們家裡運氣好，那麼怎麼會碰到女兒出這種醜事呢？您是不是看錯了？」

老農的兒子狠狠拽了他媳婦一下，惱羞成怒道：「馬師傅說的不是好運氣的運氣，是懷孕生子的孕氣。」

老農的兒媳不服輸，還振振有詞道：「孕氣是在女人身上的，怎麼可能從泥土上也可以看到呢？」

爺爺微笑道：「就是因為這附近的土地裡有孕氣，我才覺得奇怪。不過，這剛好迎合了之前看到的小畜卦象。我可以確定，你家女兒是碰到了借胎鬼！」爺爺微笑是因為老農的兒媳說的話正確，那個笑並不是開心的笑。

「借胎鬼？」老農一家三口異口同聲問道。

爺爺點頭道：「借胎鬼名為鬼，實際上很多借胎鬼並不是鬼。它們有可能是人，也有可能是其他，比如花草、蛇狼等。」

老農的兒子迷惑道：「人怎麼也可以是借胎鬼呢？」

老農的兒媳立即打斷了她丈夫的話，說道：「怎麼沒有？我就聽我姐姐說過，有一次我姐姐和姐夫去廟裡拜佛，剛好碰見一個小姐站在送子娘娘的佛像前面摸肚子。那個小姐見了姐夫，就叫他幫忙插香到香爐裡。」

「然後呢？」老農的兒子問道。

「我姐姐說她覺得那位小姐行為很怪異，便不讓姐夫幫忙。那位小姐就很兇地對我姐姐說，妳沒看到我身子不方便嗎？姐夫以為那位小姐的手受了傷，便好心幫她將香插進了香爐裡。」老農的兒媳道，「可是回來的路上，我姐姐和姐夫又碰上了那位小姐，發現她居然四肢健全，行動自如，完全不像是身子不方便的人。」

「拜佛都這麼懶，還要別人幫忙插香。」老農的兒子嘟囔道。

「你想得太簡單啦！她這可不是懶。如果她懶的話，哪裡還會跑到高山上的寺廟裡拜佛？」老農的兒媳爭辯道，「我姐姐心想不對，回到家裡就問村裡懂靈異的老婆婆。老婆婆說，那位小姐是懷不上孩子，找人來借胎呢。果然，姐夫第二天就頭暈犯睏，接著生了一場大病。老婆婆說那位小姐是要奪了姐夫的命投胎給她做兒子呢。」

70

「那位小姐怎麼這麼惡毒？」老農的兒子縮了縮肩膀，兩手互摸手背，手背的雞皮疙瘩清晰可見。「妳姐夫後來好了沒有？」

老農的兒媳揮舞著手道：「老婆婆說所幸姐姐及時告訴了她，時間還不算長，還有得救。」

「怎麼救呢？」老農也忍不住了。

老農的兒媳道：「老婆婆交代姐姐扶著姐夫又去了那個寺廟一趟，讓姐夫自己敬神，然後自己拿著香插到香爐裡。等那幾炷香燒完了，再收集香爐裡的香灰，拿回家裡泡水喝了。姐夫的病這才慢慢好起來。」

「姐夫家發生了這樣的事情，我怎麼不知道？」老農的兒子懷疑道。

老農的兒媳道：「那時我還沒有嫁到李樹村來呢！你怎麼知道？事情還沒有完呢！等姐夫完全好起來，已經過了好幾個月了。可是就在這時，姐姐就聽見村裡人在談論某某村的某某媳婦，說那個媳婦好幾年不見生育，今年突然動了胎氣，可是前陣子無緣無故又將懷上的孩子落了。姐姐問了談論的人，找到了那個媳婦，果然是在寺廟裡遇到的那個人！」

「怎麼可以做這麼缺德的事呢？要不是及早發現，那肯定要了人命！」老農搖頭道。

「可不是！」老農的兒媳有幾分激動，「所以說，不僅僅是鬼，人也可以找人借胎的。」

那天，我和爺爺並沒有聽奶奶的交代早早回去。等到月上樹梢，我和爺爺還在老農家裡坐著。爺爺說，因為過年串親戚門的人多，人來人往的，陽氣旺盛，他看不到借胎鬼的真正形象，所以要等太陽落山，月出雲岫。

老農和爺爺聊著無關痛癢的家事、農事，我坐在一旁越發無聊，就找了幾張曬過酸菜的報紙來看。等我將報紙上大大小小的新聞看完，又將各個角落裡的廣告、尋人啟事看完，天色才剛剛擦黑。

老農的兒子一會兒出去一會兒進來，不知道在幹些什麼。老農的兒媳則用拆過的毛線織毛衣，織了一段又拆掉，拆掉了又重新一針一線地織。我問她這是幹什麼，她說她在學打花樣圖案。不過我不相信，因為她打的都是平針，沒有凹凸之分，也沒有其他顏色。

在我們等待的過程中，老農的孫女只出來過一趟。她走到水缸旁邊，輕輕地勺了些水，咕嚕咕嚕地喝了幾口，便旁若無人地回到了房裡。

她是個愛乾淨的女孩子。即使這樣窩在家裡，她的頭髮和衣服都裝扮得整整齊齊。手和臉也清淨好看，微微幾個紅點不是斑，是貓骨刺留下的印記，如果不是早知道她父母怎樣對待過她，我還會以為那裡是被蚊子叮咬過留下的。

只是她年紀輕輕，卻挺著一個不算大但明顯凸出的肚子，這樣走路的時候就略顯蹣跚。她的鼻子和嘴巴小巧可愛，可是臉色比較蒼白，像是用特殊的吸紙將紅潤都吸了去。

她喝水的時候，我們都靜靜悄悄的，生怕打擾了她。直到她將門「嘭」的一聲關上，我們才繼續先前的動作和說話。

「她變了個人似的。」老農心疼道，「她以前可不是這麼沉默，見了熟人、生人都會按輩分叫人的。」

老農的兒媳既安慰自己，又安慰公公道：「現在有他老人家在這裡，過了今晚就會好的。」說完，她將詢問的目光投向爺爺，似乎等待著爺爺來肯定她的話。爺爺沒有點頭，只微微一笑。

老農見天色漸晚，便叫兒子去樓板上將棗樹根取下來，讓我跟爺爺烤火，並且煮上臘肉，留我跟爺爺在這裡吃晚飯。

老農的兒子應了一聲，忙搭樓梯去樓板上取棗樹根。

爺爺連忙說：「不用了。我老伴肯定在家裡做好了飯菜，等著我們去吃飯呢！」

老農指著外面的天色道：「現在天就擦黑啦，她肯定先吃完了。」

爺爺道：「她會留飯菜在鍋裡，等我們一起吃的。您就不用為飯菜操勞啦！等月亮出來，我看一看就知道啦！再說了，過年嘛，吃的臘肉多，油膩不好消化。我中午吃的還沒有消化完呢！」爺爺轉頭朝老農的兒子喊道：「煮臘肉就不用了，如果燒點水再喝幾杯茶倒是可以。」

老農見爺爺這麼說了，只好叫兒子將水壺添了水掛上。

老農的兒子用柴刀將棗樹根砍斷了幾節，塞進火灶。原本火灶裡的引火柴燒得好好的，棗樹根塞進去之後，火灶裡突然出現一陣濃黑的煙，燻得我和老農眼淚都出來了。不知道是棗樹根本身不適合當柴火，還是晾得不夠乾燥。

爺爺忙道：「快蹲下身子，煙高不煙低。你將頭低下來一些煙就燻不到了。不過棗樹根燒掉太可惜了。秋季挖出的棗樹根可以入藥呢！能治很多病的。」

等水燒開，我們喝了半杯，爺爺就將茶杯放下，說：「月亮就要出來了，我們去外面看看。」

我心中納悶，爺爺坐在屋裡怎麼知道月亮要出來了？

走到門外，鐮刀一樣的月亮剛好從雲霧中露出來，似乎要將遠處起伏的山林收割。偶爾起兩陣風，帶來或濃或淡的硝煙味。雖然鞭炮聲已經沒有初一、初二那樣密集了，但零零星星的還是聽得見，像秋後農民在田地裡燒的稻草，不經意會有稻穀爆裂，「劈啪」響起。

爺爺在地坪中站住，閉著眼睛，彷彿想起了很久遠的事情。

我和老農，還有那對夫婦靜靜地站在爺爺身後，默不作聲。

爺爺靜靜地「想」了一會兒，終於睜開眼睛，回頭問老農道：「你家地坪的左邊原來種著一棵棗樹的，每年那棵棗樹上都有一顆打不到的棗子。是嗎？」

這時，一陣輕風拂面而來，我隱隱約約聞到了成熟的棗子氣息。

71

接著，我就看到地坪的左上角有一個樹的影子，枝葉很少，如被人扒了油布的傘骨架。奇怪的是，地上有樹的影子，可是影子旁邊卻沒有樹。

老農顯然也看見了那個樹影子，嚇了一跳，側頭驚慌地問兒子道：「那，那，那不是我們家原來種的棗樹嗎？我出生的時候就有了，我記得它的影子！」

老農的兒子頓時手足無措，看了看地上的影子，看了看他的爹，又看了看目光凝重的爺爺，咳嗽一聲，道：「我見它最近幾年不怎麼長棗子了，又妨礙秋季在地坪裡曬穀，過年前便將它砍斷，挖了根。樹沒有了，影子怎麼還在？」

我想起爺爺家門前的棗樹，一時間竟然將這棵未曾謀面的棗樹想像成爺爺家前的那棵。

如果爺爺或者舅舅要砍斷那棵棗樹，我一定是第一個反對的人，因為小時候的我曾無數次嚐過鮮棗的甜味。雖然現在不等我放假棗樹上的果實早就被鄰居的小孩子用晾衣竿或者釣竿打了去，但是對我來說，那棵棗樹結出的不僅僅是幾顆果實，更是承載著我對過去時光的懷念。多少年後，我在遙遠的東北上學時，夢裡常常出現的也是那棵瘦弱但頑強的棗樹。

有好幾次，我和爺爺都以為那棵棗樹已經走到了生命的盡頭。因為有幾個年頭的春季，它懶洋洋的不願意開出黃綠色的小花，也不願意長出小小的綠芽，萎蔫得如同得了瘟病的雞，乾枯得如同垂在爺爺香菸頭上的菸灰，彷彿輕輕吹一口氣，它就會像爺爺手上的菸灰一樣片片飛去。

可是我和爺爺的擔心是多餘的，到了知了鳴叫的季節，它總是奇蹟般地生出一顆又一顆的紅綠相間的棗子來。這時，我跟爺爺才為棗樹鬆一口氣。

我不知道，老農和他的兒子是不是跟他們的棗樹也有著這樣的經歷和感情。我們那塊地方，桃樹、橘樹倒是見得多，可是棗樹很少，所以顯得珍貴。所以我相信老農和他兒子都無數次嚐過它結出的果實的滋味。它的養分，曾供養過他們兩代甚至三、四代人。

老農問道：「馬師傅，我家地坪的那個角落確實種過棗樹，經過我家的人都知道。可是你怎麼說每年那棵棗樹上都有一顆打不到的棗子？」

爺爺嘆口氣，道：「也許你是不夠細心，沒有發現你家的棗樹隱藏著一顆種子呢！不僅僅是棗樹，還有橘樹、梨樹等，它們都想隱藏一兩個果實做種呢！你有沒有這樣的經歷，每年你覺得你已經將桃樹或者棗樹的果實都摘完了，可是過了好長一段時間再去看，發現樹葉中還藏著一個果子呢？」

老農點點頭，道：「確實，我經常有這種感覺。」

經爺爺提醒，老農的兒子恍然大悟道：「是啊，是啊！馬師傅說得對。我家這棵棗樹就是這樣。每次我爬上樹將能看見的棗子都打得一乾二淨，等過了採摘的時節，偶爾抬頭還會看見樹的某處還有一顆棗子呢！只是那時候棗子已經變得乾癟無味，就不再管它了。幾乎每年都有這樣的事。不過我沒有把這事掛在心上，不就一兩顆棗子沒看見嘛！」

爺爺看了老農的兒子一眼，微微頷首，道：「當然不是每棵樹都會隱藏種子，但是你這麼一說，我就確定了。」

「確定了什麼？」老農急問道。

還是老農的兒媳比較聰慧，她搶言道：「還能確定什麼？當然是借胎鬼囉！」

爺爺點了點頭，走到樹的影子旁邊。我們輕手輕腳跟著靠了過去。

那個棗樹的影子在輕煙一般的月光下輕輕搖擺，看來我們的腳步並沒有打擾它。

「難怪它要給您幾顆乾癟的棗子。」爺爺對老農道，「原來它是在提醒您，你們在毀壞它的樹幹的同時，也毀壞了它的種子，讓它的生命得不到延續。它對你們有怨念呢！」爺爺蹲下去，手在樹影上摸索。

老農和他兒子對望了片刻，然後老農自言自語道：「它對我們有怨念？」

老農的兒子卻說：「我們幾代人養了它這麼久，它怎麼會有怨念呢？」

爺爺的手還在樹影裡摸索：「你說的什麼話？樹是靠陽光的照射，靠雨水的滋養才生長起來的，哪裡要你養了？倒是人要年年吃它的果實。」

一席話說得老農的兒子低下了頭。

爺爺從樹影裡縮回手，伸到老農面前，問道：「這幾顆棗子可是你丟的？」

老農的眼睛不好，看不清爺爺手裡拿的什麼東西。站在一旁的老農的兒子瞪大了眼睛，驚訝不已：「這樹影也可以結果子嗎？您怎麼摸出幾顆棗子來了？」

老農聽說爺爺手裡拿的是棗子，慌忙從爺爺手裡抓過棗子，對著月光細細地看。良久，他才道：「這不是白天那個白衣男子遞給我的棗子嗎？怎麼跑到這裡來了？」

老農拿著棗子慌忙往屋裡跑。老農的兒媳喊道：「爹，你幹嘛往屋裡跑啊？」

老農一邊跑一邊喊道：「我去看看我放在桌上的棗子哪裡去了。」

我們幾人忙跟著進屋。

進門時，老農的兒子偷偷問爺爺道：「這樹影是今晚才有的，還是以前就有只是我們沒有發現哪？」

爺爺想了想，回答道：「以前應該就有，只是你們沒有發現罷了。」

老農見我們進來，回過身來攤開雙手道：「我白天放在桌上的棗子不見了。是誰把棗子扔到外面去的吧？」問他兒子，他兒子說沒有；問他兒媳，他兒媳也說不是她。

「難道它自己長了腳跑到外面去的不成？」老農自嘲道。

老農的話音未落，卻聽見他孫女從閨房裡傳來奇怪的說話聲：「你說外面那位老人就是從畫眉村來的？」

國家圖書館出版品預行編目資料

午夜心驚驚！小心有鬼／童亮著．
——第一版——臺北市：字阿文化出版；
紅螞蟻圖書發行，2014.8
面　公分——（每個午夜都住著一個鬼故事；6）

ISBN 978-957-659-970-5（平裝）

857.7　　1030104631

午夜心驚驚！小心有鬼

作　　者／童　亮
發 行 人／賴秀珍
總 編 輯／何南輝
執行編輯／安　燁
美術構成／張一心
校　　對／楊安妮、賴依蓮、童亮
出　　版／字阿文化出版有限公司
發　　行／紅螞蟻圖書有限公司
地　　址／台北市內湖區舊宗路二段121巷19號（紅螞蟻資訊大樓）
網　　站／www.e-redant.com
郵撥帳號／1604621-1　紅螞蟻圖書有限公司
電　　話／(02)2795-3656（代表號）
傳　　真／(02)2795-4100
登 記 證／局版北市業字第1446號
法律顧問／許晏賓律師
印 刷 廠／卡樂彩色製版印刷有限公司
出版日期／2014年8月　第一版第一刷

定價 169 元　港幣 57 元

ISBN 978-957-659-970-5　　Printed in Taiwan